# NÃO EXISTE AMANHÃ

# LUKE JENNINGS

# NÃO EXISTE AMANHÃ

TRADUÇÃO
Leonardo Alves

Copyright © 2018 by Luke Jennings

*Grafia atualizada segundo o Acordo Ortográfico da Língua Portuguesa de 1990, que entrou em vigor no Brasil em 2009.*

*Título original*
No Tomorrow

*Capa*
Eduardo Foresti

*Foto de capa*
Shutterstock

*Preparação*
João Pedroso

*Revisão*
Renata Del Nero
Márcia Moura

Dados Internacionais de Catalogação na Publicação (CIP)
(Câmara Brasileira do Livro, SP, Brasil)

Jennings, Luke
    Não existe amanhã / Luke Jennings ; tradução Leonardo Alves. — 1ª ed. — Rio de Janeiro : Suma, 2021. — (Killing Eve – v. 2)

    Título original: No Tomorrow
    ISBN 978-85-5651-117-1

    1. Ficção policial e de mistério (literatura inglesa)
I. Título. II. Série.

21-59971                         CDD-823.0872

Índice para catálogo sistemático:
1. Ficção policial e de mistério : Literatura
    inglesa   823.0872

Cibele Maria Dias – Bibliotecária – CRB-8/9427

[2021]
Todos os direitos desta edição reservados à
EDITORA SCHWARCZ S.A.
Praça Floriano, 19, sala 3001 — Cinelândia
20031-050 — Rio de Janeiro — RJ
Telefone: (21) 3993-7510
www.companhiadasletras.com.br
www.blogdacompanhia.com.br
facebook.com/editorasuma
instagram.com/editorasuma
twitter.com/editorasuma

*Para N, B, R e L, como sempre*

# 1

Pedalando por Muswell Hill em uma bicicleta de fibra de carbono e segurando tranquilamente o guidão de metal, Dennis Cradle sente um cansaço agradável. Do escritório até a casa no norte de Londres é uma viagem meio longa, mas ele fez em um tempo bom. Dennis pensaria muito bem antes de confessar para colegas e familiares, mas ele se considera defensor de certos valores. A travessia penosa pela cidade satisfaz seu lado espartano. Andar de bicicleta o deixa firme e forte, e, a propósito, ele fica bastante *sportif* com o short colante de lycra e a regata de tecido leve, considerando que no próximo aniversário vai fazer quarenta e oito anos.

Como diretor da Divisão D4 do MI5, responsável por antiespionagem contra a Rússia e a China, Dennis alcançou um patamar que lhe permite, se quiser, voltar para casa em um dos sedãs discretos da frota do Serviço Secreto com direito a motorista. É tentador, claro, em termos de status, mas é um risco. Se deixar a vida *fitness* de lado, já era. Quando se der conta, vai ser um daqueles coroas barrigudos que frequentam o bar de Thames House, bebendo uísque e reclamando que a vida era muito melhor antes da invasão daquela mulherada sem graça no RH.

A bicicleta ajuda Dennis a se manter em dia. A manter o pé no chão e o sangue correndo nas veias. E ele precisa disso mesmo, considerando a libido feroz de Gabi. Céus, como ele queria chegar em casa e ser recebido por ela, em vez de Penny, com as críticas constantes e aquele corpo sugado pelas dietas.

Como se tivesse sido programado de propósito, o sistema Bluetooth de seu capacete começa a tocar "Eye of the Tiger", da trilha sonora de *Rocky III*, nos últimos cem metros do trajeto. Conforme os acordes conhecidos chegam com tudo, seu coração bate mais forte. Em sua imaginação, Gabi está esperando na cama *king-size* do camarote principal de um superiate. Ela está nua, exceto por um par de meias brancas fofas, e suas pernas torneadas estão entreabertas, convidativas.

De repente, sem entender nada, ele sente uma mão agarrar seu braço com força e o obrigar a parar, derrapando com a bicicleta. Dennis abre a boca para falar, mas é calado por um soco rápido e cruel na barriga.

— Foi mal, companheiro. Preciso da sua atenção.

O captor de Dennis tem uns quarenta anos, aparência de um rato bem arrumado, e fede a fumaça velha de cigarro. Com a outra mão, o sujeito tira o capacete de Dennis e joga em cima da bicicleta caída. Dennis se contorce, mas a mão no braço não cede.

— Dá para ficar quieto? Não quero machucar você.

Dennis grunhe.

— Mas que *porra*...?

— Vim em nome de um amigo, companheiro, que precisa conversar com você. Sobre Babydoll.

O que ainda restava de cor no rosto de Dennis desaparece. Ele arregala os olhos, em choque.

— Pegue a bicicleta. Ponha na parte de trás do veículo. Depois, sente-se no banco do carona. Agora.

Ele solta Dennis, que olha à volta com uma expressão perdida, reparando na Ford Transit velha e branca e no jovem com aspecto doentio e piercing labial que está atrás do volante.

Com as mãos trêmulas, Dennis abre a porta traseira da van e desliga o aparelho de Bluetooth do capacete, que agora está tocando "Slide It In", do Whitesnake. Ele apoia o capacete no guidão e guarda a bicicleta no carro.

— Celular — diz Cara de Rato, acompanhando a ordem com um tapa doloroso que deixa o ouvido de Dennis zumbindo. Abalado, Dennis entrega o aparelho. — Certo, para o banco do carona.

Enquanto a van entra no trânsito, Dennis tenta se lembrar dos protocolos do Serviço em caso de captura e interrogatório. Mas e se esse pessoal *for* da porcaria do Serviço, parte de alguma equipe interna de investigação? Teriam que ter pedido autorização ao DG para ir atrás de alguém do nível dele. Então quem pode ser, *cacete*? Será que eram inimigos? SVR, talvez, ou a CIA? É só não falar nada. Um passo de cada vez. *Não fale nada.*

A Transit vai costurando pelas ruas no horário do rush, e o trajeto leva menos de dez minutos. Eles atravessam a North Circular Road e entram no estacionamento de um supermercado Tesco. O motorista escolhe uma vaga na parte mais distante da entrada da loja, estaciona silenciosamente e desliga o motor.

Com o rosto da cor de massa de pão crua, Dennis continua sentado e olha pelo para-brisa para a grade do estacionamento.

— E agora? — pergunta ele.

— Agora a gente espera — diz a voz de Cara de Rato, atrás dele.

Passam-se alguns minutos, e então um celular começa a tocar. O toque é, por mais bizarro que pareça, uma risada de pato.

— Para você, companheiro.

Do banco traseiro, Cara de Rato lhe entrega um celular vagabundo de plástico.

— Dennis Cradle? — A voz é baixa, com um som metálico eletrônico. Instintivamente, ele repara que é um modificador de voz.

— Quem é?

— Você não precisa saber. O que você precisa saber é o que nós sabemos. E que tal começarmos pelo principal? Você aceitou quase quinze milhões de libras para trair o Serviço, e enfiou tudo em uma conta nas Ilhas Virgens Britânicas. Tem algo a declarar a respeito?

O mundo de Cradle se encolhe até ocupar só o para-brisa à sua frente. Seu coração parece ter sido enfiado em um balde de gelo. Ele não consegue pensar, muito menos falar.

— Imaginei que não. Vamos continuar. Sabemos que, este ano, você adquiriu um apartamento de três quartos em um edifício chamado Les Asphodèles, em Cap d'Antibes, na Riviera Francesa, e que no mês passado comprou um iate a motor de quarenta e dois pés chamado *Babydoll*, que se encontra atracado na marina Port Vauban. Também sabemos de sua relação com a srta. Gabriela Vukovic, vinte e oito anos, funcionária da academia e spa do Hotel Du Littoral.

"No momento, nem o MI5 nem sua família sabem disso. E tampouco a Polícia Metropolitana ou a Receita. Se a situação vai continuar como está, depende de você. Se quiser que não falemos nada, se quiser preservar sua liberdade, seu emprego e sua reputação, você precisa nos contar tudo, tudo *mesmo*, sobre a organização que lhe vem dando dinheiro. Se nos enganar, se tentar esconder algum ínfimo detalhe, vai passar os próximos vinte e cinco anos em uma cela na Prisão Belmarsh. A menos que você morra antes, claro. Então, o que acha?"

Um ligeiro burburinho de trânsito. Ao longe, o som de uma sirene de ambulância.

— Não me importa quem você é, pode ir à merda — diz Dennis, com a voz baixa e instável. — Agressão e sequestro são crimes. Você pode falar o que quiser para quem quiser. Estou cagando.

— O problema é esse, Dennis — responde a voz metálica. — Ou melhor, o problema é *seu*. Se enviarmos uma denúncia para a Thames House, e se acontecer uma investigação, condenação e coisa e tal, vão presumir que você falou conosco, e as pessoas que lhe estão pagando esse dinheiro todo, e quinze milhões é *muito* dinheiro, serão obrigadas a fazer de você um exemplo. Vão dar um jeito em você, Dennis, e vai ser desagradável. Você sabe como eles são. Então, na verdade, você não tem escolha. Ninguém está blefando.

— Você não faz a menor ideia do que está falando, não é? Posso ter omitido certas coisas da minha esposa e dos meus superiores, mas não é crime ter um caso, pelo menos até onde eu sei.

— Realmente, não é. Mas traição é, e é disso que vão acusá-lo.

— Você sabe muito bem que não tem absolutamente nenhuma prova para me acusar. Isso é só uma tentativa fajuta de me chantagear. Então repito: vá à merda.

— Tudo bem, Dennis, vamos fazer o seguinte. Você vai sair dessa van daqui a cinco minutos, pegar sua bicicleta e voltar para casa. Talvez seja bom comprar umas flores para sua esposa; o posto de gasolina está com rosas a um preço bem razoável. Amanhã cedo, um carro vai passar na sua casa às sete horas para buscá-lo e levá-lo até a Estação de Pesquisa de Dever em Hampshire. Seu assistente na Thames House já foi informado de que você passará os próximos três dias trabalhando lá, em um curso de antiterrorismo. Nesse período, em outra parte do complexo, você também será questionado discretamente sobre os indivíduos de que estamos falando. Ninguém mais saberá disso, e não haverá qualquer sinal visível de ruptura em suas atividades rotineiras. Imagino que você saiba que a Estação está registrada como um ativo secreto do governo e tem segurança total. Se essas conversas correrem bem, e tenho certeza de que vão, você será liberado.

— E se eu me recusar?

— Dennis, é melhor nem começar a pensar no que acontece se você se recusar. Sério. Seria um deus nos acuda. Penny, por exemplo. Dá para imaginar? E as crianças. O pai delas, julgado por traição? Melhor nem pensar nisso, tudo bem?

Um longo silêncio.

— Você disse sete da manhã?

— Isso. Se for mais tarde, o trânsito vai estar terrível.

Dennis contempla o crepúsculo enevoado.

— Tudo bem — responde.

\* \* \*

Eve Polastri coloca o telefone na mesa, dá um suspiro e fecha os olhos. A personagem forte e imponente que ela estava interpretando para Dennis Cradle não tem nada a ver com ela, e se os dois estivessem cara a cara ela não teria sido capaz de manter o tom debochado, especialmente considerando que, quando ela trabalhava no MI5, a diferença hierárquica em relação a ele era estratosférica. Mas aquele último "tudo bem" foi, na prática, uma admissão de culpa, e, mesmo que seja quase certo o choque dele ao vê-la no dia seguinte, não vai ser nada que ela não consiga encarar.

— Belo trabalho — diz Richard Edwards, tirando o headphone com que estava escutando a conversa e se acomodando na cadeira desconfortável da sala na Goodge Street.

— Trabalho em equipe — responde Eve. — Lance o matou de susto, e Billy dirigiu como um anjo.

Richard assente. Tecnicamente, como chefe da divisão russa do MI6, Richard é o chefe de Eve, mas suas visitas ao escritório são pouco frequentes, e o nome dela não está em nenhuma lista oficial do quadro de funcionários dos serviços de segurança.

— Vamos deixá-lo refletir sobre a situação hoje à noite, de preferência junto daquela esposa estouradinha dele. Amanhã, você pode arrancar o couro do cara.

— Você acha que amanhã cedo ele vai estar lá? Não acha que vai tentar fugir hoje à noite?

— Não. Dennis Cradle pode ser um traidor, mas não é burro. Se fugir, vai se dar mal. Nós somos a única chance, e ele sabe.

— Não tem chance de ele...

— Se matar? Dennis? Não, ele não faz esse tipo. Eu o conheço desde que estudamos juntos em Oxford, e ele é do tipo que dá o tapa e esconde a mão. É um sujeito que acha que consegue se livrar de qualquer problema, por mais complicado que seja, com um vinho decente em um bom restaurante, se possível à custa

de outra pessoa. Ele vai nos contar o que a gente precisa saber e vai guardar segredo. Porque, embora nosso pessoal possa dar medo, o pessoal a quem ele se associou quando nos traiu deve ser infinitamente pior. Se houver qualquer insinuação de que ele foi descoberto, vão dar cabo dele na hora.
— Sem dó.
— Sem o menor dó. Provavelmente vão mandar sua amiga para resolver.
Eve sorri, e o celular em sua bolsa vibra. É uma mensagem de texto de Niko, perguntando que hora ela vai para casa. Ela responde oito horas, mesmo sabendo que provavelmente só vai chegar, no mínimo, às oito e meia.
Richard fixa o olhar na janela imunda, a única do escritório.
— Eu sei o que você está pensando, Eve. E a resposta é não.
— O que estou pensando?
— Espremer Cradle e depois usá-lo de isca. Ver o que aparece.
— Não é uma ideia de todo ruim.
— Assassinato sempre é uma ideia ruim, acredite, e isso seria assassinato.
— Não se preocupe, vou me ater ao plano. Dennis vai voltar aos braços da linda Gabi mais rápido do que se pronuncia "crise da meia-idade".

Rinat Yevtukh, líder da organização criminosa Irmandade Dourada, de Odessa, está frustrado. Garantiram-lhe que Veneza é mais que uma cidade, que é um dos bastiões da cultura ocidental, talvez o destino definitivo em termos de luxo. Mas, por algum motivo, parado diante da janela da suíte no Hotel Danieli com o roupão e sandálias de cortesia, ele não está conseguindo sentir o local.
Em parte, é o estresse. O sequestro do russo em Odessa foi um erro, ele já entendeu. Ele tinha motivos para pensar que a coisa toda se desenrolaria do mesmo jeito de sempre. Um vaivém

de negociações nos bastidores, um acordo quanto a um valor em dinheiro, e nenhum ressentimento entre as partes. Só que algum maluco resolveu levar a história toda para o lado pessoal, e o resultado foi seis homens de Rinat mortos, mais o refém, e a casa dele em Fontanka destruída. Ele tinha outras casas, claro, e substituir os homens não era nenhum grande problema. Mas não deixa de ser trabalho, e chega um ponto na vida em que essas coisas começam a pesar.

A Suíte Doge no Danieli oferece um luxo reconfortante. Querubins alados fazem farra nas nuvens de algodão-doce do afresco no teto, retratos de aristocratas venezianos revestem as paredes luminosas de damasco dourado e tapetes antigos cobrem o chão. Uma mesa lateral sustenta uma estatueta de vidro colorido de um metro de altura de um palhaço chorando, comprada em uma fábrica de Murano naquela manhã e destinada a decorar o apartamento de Rinat em Kiev.

Katya Goraya, uma modelo de lingerie de vinte e cinco anos, namorada de Rinat, está esparramada, descalça, em uma *chaise longue* rococó. Com um *cropped* da Dior e calça jeans *destroyed* da Dussault, Katya está olhando o celular, mascando chiclete e balançando a cabeça ao som de uma música da Lady Gaga. De vez em quando ela canta junto, na medida em que o chiclete e o inglês limitado permitem. Houve uma época em que Rinat achava isso charmoso, mas agora é apenas irritante.

— Bad romance — diz ele.

Sem a menor pressa, Katya tira os fones dos ouvidos, enquanto a renda da blusa se esforça para conter seus caríssimos seios siliconados.

— Bad romance — repete Rinat. — Não *bedroom ants*.

Ela o encara com um olhar perdido e franze a testa.

— Quero voltar na Gucci. Mudei de ideia sobre aquela bolsa. A rosa de couro de cobra.

Não tem nada que Rinat queira menos. Aqueles vendedores metidos a besta de San Marco. Cheios de sorriso até pegar no dinheiro, depois consideram o cliente e merda de cachorro a mesma coisa.

— A gente precisa ir agora, Rinat. Antes deles fecharem.

— Vá você. Leve Slava.

Ela fecha a cara. Rinat sabe que Katya quer que ele vá porque, se for, vai pagar pela bolsa. Se o guarda-costas a levar, ela vai ter que pagar com o dinheiro da mesada. Que ele também paga.

— Quer fazer amor? — A expressão de Katya se abranda. — Quando a gente voltar da loja, vou comer seu cu com o cintaralho.

Rinat não dá nenhum sinal de que escutou. Na verdade, o que ele quer é estar em outro lugar. Quer se perder no mundo atrás das cortinas de seda dourada, onde a tarde cede espaço ao anoitecer, onde gôndolas e táxis aquáticos traçam linhas sutis pela água.

— Rinat?

Ele fecha a porta do quarto atrás de si. Leva dez minutos para tomar banho e se vestir. Quando volta à sala da suíte, Katya continua na mesma posição.

— Você vai me largar aqui? — pergunta ela, incrédula.

Com o cenho franzido, Rinat se olha em um espelho prateado octogonal. Depois de fechar a porta da suíte, ele escuta o som, que não deixa de ser impressionante, de um palhaço de vidro de Murano de vinte quilos se estilhaçando no piso antigo da varanda.

Há um silêncio abençoado no bar da cobertura do hotel. Mais tarde, ficará lotado de hóspedes, mas por enquanto só dois casais estão lá, sentados e quietos. Rinat se acomoda na varanda, recosta-se na cadeira e, com os olhos entreabertos, observa o balanço delicado das gôndolas nos píeres. Logo, logo vai ser hora de sair de Odessa, pensa ele. De tirar o dinheiro da Ucrânia e levar para uma jurisdição menos volátil. Ao longo da última década, a trinca sexo, drogas e tráfico de pessoas se revelou a

15

perfeita máquina de fazer dinheiro, mas, com a chegada de figuras novas, como as gangues turcas, e com a pressão brutal dos russos, o jogo está virando. Sabedoria, diz Rinat para si mesmo, é perceber a hora de tirar seu time de campo.

Katya está de olho em Golden Beach, Miami, onde uma casa de luxo na praia com atracadouro particular sai por menos de doze milhões de dólares, incluindo propinas ao Serviço de Cidadania e Imigração dos Estados Unidos. Rinat, contudo, vem ponderando cada vez mais que a vida talvez seja menos estressante sem Katya e suas exigências constantes, e os últimos dias o fizeram pensar na Europa Ocidental. Na Itália, especificamente, que parece adotar uma postura relaxada diante de crimes de depravação moral. A terra tem classe — carros esportivos, roupas, construções velhas e fodidas —, e as mulheres italianas são incríveis. Até as vendedoras nas lojas parecem atrizes de cinema.

Um jovem sério de terno escuro se materializa atrás de Rinat, e ele pede um uísque *single malt*.

— Cancele esse pedido. Prepare um negroni sbagliato para o cavalheiro. E traga um para mim também.

Rinat se vira e encontra o olhar bem-humorado de uma mulher atrás dele, com um elegante vestido curto de chiffon preto.

— Você está em Veneza, afinal.

— Estou — concorda ele, meio atordoado, e faz um gesto com a cabeça para o garçom, que se afasta silenciosamente.

Ela volta o olhar para a água, que brilha como ouro branco à luz do entardecer.

— É como dizem, "ver Veneza e morrer".

— Não pretendo morrer ainda. E não conheci muito de Veneza, só o interior das lojas.

— Que pena, porque as lojas aqui são cheias de porcaria para turistas, ou são iguais às que existem em cem outras cidades, talvez só mais caras. Veneza não tem nada a ver com o presente, Veneza é puro passado.

Rinat a encara. Ela é mesmo muito bonita. A cor de âmbar do olhar, o sorriso oblíquo, toda aquela aparência cara e refinada. Ele finalmente pensa em lhe oferecer uma cadeira.

— *Sei gentile*. Mas estou interrompendo sua noite.

— De forma alguma. Estou ansioso para experimentar aquela bebida. Como é que se chama, mesmo?

Ela se senta e, com um farfalhar das meias-calças de seda, que Rinat não deixa de reparar, cruza as pernas.

— Negroni sbagliato. É um negroni, mas com espumante no lugar do gim. E no Danieli, *ovviamente*, ele é preparado com champanhe. Para mim, é a bebida perfeita para o pôr do sol.

— Melhor que uísque *single malt*?

Um pequeno sorriso.

— Acho que sim.

E de fato é. Rinat não é um homem de beleza evidente. A cabeça careca parece uma batata da Crimeia, e seu terno de seda feito à mão não esconde o porte brutal do corpo. Mas riqueza, qualquer que seja a origem, tende a chamar atenção, e Rinat não é estranho à companhia de mulheres desejáveis. E Marina Falieri, como ela diz que se chama, é totalmente desejável.

Rinat não consegue tirar os olhos daquela boca. Tem uma pequena cicatriz na curva do lábio superior, e a assimetria relutante confere ao sorriso uma qualidade ambígua. Uma vulnerabilidade que atrai, discreta, mas insistentemente, o lado predador dele. Ela demonstra um interesse lisonjeiro em tudo que ele tem a dizer, e ele por sua vez se permite tagarelar à vontade. Ele fala de Odessa, da histórica Catedral da Transfiguração, que frequenta regularmente para rezar, e do magnífico Teatro de Ópera e Balé, para o qual, como dedicado patrono das artes, ele doou milhões de rublos. Esse relato que faz de si, ainda que totalmente fictício, é rico em detalhes convincentes, e os olhos de Marina brilham conforme escuta. Ela até o convence a lhe ensinar algumas frases em russo, que ela repete com adorável falta de jeito.

E então, de repente, a noite chega ao fim. Marina explica, com pesar, que precisa comparecer a um jantar oficial em Sant'Angelo. Será tedioso, e ela queria poder ficar, mas faz parte da comissão diretora da Bienal de Veneza, e...

— *Per favore, Marina. Capisco* — diz Rinat, gastando todas as suas reservas de italiano no que ele espera que seja um sorriso galante.

— Seu sotaque, Rinat. *Perfezione!* — Com um breve silêncio, ela lança um sorriso de cumplicidade. — É possível, por acaso, que você esteja livre para almoçar amanhã?

— Ora, por acaso estou.

— Excelente. Vamos nos encontrar às onze na entrada do rio do hotel. Será um prazer lhe mostrar algo da... Veneza *de verdade*.

Eles se levantam, e ela vai embora. Quatro taças vazias repousam na toalha branca da mesa, três dele e uma dela. O sol está baixo no céu, parcialmente oculto atrás de nuvens rosadas. Rinat se vira para chamar o garçom, mas ele já está ali, paciente e discreto como um agente funerário.

No ônibus, que avança a passo de lesma pela Tottenham Court Road, a única pessoa a olhar duas vezes para Eve é um homem nitidamente perturbado que pisca para ela sem parar. Faz calor nesse fim de tarde, e o ônibus cheira a cabelo molhado e desodorante velho. Eve abre o *Evening Standard*, folheia as páginas de notícias e as descrições de festas e adultério em série do Primrose Hill, depois se acomoda placidamente no caderno de classificados de imóveis.

É absolutamente impensável que ela e Niko seriam capazes de bancar qualquer uma das residências exibidas ali de forma tão sedutora. Aqueles casarões vitorianos e complexos industriais transformados em apartamentos fabulosos e cheios de luz. Aquelas vistas panorâmicas do rio cercadas por uma moldura de aço e vidro liso. E Eve também não as deseja, não concretamente. Ela fica fascinada por esses espaços porque estão vazios e parecem meio inacreditáveis. Porque servem como ambiente imaginário de outras vidas que ela poderia ter tido.

Eve chega pouco depois das quinze pras nove ao quarto e sala onde ela e Niko moram de aluguel e, passando pelo acúmulo de sapatos, acessórios de bicicleta, pacotes da Amazon e casacos caídos, segue o cheiro de comida até a cozinha. A mesa, que sustenta uma pilha instável de livros didáticos de matemática e uma garrafa de vinho barato, está posta para duas pessoas. Um chiado e um assobio sem ritmo vindo do banheiro indicam que Niko está tomando banho.

— Desculpa o atraso — grita ela. — O cheiro está uma delícia. É o quê?

— Goulash. Pode abrir o vinho?

Eve mal tirou o saca-rolha da gaveta quando escuta uns cliques frenéticos no chão atrás de si e, ao se virar, vê dois vultos animais de tamanho considerável saltando e aterrissando na mesa, espalhando livros escolares por todos os cantos. Por um instante, Eve fica chocada demais para se mexer. O vinho cai da mesa e se espatifa no chão de azulejos. Dois pares de olhos verde-claros a observam, curiosos.

— *Niko.*

Ele emerge do banheiro, úmido, toalha na cintura, chinelo nos pés.

— Amor. Então você já conheceu Thelma e Louise.

Eve o encara. Quando ele passa por cima do lago cada vez maior de vinho e a beija, ela não se mexe.

— Louise é a desastrada. Aposto que foi ela que...

— Niko. Antes que eu te *mate*...

— São anãs-nigerianas. E a gente nunca mais vai comprar leite, creme, queijo e sabão.

— Niko, presta atenção. Vou dar um pulo na loja de conveniência, porque meu dia foi infernal e todo o álcool que a gente

tem em casa está esparramado no chão. Quando eu voltar, quero me sentar, aproveitar seu goulash e uma boa garrafa de vinho tinto, talvez duas, e relaxar. Não vamos nem tocar no assunto desses dois animais em cima da mesa, porque, quando eu chegar, eles terão desaparecido como se nunca tivessem existido, o.k.?
— Hm... o.k.
— Ótimo. Até daqui dez minutos.

Quando Eve volta, trazendo mais duas garrafas de vinho, a cozinha passou por uma faxina superficial, mas razoável, não tem cabra nenhuma à vista, e Niko está vestido. O coração de Eve se acelera e ao mesmo tempo se aperta quando ela sente o cheiro de Acqua di Parma e percebe que ele está usando a calça jeans da Diesel. Nenhum dos dois nunca falou abertamente disso, mas Eve sabe que sempre que Niko usa essa calça e passa esse perfume depois das seis da tarde é para indicar que está com intenções românticas e gostaria de terminar a noite fazendo amor.

Eve não tem nenhum equivalente para o jeans do sexo de Niko, como ela chama. Nenhum sapato "me come" ou vestido de paquera, nenhuma lingerie de renda e cetim. O guarda-roupa profissional dela é anônimo e utilitário, e ela fica se sentindo boba e constrangida quando usa algo diferente. Niko diz com frequência que ela é bonita, mas Eve não acredita muito. Aceita que ele a ama — ele repete isso demais para não ser verdade —, mas o motivo é um grande mistério.

Eles conversam sobre o trabalho dele. Niko dá aula na escola do bairro e tem uma teoria de que adolescentes mais humildes, que usam dinheiro vivo quando compram coisas, sabem fazer conta de cabeça muito melhor do que os ricos, que andam com cartões de crédito.

— Eles me chamam de Borat — diz ele. — Você acha que é um elogio?

— Alto, sotaque do Leste Europeu, bigode... Meio inevitável. Mas você sabe que é maravilhoso com eles.

— Eles são bonzinhos. Eu gosto deles. Como foi o seu dia?

— Esquisito. Liguei para uma pessoa usando um modificador de voz.

— Para disfarçar mesmo a sua voz, ou de brincadeira?

— Para disfarçar. Eu não queria que o cara soubesse que eu era uma mulher. Queria parecer o Darth Vader.

— Não vou nem tentar imaginar... — Ele olha para Eve. — Acho que você gostaria das meninas. De verdade.

— Que meninas?

— Thelma e Louise. As cabras. Elas são umas gracinhas.

Eve fecha os olhos.

— Onde elas estão agora?

— Na casa delas. Lá fora.

— Elas têm uma casa?

— Veio inclusa no pacote.

— Então você comprou mesmo. Elas vão ficar?

— Já fiz as contas, amor. Anãs-nigerianas são a raça que produz o leite mais nutritivo, e elas só pesam uns trinta e cinco quilos quando adultas, então comem menos feno. Vamos ser completamente autossuficientes em relação a laticínios.

— Niko, a gente mora em um buraco da Finchley Road, não na porra de Cotswolds.

— Além disso, anãs-nigerianas são...

— Pare de chamar assim, por favor. São cabras. E você está maluco se acha que eu vou acordar todo dia, ou um dia sequer, para ordenhar um par de cabras.

Em resposta, Niko se levanta da mesa e sai para o espaço pavimentado minúsculo que eles chamam de jardim. Pouco depois, Thelma e Louise entram alegres e saltitantes na cozinha.

— Ai, meu Deus. — Eve suspira e pega o vinho.

Depois do jantar, Niko lava a louça e em seguida vai ao banheiro reforçar a Acqua di Parma, lavar as mãos e passar os dedos molhados no cabelo. Quando volta, dá com Eve dormindo no sofá, com uma colher em uma das mãos e um pote de sorvete quase caindo da outra. Thelma está deitada confortavelmente a seu lado, e Louise está com as patas dianteiras em cima do sofá, lambendo o resto do sorvete de flocos derretido com a língua rosada comprida.

Rinat Yevtukh está bem vestido para o encontro da manhã. Escolheu cuidadosamente, depois de alguma reflexão, uma camisa polo da Versace, calça de seda rústica e um mocassim de couro de avestruz da Santoni. Um Rolex Submariner de ouro maciço completa o visual de homem de excelente bom gosto que não deve ser irritado em hipótese alguma.

Marina Falieri o faz esperar meia hora embaixo do pavilhão de ferro da entrada do rio do Danieli. Atrás dele, dois guarda-costas com terno bem ajustado examinam o canal estreito com olhares entediados. O estado de espírito vingativo de Katya ainda não cedeu, mas foi atenuado pela promessa de uma página dupla na *Playboy* russa, e talvez até a capa. Rinat não tem nem como oferecer uma coisa dessas, mas esse problema ele resolve quando for a hora. Por enquanto, Katya está enclausurada na segurança do salão de beleza do hotel, passando por um tratamento de revitalização que inclui essência de trufas brancas e pó de diamante.

Pouco depois das onze e meia, uma *motoscafo* branca elegante passa sob a ponte baixa e balaustrada e se aproxima do píer do hotel. Marina está no volante, com uma camiseta listrada e calças jeans enquanto seu cabelo escuro balança em torno dos ombros. Ela também está usando — o que Rinat acha desmedidamente sensual — delicadas luvas de couro.

— Então. — Ela levanta os óculos escuros. — Pronto para ver *la vera Veneza*?

— Com certeza.

Rinat pisa no deque de mogno envernizado com os sapatos novos e vacila por um instante. Seus guarda-costas avançam, por reflexo, mas ele pula para a cabine ao lado de Marina, apoiando a mão pesada no ombro dela para se equilibrar.

— Desculpe.
— Não tem problema. Aqueles rapazes são seus?
— São da minha equipe de segurança, sim.
— Bom, você vai estar em perfeita segurança comigo. — Ela sorri.
— Mas fique à vontade para chamá-los também, se quiser.
— Claro que não.

Rinat fala em um russo acelerado com os dois homens, dando ordens para que fiquem de olho em Katya e avisem que ele saiu para almoçar com um parceiro de negócios. Um homem, claro. Não essa *devushka*.

Os homens dão um sorrisinho e se afastam.

— Eu com certeza vou aprender russo — diz Marina, manobrando a lancha por baixo da ponte de carros. — Parece uma língua tão expressiva.

Com destreza, ela traça um caminho por entre as gôndolas e outras embarcações fluviais e conduz a lancha tranquilamente no sentido sul, passando pela ilha de San Giorgio Maggiore e a curva oriental da Giudecca. À medida que a *motoscafo* desliza pela superfície plácida da lagoa, deixando uma esteira clara atrás de si com o motor de cento e cinquenta cavalos, Marina comenta com Rinat sobre os palácios e as igrejas pelos quais eles passam.

— Então, onde exatamente você mora? — pergunta Rinat.
— Minha família tem um apartamento perto do Palazzo Cicogna — diz ela. — Os Falieri são originários de Veneza, mas nossa residência principal agora é em Milão.

Ele lança um olhar para a mão esquerda dela, coberta pela luva, ligeiramente encurvada sobre o volante.

— E você não é casada?
— Já tive um relacionamento bem sério, mas ele morreu.
— Sinto muito. Meus pêsames.

Ela aumenta a velocidade.

— Foi muito triste. Eu estava presente quando ele morreu. Fiquei arrasada. Mas a vida continua.
— Continua mesmo.

Ela se vira para ele e empurra os óculos de sol para cima e, por um instante, ele é fisgado por seu olhar cor de âmbar.

— Se você olhar às suas costas, nesse cooler, vai ver uma coqueteleira e uns copos. Quer se servir uma bebida?

Ele pega a coqueteleira coberta de gelo e um copo alto.

— Posso lhe servir um copo?

— Vou esperar até chegarmos à ilha. Pode começar.

Ele serve, toma um gole e faz um gesto de aprovação.

— Isto é... muito bom.

— É um *limoncello*. Sempre achei perfeito para manhãs assim.

— Delicioso. Então fale um pouco sobre essa ilha para onde estamos indo.

— O nome é Ottagone Falieri. Antigamente era um forte, construído para proteger Veneza contra invasores. Um dos meus antepassados comprou no século XIX. Ainda somos donos, mas ninguém mais vai lá, e o lugar é praticamente uma ruína.

— Parece muito romântico.

Ela dá um sorriso velado.

— Vamos ver. Sem dúvida é um lugar interessante.

Eles agora estão seguindo um curso reto. A Giudecca já está bem longe; à frente, Rinat só vê a água verde-cinzenta. O *limoncello* se espalha por suas veias com uma lentidão glacial. Ele se sente, pela primeira vez desde que se lembra, em paz.

O forte emerge, de repente, em meio à bruma. A paisagem é composta de muralhas constituídas de pedra cortada, e acima delas há algumas copas de árvore esparsas. Pouco depois, eles veem um píer. Nele, está amarrada uma lancha motorizada menor, com casco pintado de preto.

— Temos companhia.

— Pedi para virem na frente com o almoço — diz Marina, como se fosse a coisa mais natural do mundo.

Rinat faz que sim. Claro. Tudo nessa mulher o encanta e impressiona. Sua beleza atípica, que nas últimas horas ele teve várias oportunidades de examinar de perto. A familiaridade tranquila dela com a riqueza. Uma riqueza antiga, do tipo que não precisa ser ostentada, mas que mesmo assim se faz presente com uma força nada ambígua. Rinat sabe que não basta ter dinheiro. É preciso ter contatos, saber os sinais secretos com os quais aristocratas genuínos se reconhecem. Aristocratas como Marina Falieri.

Está cada vez mais nítido que Katya já era.

Marina amarra a *motoscafo* e, conforme eles avançam pelo píer de madeira desbotada pelo sol, Rinat escuta um vago tinido. Há uma escada embutida na muralha e, lá no alto, fica um complexo octogonal, com uns cem metros de ponta a ponta. Em uma das extremidades, ele vê as ruínas de um edifício de alvenaria, obscurecido por pinheiros baixos. O resto do solo é coberto por mato, entrecortado por uma trilha. Na ponta mais afastada da escada, uma jovem de físico forte e cabelo curto está com uma picareta na mão, batendo a um ritmo constante no chão de pedra. Com a parte de cima de um biquíni, short de estilo militar e coturno, o visual é peculiar. Enquanto Rinat a observa, a mulher se vira, cruza olhares brevemente com ele, larga a picareta e caminha em direção ao edifício em ruínas.

Marina a ignora e conduz Rinat a uma mesa coberta por uma tolha branca no meio do complexo. De cada lado da mesa, ele vê uma cadeira de jardim de ferro ornamentado.

— Podemos? — pergunta ela.

Eles se sentam. Para além da muralha de pedra não há qualquer sinal de terra, apenas a vastidão pacífica da água. Atrás de si, Rinat escuta o som de uma bandeja. É a mulher da picareta, com vinho resfriado e água mineral, antepastos e confeitos minúsculos e refinados. O corpo musculoso dela está coberto por um ligeiro brilho de suor, e suas panturrilhas e botas estão empoeiradas.

Marina a ignora e sorri para Rinat.

— Por favor. *Buon appetito.*

Rinat tenta engolir uma garfada de mortadela, mas, por algum motivo, perdeu o apetite e está se sentindo vagamente enjoado. Ele se obriga a mastigar e engolir. Pouco depois, o som constante da picareta recomeça.

— O que exatamente ela está fazendo?

A voz dele parece distante, desconexa.

— Ah, um pouco de jardinagem. Eu gosto de mantê-la ocupada. Mas permita-me servir um pouco deste vinho. É um Bianco di Custoza, daqui da região. Tenho certeza de que você vai gostar.

Vinho, da região ou de qualquer outro lugar, é a última coisa que Rinat quer, mas a educação o obriga a estender a taça. Ele mal consegue mantê-la firme enquanto Marina serve. Suor escorre por seu rosto e pelas costas; o horizonte oscila e estremece. Algum lado ainda atento dele percebe que os tinidos da picareta foram substituídos pelas batidas rítmicas e constantes de uma pá. Ele tenta beber um pouco de água, mas engasga e regurgita o vinho e a mortadela na toalha de mesa.

— Me... — começa ele, recostando-se pesadamente na cadeira.

Seu coração está acelerado, e os braços e o peito começam a formigar e arder como se a pele estivesse cheia de formigas-de-fogo. Ele leva as mãos ao corpo, sentindo o pânico crescente no peito.

— Essa sensação se chama parestesia — explica Marina em russo, bebericando o vinho. — É um sintoma de envenenamento por aconitina.

Rinat a encara com olhos arregalados.

— Estava no *limoncello*. Em menos de uma hora, você vai morrer de ataque cardíaco ou parada respiratória, e a julgar pela sua aparência agora eu apostaria em ataque cardíaco. Até lá, você vai...

Retorcendo-se na cadeira de ferro, Rinat vomita pela segunda vez e evacua as tripas, ruidosamente, nas calças de seda cor de marfim.

— Exatamente. E, quanto ao resto, não vou estragar a surpresa. — Ela se vira e acena para a outra mulher. — Lara, *detka*, venha cá.

Lara deixa a pá no chão e se aproxima, sem pressa.

— Estou quase acabando de cavar a cova — diz ela e, depois de pensar um pouco, pega um dos confeitos da caixa. — Nossa, *kotik*, esses são muito bons.

— Não são perfeitos? Comprei naquela *pasticceria* da San Marco, onde comemos o bolo de creme.

— A gente precisa ir lá de novo. — Lara olha para Rinat, que caiu da cadeira e está tendo convulsões no chão, cercado por moscas atraídas pelas calças sujas. — Quanto tempo você acha que leva até ele morrer de vez?

Marina torce o nariz.

— Meia hora, mais ou menos? Vai ser bom enterrá-lo. Esse cheiro está estragando meu apetite.

— Está um pouco forte.

— Por outro lado, poderíamos salvar a vida dele, se ele dissesse o que a gente precisa saber. Eu tenho um antídoto para aconitina.

Rinat arregala os olhos.

— *Pozhaluysta* — murmura ele, com o rosto coberto de lágrimas e vômito. — Por favor. Digo o que você precisar.

— Vou falar o que preciso — diz Lara, pensativa, pegando outro confeito. — Passei a manhã toda com uma música na cabeça e estou ficando literalmente maluca. *Dada dada dada dada da dadadada...*

— *Posledniy raz* — murmura Rinat, agonizando e se encolhendo em posição fetal.

— Nossa, é mesmo. Que vergonha. Minha mãe vivia cantarolando essa música. Aposto que a sua também, *detka*.

— Para falar a verdade, ela não tinha muito motivo para cantar. A menos que você considere o câncer em estágio terminal. — A ponta da língua toca a cicatriz no lábio superior. — Mas

estamos desperdiçando os últimos preciosos minutos de Rinat.
— Ela se agacha para ficar bem na frente dos olhos dele. — O que preciso, *ublyudok*, é de respostas, e rápido. Uma mentira, um instante de hesitação, e você vai morrer de caganeira.
— A verdade. Juro.
— Então está bem. O homem que você sequestrou em Odessa. Por que você o raptou?
— Recebemos ordens do SVR, o Serviço Secreto da Rús...
— Eu conheço a porra do SVR. Por quê?
— Fui chamado para um dos centros deles. Falaram... — Ele sofre mais um espasmo, e uma bolha de saliva amarelada se forma em seus lábios.
— O tempo está passando, Rinat. O que falaram para você?
— Para... pegar aquele homem, Konstantin. Levar para o casarão em Fontanka.
— Então por que você fez o que eles pediram?
— Porque eles... ah, meu Deus, *por favor*...
As mãos dele agarram os braços e o peito conforme a parestesia volta a atacar.
— Porque eles o quê?
— Eles... eles sabiam de coisas. Sobre *Zolotoye Bratstvo*, a Irmandade Dourada. Que a gente tinha mandado garotas da Ucrânia para a Turquia, Hungria e República Tcheca como prostitutas. Eles tinham entrevistas, documentos, podiam me destruir. Tudo que eu...
— E o SVR interrogou esse homem, Konstantin, na sua casa em Fontanka?
— Foi.
— E conseguiram as respostas que queriam?
— Não sei. Eles o interrogaram, mas... ai, meu Deus.
Ele vomita, expele bílis, e a bexiga se esvazia. O cheiro e o zumbido furioso das moscas se intensificam. Do outro lado da mesa, Lara se serve de um terceiro confeito.
— Mas...?

— Mas me mandaram ficar longe. Só escutei uma pergunta que ficaram gritando sem parar: "Quem são os *Dvenadtsat*, os Doze?".
— E ele falou?
— Não sei, eles... Eles o espancaram pra caramba.
— E aí ele falou, ou não?
— Não sei. Juro.
— *Govno*. Duvido.
Ele vomita de novo, e lágrimas escorrem pelo rosto.
— Por favor — geme ele.
— Por favor o quê?
— Você disse...
— Eu sei o que eu disse, *mudak*. Fale dos Doze.
— Só ouvi boatos.
— Diga.
— Eles devem ser um tipo de... organização secreta. Muito poderosa, muito implacável. É só isso que sei, juro.
— O que eles querem?
— Como é que eu vou saber, porra?
Ela assente, com ar pensativo.
— Então de que idade eram as garotas? As que a Irmandade Dourada mandou para a Europa?
— Dezesseis, no mínimo. A gente não pega...
— Não pegam crianças? Você é o quê, feminista?
Rinat abre a boca para responder, mas sofre outra convulsão, e suas costas se arqueiam tanto que, por um instante, ele fica apoiado nas mãos e nos pés como uma aranha. Então um pé se firma em seu peito, empurrando-o, agonizante, para o chão. Depois, a mulher que ele conhece como Marina Falieri tira a peruca preta e as lentes de contato cor de âmbar.
— Queime isto — diz ela para Lara.
Ela é muito diferente sem o disfarce. Cabelo louro-escuro e olhos cinzentos vazios e inescrutáveis. Sem falar na pistola automática cz com silenciador na mão dela. Rinat sabe que é

o fim, e essa percepção, de alguma forma, faz a dor diminuir um pouco.

— Quem é você? — murmura ele. — Quem é você, *porra*?

— Meu nome é Villanelle. — Ela aponta a cz para o coração dele. — Eu mato para os Doze.

Ele a encara e ela atira duas vezes. No ar úmido e abafado do meio-dia, as explosões silenciadas parecem o som de gravetos secos se quebrando.

Não demora muito para arrastar Rinat até a cova pronta e enterrá-lo. É uma tarefa cansativa e desagradável, que Villanelle delega a Lara. Enquanto isso, ela põe a mesa, as cadeiras e o resto do almoço na *motoscafo*. Quando volta, está trazendo um galão de combustível. Ela tira a camiseta e a calça jeans, encharca tudo com gasolina e joga na fogueira que Lara acendeu, em cima dos restos incandescentes da peruca.

Quando Lara termina de enterrar Rinat, Villanelle a manda tirar o short e o sutiã do biquíni. O processo de limpeza leva quase uma hora, mas as roupas terminam de queimar, as cinzas são recolhidas, e todos os botões, rebites e clipes que sobraram são jogados na água.

— Tem um balde no barco — murmura Villanelle, olhando para a água.

— Para quê?

— Adivinhe. — Ela faz um gesto para indicar os traços pungentes dos fluidos expelidos por Rinat.

Quando enfim se dá por satisfeita, as duas descem para o píer, vestem roupas novas que Lara trouxe, soltam os barcos do atracadouro e saem em uma rota no sentido nordeste. A lagoa de Veneza é rasa, com profundidade média de dez metros, mas em algumas depressões chega a ter mais que o dobro. Não muito longe da ilha de Poveglia, o sensor de profundidade da *motoscafo* indica que elas estão passando por um trecho desses, e Villanelle aproveita para jogar na água a mesa e as cadeiras de metal, a picareta e a pá.

Nos séculos XVIII e XIX, Poveglia era uma área de quarentena para a tripulação de navios que tivessem casos da peste. No começo do século XX, abrigou um sanatório onde, segundo os venezianos, os pacientes eram submetidos a experimentos sinistros. Agora, abandonada e com fama de mal-assombrada, a ilha tem um aspecto desolado, e são raras as embarcações de turistas que se arriscam a chegar perto.

O canal estreito, recoberto de vegetação, corta Poveglia ao meio. Ali, fora da vista de qualquer embarcação de passagem, as mulheres atracam as lanchas. Diante do olhar crítico de Villanelle, Lara esfrega toda a superfície da *motoscafo* com um spray removedor de DNA, tira a tampa do dreno e vai se juntar a Villanelle na outra lancha. Leva vinte minutos para a *motoscafo* se afundar placidamente e repousar no leito do canal.

— Vão encontrá-la, mas não imediatamente. É melhor irmos para o hotel. A ideia é sermos irmãs, não é? — diz Villanelle.

— É, falei para eles que ia buscar você no aeroporto Marco Polo.

— E não era para eu ter bagagem?

— No porta-malas.

Villanelle confere as bolsas Ferragamo de couro de bezerro.

— Então quem a gente é?

— Yulia e Alyona Pinchuk, donas de MySugarBaby.com, uma agência de namoros com sede em Kiev.

— Boa. Eu sou qual?

— Yulia.

Villanelle se acomoda no banco do passageiro com estofado de couro cor de creme da lancha.

— Vamos. Já acabamos aqui.

No restaurante do Hotel Excelsior, em Lido, Villanelle e Lara estão bebericando champanhe rosé Mercier e comendo *frutti di mare* ao gelo de uma bandeja alta de prata. O espaço, uma extravagância mourisca de colunas em tons de branco e marfim, não está muito cheio; a estação está perto do fim, e os hóspedes de verão já foram embora. Ainda assim, o burburinho de conversa é animado, com frequentes interrupções de risadas. Para além da varanda, pouco visível no crepúsculo, repousa a lagoa, com uma superfície vagamente mais escura que o céu. Não sopra uma brisa sequer.

— Você foi bem hoje — diz Villanelle, cravando o garfo em um lagostim.

Lara toca no ombro quente de Villanelle com o dorso da mão.

— Obrigada por ser minha mentora, *kroshka*. Essa experiência profissional toda foi superpreciosa. Aprendi muito. É sério.

— Você definitivamente começou a se vestir com mais estilo. Um pouco menos *lesbiskoye porno*.

Lara sorri. Com o vestido de chiffon de seda, o cabelo curto e os braços musculosos descobertos, ela parece uma deusa mítica da guerra.

— Você acha que vão demorar para te mandar em trabalhos individuais? — pergunta Villanelle.

— Talvez. Meu problema são os idiomas. Aparentemente, ainda falo inglês como uma russa, então me arranjaram uma posição temporária como *au pair*.

— Na Inglaterra?

— É. Em um lugar chamado Chipping Norton. Você já foi lá?

— Não, mas já ouvi falar. É um daqueles bairros ricos de dinheiro sujo, que nem Rublyovka, cheio de donas de casa entediadas cheirando cocaína e trepando com o instrutor de tênis. Você vai adorar. O que o marido faz?

— É um *politik*. Membro do Parlamento.

— Nesse caso, provavelmente você vai ter que convencê-lo a te chupar por *kompromat*.
— Prefiro chupar você.
— Eu sei, *detka*, mas trabalho é trabalho. Quantos filhos?
— Duas gêmeas. Quinze anos.
— Bom, cuidado. Tente não bater nelas, ou nada que deixe marca. Os ingleses são sensíveis com isso.

Lara contempla a concha de ostra em sua mão, pinga uma gota de Tabasco no caldo e observa a pequena convulsão do molusco.

— Eu queria fazer uma pergunta. Sobre hoje.
— Pode fazer.
— Por que você inventou toda aquela história do veneno? Você tinha uma arma.
— Acha que eu devia ter ameaçado atirar caso ele não falasse?
— Por que não? Bem mais fácil.
— Pense. Imagine como a cena correria.

Lara despeja a ostra pela goela e fita a penumbra do entardecer.

— Porque é um jogo de gato e rato?
— Exatamente. Esses *vory* das antigas, eles são casca-grossa, até mesmo bostas como Yevtukh, e nesse mundo a reputação é tudo. Você pode ameaçar matar um cara se ele não falar, mas e se ele mandar você se foder? Se você o matar, não vai escutar o que ele tem a dizer.

— E se você atirasse na mão, no pé ou em algum lugar bem doloroso, mas não letal, e dissesse que ia atirar de novo se ele não falasse?

— É uma opção mais inteligente, mas, se você quer a verdade, é melhor não submeter o indivíduo ao choque de um ferimento à bala. As pessoas falam coisas muito estranhas quando estão em choque. O negócio da história com veneno e antídoto é que ele assume a responsabilidade. Ele é que precisa tomar

uma decisão difícil, não você. Ele pode acreditar ou não, e, aliás, não existe nenhum antídoto conhecido para uma dose letal de aconitina, mas ele sabe que a única chance de sobreviver é falando. Se ficar quieto, vai morrer com certeza.
— Xeque-mate.
— Isso. O segredo é acertar o tempo. Você precisa deixar o veneno agir para que a pressão passe a vir dele, não de você. No fim, ele vai estar tão desesperado que não vai calar a boca.

Muito mais tarde, elas estão na cama. Uma brisa noturna suave balança as cortinas.
— Obrigada por não me matar hoje — murmura Lara no cabelo de Villanelle. — Sei que você pensou nisso.
— Por que você está dizendo isso?
— É que estou começando a entender como você opera. Como você pensa.
— E como eu penso?
— Bom, digamos, por exemplo, que você tivesse atirado em Rinat, como fez, e depois atirado em mim, colocado nosso corpo na lancha e a explodido...
— Sim.
— Quando a polícia fosse investigar a explosão, encontraria os restos de Rinat e uma mulher. E aí, quando falasse com as pessoas no hotel de Rinat, descobriria que ele saiu de barco com uma mulher hoje de manhã.
— Certo.
— Aí todo mundo concluiria que o meu corpo era o dessa mulher. E que houve algum acidente fatal.
— E por que eu me daria esse trabalho todo, *detka*?
— Bom, a polícia não te procuraria, porque acharia que você está morta. E eu, a única pessoa que sabe quem você é, estaria morta de verdade. A única pessoa que sabe que você já foi Oxana Vorontsova, de Perm.

— Não vou matar você, Lara. Não mesmo.
— Mas você considerou a ideia.
— Talvez por um ou dois segundos. — Ela se vira para Lara, e as duas se encaram olho no olho, boca a boca, respirando o mesmo ar. — Mas não foi a sério. Você logo vai ser efetivada como soldado dos Doze. Eles não ficariam muito contentes se eu a explodisse em mil pedacinhos, não é?
— Foi só por isso?
— Hm... eu sentiria falta disso tudo.

Ela desliza a mão pela barriga firme de Lara, alisando a pele quente com a ponta dos dedos.

— Você é tão linda — diz Lara, depois de um instante. — Quando olho para você, mal dá para acreditar como é perfeita. Ainda assim, você faz coisas tão...
— Tão?
— Tão terríveis.
— Você também vai fazer, acredite.
— Eu sou uma soldado, *kroshka*. Você mesma disse. Fui feita para lutar. Mas você podia ter a vida que quisesse. Podia deixar tudo isso para trás.
— Não dá para deixar tudo para trás. E, mesmo se desse, eu não deixaria. Gosto da minha vida.
— Então você vai morrer. Mais cedo ou mais tarde, a inglesa vai te encontrar.
— Eve Polastri? Quero que ela me encontre. Quero me divertir com ela. Quero prendê-la debaixo da minha pata que nem uma gata brincando com um rato. Quero espetá-la com minhas garras.
— Você é doida.
— Não sou doida. Eu gosto do jogo. E gosto de vencer. Polastri também é uma jogadora, e é por isso que gosto dela.
— É só por isso?
— Não sei. Talvez não.
— Preciso ficar com ciúme?

— Pode ficar, se quiser. Para mim não faz diferença.
Lara fica em silêncio por um instante.
— Você nunca fica em dúvida? Em relação a isso tudo?
— Devia ficar?
— No momento antes de apertar o gatilho. Quando o alvo já está morto, mas ainda não sabe. E depois, quando você fecha os olhos à noite e estão todos lá. Todos os mortos, te esperando...
Villanelle sorri, beija a boca de Lara e põe a mão entre suas pernas.
— Eles se foram, *detka*. Todos. — Seus dedos começam uma dança delicada. — A única pessoa que está esperando você sou eu.
— Você nunca pensa neles? — murmura Lara.
— Nunca — diz Villanelle, deslizando os dedos para dentro dela.
— Então você nunca sente... nada em relação a eles? — pergunta Lara, pressionando o corpo contra a mão de Villanelle.
— Querida, por favor. Cale a porra da boca.
Elas estão quase dormindo quando, meia hora depois, um celular começa a vibrar na mesinha de cabeceira.
— O que foi? — pergunta Lara, sonolenta, quando Villanelle passa o braço por cima dela.
— Trabalho.
— Só pode estar de sacanagem.
Villanelle dá um beijinho na ponta do nariz dela.
— Não há paz para os ímpios, *detka*. Você já devia ter aprendido.

# 2

Se Dennis Cradle fica surpreso ao ver Eve quando ela passa para buscá-lo em casa, disfarça bem. O carro é um vw Golf de oito anos de idade da frota do mi6, com cheiro de aromatizador velho, e Cradle se acomoda no banco do carona sem falar nada. Quando o carro se afasta da casa, Eve sintoniza o programa *Today* da Rádio 4, e os dois fingem prestar atenção.

Cradle fica em silêncio durante todo o trajeto até Dever. A princípio, Eve interpreta isso como um esforço desesperado de estabelecer alguma forma de autoridade, considerando que ele era bastante superior quando ela trabalhava no mi5. Depois lhe ocorre uma explicação mais sinistra para o comportamento. Ele não está falando nada porque sabe exatamente o que ela está fazendo ali, assim como a organização para a qual ele trabalha. Nesse caso, o que mais sabem dela? E de Niko, aliás? A ideia de que seu marido pode ser alvo de observação, ou talvez de algo pior, por parte de inimigos a deixa com um sentimento intenso e angustiante de culpa. É impossível negar o fato de que foi ela que procurou essa situação. Richard teria compreendido se ela tivesse decidido recuar após o assassinato de Simon Mortimer em Xangai; na verdade, ele até insistiu. Mas ela não pode, e não quer, desistir.

Em parte, é um anseio por respostas. Quem é a mulher anônima que deixou um rastro tão sangrento pelas partes obscuras do mundo da espionagem? Quem são seus empregadores, o que querem, e como obtiveram uma dimensão tão assustadora de poder e alcance? O mistério e a mulher no centro do enigma tocam uma parte de Eve que ela nunca explorou bem. Será que poderia se transformar em alguém que age como a mulher que é seu alvo? Alguém que mata sem hesitar ou sentir pena? E, se for o caso, o que a levaria a isso?

O trânsito na saída de Londres está intenso, mas Eve consegue compensar na rodovia, e ainda faltam quinze para as nove quando ela pega o acesso sinalizado como "Somente para trânsito de obras". A pista atravessa uma área de árvores esparsas até um portão de aço instalado em uma cerca alta com arame concertina. Há uma guarita na frente do portão, e um cabo armado do exército confere o cartão de segurança de Eve antes de fazer um gesto para autorizá-la a seguir na direção do conjunto de edifícios baixos de alvenaria manchados pelo tempo que abrigam a antiga estação de pesquisa do governo. Quando entra com o carro no estacionamento, ela vê meia dúzia de indivíduos com roupa de moletom correndo em torno do perímetro da cerca. Outros, armados com automáticas, perambulam entre os edifícios maltratados.

No prédio da recepção, Eve e Cradle são abordados por um soldado do Esquadrão E, a unidade das Forças Especiais que toma conta do lugar. O homem dá uma olhada no cartão de Eve e indica que eles devem acompanhá-lo. A sala de interrogatório fica no final de um corredor subterrâneo iluminado por lâmpadas fluorescentes. O mobiliário é mínimo, e não há qualquer câmera de vigilância à vista. Uma mesa larga simples sustenta uma chaleira elétrica, uma garrafa d'água mineral pela metade, duas canecas manchadas, um pacote de biscoito e uma caixa com saquinhos de chá e sachês de açúcar e leite em pó. A sala está mais fria do que Eve teria preferido, e o ar-condicionado emite um ligeiro zumbido trêmulo.

— Servida? — pergunta Cradle, com um tom ríspido, indo até a mesa.

— Tanto faz — diz Eve, sentando-se em uma cadeira de plástico empoeirada. — Não tenho tempo para perder aqui, nem você.

— Estamos sendo observados? Ouvidos? Gravados?

— Me garantiram que não.

— Acho que isso vai ter que bastar... Céus, esses biscoitos devem ter uns seis meses.

— Regras básicas — diz Eve. — Se você mentir, enrolar ou tentar qualquer palhaçada, não tem mais acordo.

— É justo. — Ele põe a água na chaleira. — Leite, um cubinho de açúcar?

— Você entendeu o que acabei de falar?

— Sra. Polastri. Eve. Eu realizo interrogatórios táticos há mais de uma década. Conheço as regras.

— Ótimo. Vamos começar pelo início, então. Como você foi abordado?

Cradle dá um bocejo, cobrindo a boca sem pressa.

— Estávamos de férias, há uns três anos. Em um clube de tênis, perto de Málaga. Tinha outro casal lá, da Holanda, e Penny e eu começamos a jogar regularmente com os dois. Eles disseram que se chamavam Rem e Gaite Bakker, e que eram de Delft, onde ele trabalhava como consultor de TI e ela, como técnica de radiografia. Pensando agora, duvido que alguma coisa fosse verdade, mas na época não vi motivo para não acreditar, e acabamos virando quase amigos, desses que a gente faz durante as férias. Saíamos para comer juntos, esse tipo de coisa. Enfim, certa noite, Penny, Gaite e algumas das outras esposas saíram em uma noite das mulheres, com flamenco, sangria e tal, e eu fui com Rem para um bar na cidade. Conversamos sobre esportes por um tempo, ele era bastante fã do Federer, e depois começamos a falar de política.

— E você disse para esse tal de Rem que trabalhava com o quê?

— Dei a descrição básica e vaga de Ministério do Interior. E, como não podia deixar de ser, ficamos um tempo discutindo a questão da imigração. Mas ele não insistiu na política. Acho que terminamos a noite conversando sobre vinho, um assunto que ele conhecia muito bem, e para mim foi só uma daquelas noites agradáveis de férias em que a gente resolve todos os problemas do mundo.

— E depois?

— Depois, quando já fazia um mês que estávamos em casa, Rem me mandou um e-mail. Ele ia passar uns dias em Londres e queria que eu fosse conhecer um amigo dele. A ideia era que nós três fôssemos a um clube de vinho em Pall Mall, onde esse amigo era sócio, e experimentássemos umas safras raras. Pelo que me lembro, ele mencionou Richebourg e Echezeaux, que eram bem distantes do alcance do meu salário da Thames House, mesmo como vice-chefe de seção. Você disse se queria leite e açúcar?

— Pode ser puro. Então qual foi sua impressão quando ele retomou contato assim?

— Lembro que pensei, de um jeito meio britânico, que foi um ligeiro excesso de intimidade. Aquela saída para beber nas férias foi uma coisa, mas insistir em uma amizade depois disso era outra história, embora realmente tivéssemos trocado endereços de e-mail. Por outro lado, preciso admitir que a ideia de beber um borgonha genuinamente bom pelo menos uma vez na vida era uma oportunidade boa demais para dispensar, então aceitei.

— Em outras palavras, eles te manipularam perfeitamente.

— Mais ou menos — diz Cradle, entregando uma das canecas para ela. — E, quando cheguei lá, não vou mentir, fiquei feliz de ter ido.

— Então quem era esse amigo?

— Um russo, Sergei. Um cara jovem, de uns trinta anos, incrivelmente educado. Terno Brioni, inglês impecável, com um francês em sotaque perfeito para o *sommelier*, simpático

pra caramba. E na mesa, por incrível que pareça, três taças e uma garrafa de DRC.
— E o que isso significa, em língua de gente?
— *Domaine de la Romanée-Conti*. O melhor, mais raro e, sem sombra de dúvida, mais caro borgonha tinto do mundo. Era um 1988, com preço na faixa de doze mil. Quase desmaiei.
— Foi esse o seu preço? A chance de beber um vinho caro?
— Não me julgue, Eve, isso não é muito a sua cara. E não, meu preço não foi esse. Isso foi só o aperto de mão. E, por mais que o vinho fosse bom, e quando falo bom quero dizer sublime, não me senti nem um pouco comprometido, e em circunstâncias normais eu não teria tido o menor problema em agradecer Rem e Sergei, trocar um aperto de mãos e nunca mais voltar a vê-los.
— Então o que essa noite teve de anormal?
— A conversa. Sergei, se é que esse era o nome dele mesmo, tinha uma noção de estratégia global que raramente se vê fora dos melhores institutos de pesquisa e dos círculos mais elevados do governo. Quando alguém assim analisa e expõe os temas, a gente presta atenção.
— Pelo visto ele sabia muito bem quem você era.
— Depois de escutar por alguns minutos, não tive a menor dúvida. Deduzi também que ele e Rem eram indivíduos importantes no mundo da espionagem. A conversa fluiu superbem, e fiquei curioso para ver qual seria a oferta.
— Você sabia que haveria uma oferta?
— Algo do tipo. Mas eles não começaram pelo dinheiro, e... bom, acredite se quiser, mas não foi por isso. Quer dizer, pelo dinheiro. Foi pela ideia.
— Pela ideia — diz Eve, com um tom neutro. — Então isso não teve nenhuma relação com os apartamentos no sul da França, nem com instrutoras de ginástica sérvias de vinte e poucos anos tomando banho de sol em iates, nem nada do tipo. Foi tudo por convicção.
— Como eu disse, acredite se quiser.

— Então quem é Tony Kent?
— Não faço a menor ideia.
— Ele era o cara por trás da câmeras. Basicamente, era ele quem pagava, embora se esforçasse muito para cobrir os rastros.
— Se você está dizendo.
— Tem certeza? Tony Kent. Pense.
— Certeza. Ninguém me falava nada que eu não precisasse saber. Ninguém disse nomes, garanto.
— E você quer me dizer que acreditou nessa causa deles? Sério?
— Eve, escute. Por favor. Você sabe, e eu sei, que o mundo está indo para o buraco. A Europa está implodindo, os Estados Unidos são liderados por um imbecil, e o sul islâmico está subindo para o norte, vestido com um colete suicida. Não tem jeito. Pelo andar da carruagem, estamos fodidos.
— É essa a sua impressão, então?
— Essa é a realidade, e ponto. Você pode até falar que prejuízo para o Ocidente é lucro para o Oriente, e que enquanto a gente se destrói eles fazem a festa. Mas, a longo prazo, não é assim que funciona. Mais cedo ou mais tarde, nossos problemas viram problema deles. O único jeito de preservarmos alguma estabilidade, o único jeito de *sobrevivermos*, é se as maiores potências cooperarem. E não estou falando só de acordos comerciais ou alianças políticas, mas de trabalhar ativamente como uma só força para impor e proteger nossos valores.
— E que valores são esses, especificamente?
Ele se inclina para a frente na cadeira. Seus olhos se fixam nos dela.
— Olha, Eve. Estamos sozinhos nessa. Ninguém está olhando, ninguém está ouvindo, ninguém dá a mínima para o que estamos falando. Então peço que você tenha bom senso. Pode ficar do lado do futuro, ou pode se trancar nos destroços carbonizados do passado.
— Você ia me falar dos tais valores.

— Vou falar o que já ficou provado que não funciona. Multiculturalismo, e a democracia do mínimo denominador comum. Esse tempo já passou. Já era.

— E no lugar disso?

— Uma nova ordem mundial.

— Construída por traidores e assassinos?

— Não me considero um traidor. E, quanto a assassinos, para que você acha que serve o Esquadrão E? Todo sistema precisa de um braço armado, e sim, nós temos o nosso.

— Então por que vocês mataram Viktor Kedrin? Achei que a filosofia política dele tivesse tudo a ver com vocês.

— Tinha. Mas Viktor também era um beberrão que apreciava meninas muito novas. O que acabaria vindo a público, mais cedo ou mais tarde, e comprometeria a mensagem. Assim, ele é um mártir, tragicamente morto pelo que acreditava. Não sei se você esteve na Rússia recentemente, mas Viktor Kedrin está em todo canto. Cartazes, jornais, blogs... Morto, ele é muito mais popular do que foi em vida.

— Diga o nome da mulher.

— Que mulher?

— A assassina que matou Kedrin debaixo do meu nariz, que matou Simon Mortimer e só Deus sabe quantas outras pessoas.

— Não faço ideia. Você precisa falar com alguém do departamento de faxina.

Em um instante, sem pensar, Eve tira a pistola automática do coldre e aponta para o rosto de Cradle.

— Falei para não ficar de sacanagem. Qual é o nome dela?

— E eu falei que não sei. — Ele a encara com calma. — E sugiro também que você guarde esse negócio antes que cause um acidente. Tenho muito mais valor para vocês vivo do que morto. Imagine as explicações que você precisaria dar.

Ela abaixa o braço, furiosa consigo mesma.

— E é bom você lembrar as condições para estar aqui, conversando comigo, em vez de na cadeia por traição. Você vai me

dizer o nome de todos os seus contatos, e como e quando vocês se comunicavam. Vai me dizer que serviços você fazia para eles e que informações lhes dava. Vai dar descrições de quem o pagava e como. E vai me dizer o nome de cada indivíduo dos serviços de segurança, e de qualquer outro lugar, que traiu o país para essa organização.
— Os Doze.
— O quê?
— É assim que ela se chama. Os Doze. *Les Douze. Dvenadtsat.*

Há uma batida urgente na porta, e o soldado que os conduziu para a sala de interrogatório põe a cabeça para dentro.
— O chefe tem uma mensagem para a senhora. Pode vir atender?
— Espere aqui — diz ela para Cradle antes de sair com o soldado para o térreo, onde um oficial baixo de bigode a espera.
— Seu marido ligou — diz ele. — Falou que você precisa voltar para casa, que aconteceu uma invasão.

Eve o encara.
— Ele falou só isso? Está tudo bem com ele?
— Sinto muito, não sei informar. Peço desculpas.

Ela assente e pega o celular às pressas. A ligação cai direto na caixa postal de Niko, mas ele retorna logo em seguida.
— Estou em casa. A polícia está aqui.
— E o que foi que aconteceu?
— Tudo muito estranho. A sra. Khan, aqui da rua, viu uma mulher sair pela janela da frente da sala, aparentemente na maior cara de pau, sem nem tentar disfarçar o que estava fazendo, e chamou a polícia. Só fui saber quando uns policiais uniformizados foram me buscar na escola. Até onde eu sei, não sumiu nada, mas...
— Mas o quê?
— Volte logo para cá, tá bom?
— Imagino que a mulher tenha fugido.

— Fugiu.
— Alguma descrição?
— Jovem, magra...
Eve sabe. Ela simplesmente sabe. Em questão de minutos, está no carro descendo a A303, com Cradle no banco do carona. Ela não gosta da proximidade física, e do cheiro sutil, mas desagradável, da loção pós-barba dele, mas não quer de jeito nenhum que ele fique à espreita no banco traseiro.
— Tenho autoridade para lhe fazer uma proposta — diz ele, quando passam pelo posto de Micheldever.
— Você, me fazer uma proposta? Está de sacanagem com a minha cara?
— Eve, preste atenção. Não sei qual é a sua situação no momento, nem para qual departamento exatamente você trabalha, mas sei que não faz muito tempo que você era uma agente de liga júnior na Thames House, ganhando uma miséria. Aquela bobagem de que servir ao público é recompensador por si só. E aposto que as coisas não mudaram muito. Pelo menos em termos financeiros.
— Merda! — Eve pisa com força no freio para não bater em um Porsche que entrou na faixa lenta para cortá-la pela esquerda. — Que ótimo motorista você, seu miserável!
— Mas imagine. E se você tivesse alguns milhões guardados para que, quando fosse a hora, você e seu marido pudessem largar o trabalho e relaxar ao sol? Para que pudessem viver o resto da vida viajando de primeira classe? Chega de casas minúsculas e metrôs lotados. Chega de invernos intermináveis.
— Funcionou que é uma beleza para você, hein?
— Ainda vai funcionar, no fim das contas. Porque sei que você é inteligente e sabe que precisa de mim. Que o navio do Estado não está afundando: ele já afundou.
— Você acredita mesmo nisso?
— Eve, o que estou sugerindo não é traição, é bom senso. Se você quiser mesmo servir ao seu país, venha para o nosso lado

e ajude a criar um mundo novo. Estamos em todas as partes. Somos legião. E vamos te recompensar...

— Ah, meu Deus do céu, não acredito.

Uma moto da polícia, com luzes azuis piscando, fica cada vez maior no retrovisor. Eve desacelera, na esperança de que a moto passe direto, mas o veículo entra na frente do carro e o guarda gesticula com o braço para ela parar no acostamento.

Assim que Eve obedece, o guarda para na frente, apoia a potente BMW no descanso, se aproxima e olha pela janela do motorista.

Eve abaixa a janela.

— Algum problema?

— Posso ver sua habilitação, por favor? — Voz de mulher. A viseira do capacete branco reflete a luz do sol.

Eve entrega a habilitação, junto com o cartão dos serviços de segurança.

— Para fora do carro, por favor. Os dois.

— Sério? Estou indo para Londres porque alguém invadiu minha casa. Pode confirmar com a Metropolitana. E recomendo fortemente que você dê mais uma olhada nesse cartão.

— Agora, por favor.

— Ah, pelo amor de Deus. — Lentamente, sem tentar disfarçar a frustração, Eve sai do carro. Os carros na estrada passam rápido, a uma distância assustadoramente curta.

— Mãos no capô. Pernas afastadas.

Aquele sotaque difícil de identificar, incomum em agentes da polícia, faz a dúvida se instalar na mente de Eve. Mãos experientes a revistam, pegam seu celular e tiram a Glock do coldre. Ela escuta o estalo sutil do carregador sendo solto e, depois, sente a pistola voltando para o coldre. Com uma certeza nauseante, Eve percebe que aquela pessoa não é da polícia.

— Vire-se.

Eve obedece. Percebe a silhueta feminina esbelta por baixo da jaqueta fluorescente, das calças de couro e das botas. Vê as mãos da mulher levantarem a viseira para revelarem um olhar frio, cinzento como gelo. Um olhar que ela já viu uma vez antes. Em uma rua movimentada de Xangai, na noite em que Simon Mortimer foi encontrado com a cabeça praticamente arrancada do corpo.

— Você — diz Eve, mal conseguindo respirar. O coração está pulando no peito.

— Eu. — Ela tira o capacete. Por baixo, usa uma máscara de lycra que oculta o rosto todo, menos aqueles olhos cinzentos gelados. Depois de colocar o capacete no chão, ela chama Cradle, que se aproxima. — Esvazie os pneus do vw, Dennis, e guarde a chave do carro no seu bolso. Depois, vá esperar na moto.

Cradle olha para Eve, dá um sorriso e encolhe os ombros.

— Sinto muito — diz ele. — Acho que você perdeu esta rodada. É que a gente cuida dos nossos.

— Entendi — diz Eve, tentando se acalmar.

A mulher pega em seu braço, anda alguns passos com ela e examina seu rosto, como se estivesse tentando memorizá-lo.

— Senti saudade de você, Eve. Saudade do seu rosto.

— Quem me dera poder dizer o mesmo.

— Não seja assim, amargurada.

— Você vai matar Cradle?

— Por quê? Você acha que eu devia?

— É o que você faz, não é?

— Por favor, não vamos falar disso. É tão raro a gente se ver.

Ela levanta a mão e encosta um dedo no rosto de Eve. Quando ela faz isso, Eve fica chocada ao ver a pulseira que perdeu em Xangai.

— Isso... isso é *meu*. Onde conseguiu isso?

— No seu quarto, no Hotel Sea Bird. Entrei uma noite para ver você dormindo e não resisti.

Eve a encara com uma expressão vazia.

— Você... ficou me vendo dormir?

— Você fica uma gracinha com o cabelo todo espalhado no travesseiro. Tão vulnerável. — Ela prende uma mecha solta de cabelo atrás da orelha de Eve. — Mas devia se cuidar mais. Parece até uma pessoa que eu conhecia. Os mesmos olhos bonitos, o mesmo sorriso triste.
— Como ela se chamava? Como *você* se chama?
— Ah, Eve. Eu tenho tantos nomes.
— Você sabe o meu nome, mas não vai me dizer o seu?
— Estragaria as coisas.
— Estragaria as coisas? Você invadiu a porra da minha casa hoje de manhã e agora está com medo de estragar as coisas?
— Eu queria deixar algo para você. Uma surpresa. — Ela balança a pulseira no braço. — Em troca disto. Mas agora, por mais que eu esteja amando nosso papo, preciso ir.
— E vai levar ele junto? — Eve faz um gesto com a cabeça na direção de Cradle, que está parado junto da moto, a uns vinte passos de distância.
— Tenho que levar. Mas a gente tem que repetir a dose, tenho muitas perguntas para fazer. E muita coisa para contar. Então, *à bientôt*, Eve. Até logo.


A moto dispara pelas estradas do interior, em meio às cores vívidas de árvores e arbustos em um dia de início de outono, e Cradle sente uma intensa leveza de espírito. Vieram socorrê-lo, como sempre prometeram que fariam caso ele fosse descoberto, e agora ele seria levado para algum lugar seguro. Algum lugar onde a autoridade dos Doze fosse absoluta. Ele nunca mais veria a família, mas às vezes é preciso fazer alguns sacrifícios. No caso de Penny, o sacrifício não é tão penoso. E as crianças, bom, ele proporcionou um início de vida de primeira para elas. Escolas particulares no norte de Londres, esqui nos Trois Vallées nas férias, padrinhos bem situados na cidade.

Cradle não esperava que aparecesse uma mulher, mas também não estava reclamando, considerando o que ele já a vira fazer. Ela deixou aquela escrota da Polastri com o rabinho entre as pernas. E foi genial mandá-la disfarçada de guarda de trânsito.

Eles viajam por quase uma hora, até pararem perto de uma ponte sobre um rio nos arredores de Weybridge, uma cidadezinha no Surrey. A mulher apoia a BMW no descanso, tira o capacete e o casaco, puxa a máscara e sacode o cabelo. Depois de também tirar o capacete emprestado, Cradle a admira.

Ele se considera uma espécie de *connoisseur* da forma feminina, e essa é de alta qualidade. O cabelo louro-escuro está suado, mas nada que atrapalhe muito. Os olhos são um pouco frios e esquisitos, mas aquela boca sugere um universo inteiro de possibilidades sexuais. Os peitos? Firmes que nem maçãs por baixo da camiseta justa. E que homem nunca sentiu a cueca apertar ao ver uma mulher com calças de couro e botas? Vestida assim, ela com certeza está a fim. E, na prática, ele voltou a ser um homem solteiro.

— Vamos andar — diz ela, olhando o GPS da moto. — O ponto de encontro para a próxima etapa da sua viagem é por aqui.

Uma trilha parte da estrada e desce pela margem do rio Wey. A água tem uma cor verde-escura, e a correnteza é tão lenta que a superfície parece imóvel. As margens são sombreadas por árvores e cobertas de cerefólio-silvestre. De vez em quando, eles passam por canoas e balsas ancoradas na água.

— Para onde eu vou, afinal?
— Não posso dizer.
— Quem sabe, se nos encontrarmos de novo... — começa ele.
— Sim?
— Um jantar? Algo do tipo?
— Talvez.

Eles seguem pela trilha ensolarada, sem passar por ninguém, até chegarem a um redemoinho largo cercado por juncos e íris coloridas.

— O ponto de encontro é aqui — diz ela.

Cradle olha em volta. O rio, cujas águas correm vagarosamente para o turbilhão agitado, tem o cheiro agudo e indefinível típico desse tipo de lugar. Lama, mato e podridão. A cena tem uma qualidade atemporal que o faz pensar na infância. Em *O vento nos salgueiros*, com o Rato, a Toupeira e o Sapo. E naquele capítulo que ele nunca entendeu direito: "O flautista às portas da madrugada". Cradle está refletindo sobre esse enigma quando um bastão retrátil atinge com extrema força a parte de trás de sua cabeça. Ele cai no rio quase sem emitir ruído. Seu corpo parcialmente submerso flutua por uns instantes, até que Villanelle o vê derivar inexoravelmente até a borda do redemoinho, onde ele logo é sugado para as profundezas. Ela fica ali, imaginando o corpo dando voltas e voltas no vórtice, bem distante da superfície vítrea. Por fim, ela guarda o bastão no suporte e volta calmamente pela trilha.

Quando Lance a deixa em casa, Eve está exausta. Além de furiosa, apreensiva e ligeiramente enjoada pelo cheiro de nicotina no carro de Lance. Uma conversa horrorosa com Richard ainda a aguarda — ele marcou de aparecer no escritório às seis da noite —, mas a confissão mais vergonhosa que precisa fazer é para si mesma. Admitir a facilidade, a forma simples e desdenhosa com que foi enganada. A ingenuidade. A total e absoluta falta de profissionalismo.

Ela devia ter imaginado, pelo comportamento atrevido de Cradle, que ele tinha enviado alguma forma de alerta e esperava ser resgatado. Em vez de comemorar a descoberta da traição dele, Eve devia ter esperado justamente o tipo de manobra audaciosa que foi realizada contra ela. Como pôde estar tão despreparada? E aí teve aquele encontro surreal na A303, que a encheu de emoções que ela não fazia a menor ideia de como definir. Logo, não está com disposição para enfrentar a hostilidade de Niko quando ele abre a porta de casa.

— Liguei para você há quatro horas e meia — diz ele, pálido pela tensão reprimida. — Você disse que chegaria aqui ao meio-dia, e já são quase três da tarde.

Ela se obriga a respirar.

— Olha, desculpa, Niko, mas as explicações vão ter que ficar para depois. Se o seu dia foi ruim, pode acreditar que o meu foi pior. Depois que a gente se falou, a chave do meu carro e o meu celular foram roubados, e passei uma hora na beira de uma estrada movimentada, tentando fazer sinal para os carros até alguém me ajudar. E isso foi só o começo. Então fale logo, sem ficar bravo, o que é que houve.

Niko aperta os lábios e assente.

— Como falei pelo telefone, a sra. Khan disse que viu uma mulher jovem sair pela nossa janela por volta das dez e meia hoje de manhã e chamou a polícia. Dois policiais foram me buscar na escola e me trouxeram para cá. Ficou óbvio que levaram a história toda muito a sério, porque tinha uma pessoa da perícia esperando aqui na porta quando chegamos. Talvez tenham conseguido nosso endereço pela sua ficha do antigo trabalho no MI5, sei lá. Seja como for, eles vasculharam a casa toda comigo, cômodo a cômodo, e a perita fez aquelas coisas nas maçanetas, na janela da sala e em várias outras superfícies, procurando impressões digitais, mas não achou nenhuma. Ela disse que a intrusa devia estar de luva. A trava da janela tinha sido aberta, mas, fora isso, não vi mais nada fora do lugar, e nada sumiu.

— Thelma e Louise?

— Estão bem, relaxando lá fora. Deixaram a polícia bem surpresa, como você deve imaginar.

— Eles já foram embora, os policiais?

— Há muito tempo.

— E como acham que a intrusa entrou?

— Pela porta. Deram uma olhada na fechadura e concluíram que ela deve ter arrombado. Então era uma profissional, não uma garota qualquer procurando celulares ou notebooks.

— Certo.

— Então... você tem alguma ideia de quem pode ter sido?

— Não conheço nenhuma ladra profissional.

— Por favor, Eve, você sabe o que eu quis dizer. Isso tem a ver com o seu trabalho? Essa mulher estava procurando alguma coisa específica? Algo... — Ele para de falar e, quando Eve o encara, uma desconfiança mais sinistra se revela. — Será que foi... *aquela mulher*? A que você estava perseguindo? Que provavelmente ainda está? Porque, se foi...

Eve olha para ele com calma.

— Fala a verdade, Eve. Sério, eu preciso saber. Preciso que você não minta, pelo menos dessa vez.

— Niko, juro que não faço a menor ideia de quem foi. E não tem motivo nenhum para associar isso ao meu trabalho, ou à investigação em que você está pensando. Você sabe quantas queixas de invasão foram registradas em Londres no ano passado? Quase sessenta mil. *Sessenta mil*. Quer dizer que, estatisticamente...

— Estatisticamente. — Ele fecha os olhos. — Vamos falar de estatística, Eve.

— Niko, por favor. Desculpa se você acha que eu minto, e lamento que uma ladra invadiu a nossa casa, que não temos nada que valha a pena ser roubado. Mas isso foi só um acontecimento aleatório da vida em Londres, entendeu? Não *tem* explicação. Só... aconteceu.

Ele olha para a parede.

— Talvez a polícia consiga...

— Não, a polícia não vai conseguir nada. Ainda mais se nada foi roubado. Vão registrar a ocorrência, que vai para o banco de dados. Agora vou dar uma olhada pela casa, para ver se não sumiu nada mesmo.

Ele fica parado, respirando ruidosamente. Por fim, aos poucos, abaixa a cabeça.

— Vou fazer um chá.

— Isso, por favor. E, se tiver sobrado um pouco daquele bolo, estou morrendo de fome. — Eve fica atrás de Niko, passa os braços em volta da cintura dele e apoia a cabeça em suas costas.

— Desculpa, meu dia foi horrível mesmo. E isso só piora. Então obrigada por lidar com a polícia e tudo o mais, eu realmente acho que não teria dado conta.

Ela abre a porta dos fundos e sorri quando Thelma e Louise se aproximam saltitantes e, curiosas, a cutucam com o focinho. Elas são mesmo irresistíveis. Do outro lado do muro que contorna o quintal minúsculo, um barranco de vinte metros termina nos trilhos do metrô. Quando se mudaram, o corretor da imobiliária explicou que a casa era mais barata que a média da região por causa daquela proximidade com os trilhos. Eve já nem escuta mais os trens; já faz muito tempo que o barulho se misturou ao estardalhaço ambiente de Londres. Às vezes ela se senta ali fora e fica olhando, relaxando com as incessantes idas e vindas dos vagões.

— Qual foi a última vez que passamos uma tarde juntos no meio da semana? — pergunta Niko, dando-lhe uma xícara de chá e uma fatia de bolo equilibrada no pires. — Parece que faz uma eternidade.

— Tem razão, parece mesmo — diz ela, observando o horizonte urbano indistinto. — Posso fazer uma pergunta?

— Diga.

— Sobre a Rússia. — Ela dá uma mordida no bolo.

— O que tem?

— Você já ouviu falar de algo ou alguém chamado "os Doze"?

— Você está falando do poema?

— Que poema?

— *Dvenadtsat*. *Os Doze*, de Aleksandr Blok. Ele era um escritor do início do século XX que acreditava no destino sagrado da Rússia. Bem coisa de maluco. Eu li na universidade, durante minha fase de poesia revolucionária.

Eve sente um calafrio na nuca.

— É sobre o quê?

— Doze bolcheviques que embarcam em uma missão mística pelas ruas de Petrogrado. À meia-noite, pelo que me lembro, durante uma nevasca. Por quê?

— Hoje alguém no trabalho falou de uma organização chamada "os Doze". Algum grupo político. Ou é russo, ou tem relação com a Rússia. Eu nunca tinha ouvido falar.

Niko dá de ombros.

— A maioria dos russos escolarizados conhece o poema. Tem uma nostalgia pelo período soviético que perpassa todo o espectro da política.

— Como assim?

— Um grupo que adota um nome inspirado nos andarilhos noturnos de Blok pode pertencer a qualquer linha, desde os neocomunistas até os abertamente fascistas. O nome sozinho não significa muita coisa.

— Então você sabe onde eu... Niko?

Mas Thelma e Louise estão dando cabeçada nos joelhos dele, balindo e pedindo atenção.

Com a xícara na mão, Eve vasculha a casa. É pequena e, embora esteja cheia de tralha, principalmente coisas de Niko, parece que nada foi roubado ou tirado do lugar. Ela vai ao quarto por último, olha embaixo dos travesseiros e nas gavetas, e dá uma atenção especial à sua modesta coleção de joias. Eve está furiosa pelo roubo da pulseira e ainda não consegue assimilar o fato de que uma assassina profissional invadiu seu quarto de hotel em Xangai enquanto ela dormia. A imagem daquela mulher olhando para ela com aqueles olhos vazios e insensíveis, e talvez até encostando nela, deixa Eve tonta.

"*Você fica uma gracinha com o cabelo todo espalhado no travesseiro...*"

Eve abre o armário e confere vestidos, blusas e saias, deslizando os cabides um de cada vez pelo varão. De repente, fica imóvel, incrédula. Em uma prateleira, junto com cintos, luvas e um chapéu de palha do verão passado, há um embrulho pequeno de papel crepom que Eve certamente nunca viu na vida. Ela pega um par de luvas e, cuidadosamente, levanta o embrulho, sente o peso em uma das mãos e o abre. Uma caixa cinza com as palavras Van Diest. Dentro, repousando em uma almofada de veludo cinza, há uma pulseira linda de ouro rosa, com um par de diamantes no fecho.

Eve fica olhando por alguns instantes. Depois sacode a mão esquerda para tirar a luva, coloca a pulseira no braço e prende o fecho. Encaixa perfeitamente, e por um segundo, esticando o braço em um gesto lânguido, ela vibra com a aparência e o peso delicado da joia. No meio do papel crepom, com a ponta quase escondida, ela vê um cartão. O bilhete é escrito à mão.

*Cuide-se, Eve — V*

Com a pulseira no braço e o cartão na mão, Eve fica imóvel por um minuto inteiro. Como interpretar essas palavras? Um misto de flerte e preocupação, ou uma ameaça direta? Movida por impulso, ela aproxima o rosto do cartão e percebe um perfume feminino caro. Com a mão trêmula e tomada por emoções que não consegue identificar prontamente, ela guarda o cartão de volta na caixa. Medo, claro, mas também uma empolgação quase sufocante. A mulher que escolheu aquele objeto feminino lindo e escreveu aquela mensagem é uma homicida. Uma assassina profissional fria que só profere mentiras e executa cada ação com o propósito de perturbar e manipular. Contemplar aqueles olhos, como Eve fez há poucas horas, é fitar um abismo de gelar o coração. Nada de medo, pena, calor humano; apenas a ausência disso tudo.

A poucos metros de distância, no quintal, imerso em uma conversa sem sentido com as cabras — as *cabras* —, está o homem mais gentil e maravilhoso que Eve já conheceu. O homem em cujo abraço caloroso, ao mesmo tempo familiar e ainda misterioso, ela se acomoda à noite. O homem cujo amor desmedido por ela não tem limites. O homem para quem ela agora mente com tanta facilidade que é quase automático.

Por que está tão afetada por essa mulher perigosamente letal? Por que as palavras dela a abalam tanto? Aquele V enigmático não é à toa. É um nome, mesmo que não por inteiro. É um presente, assim como a pulseira. Um gesto ao mesmo tempo íntimo, sensual e profundamente hostil. Se me perguntar, eu respondo. Se me chamar, eu vou.

Como elas duas se inseriram de forma tão inescapável na vida uma da outra? É possível que, de alguma forma bizarra, V esteja tentando se aproximar dela? Eve levanta o braço e encosta o ouro liso no rosto. Quanto deve ter custado esse objeto lindo e luxuoso? Cinco mil libras? Seis? Nossa, ela o quer para si. Será que não pode deixar em segredo? Agora que, só de abrir o embrulho e talvez comprometer material forense, ela faltou completamente com o profissionalismo, não seria mais fácil... ficar com a pulseira?

Com uma onda de vergonha e remorso, ela tira a pulseira e a põe de volta na caixa. Puta *merda*. Está reagindo exatamente como sua adversária quer. Cedendo à tentação mais óbvia de todas, deixando-se levar pela situação de um jeito totalmente irracional. Só sendo mesmo muito egocêntrica para achar que ela, Eve, é objeto de afeto e desejo para essa tal de V. Não há a menor dúvida de que essa mulher é uma sociopata narcisista que está tentando prejudicar Eve com provocações passivo-agressivas. Qualquer hipótese no sentido contrário, por mais breve que seja, vai contra tudo que Eve já aprendeu como criminóloga e agente de inteligência. Ela pega uma sacola no chão do armário e enfia a caixa, o cartão e o papel dentro com a mão enluvada.

— Alguma coisa? — grita Niko da cozinha.
— Não. Nada.

No trem da Eurostar, ninguém olha duas vezes para a jovem de capuz preto. O cabelo dela está ensebado, a palidez parece doentia, e ela tem um ar indefinível de sujeira. Está usando botas pretas surradas de couro, e a postura insolente sugere que pode usá-las contra qualquer um que tiver o atrevimento de chegar perto. Para o casal de meia-idade que está sentado à sua frente, preenchendo as palavras-cruzadas do *Daily Telegraph*, ela é exatamente o tipo de pessoa que faz com que viagens de trem sejam tão desagradáveis. Suja. Sem a menor consideração pelos demais. Sempre no celular.

— Fala mais uma pista — murmura o marido.

— Horizontal, onze letras: "O que se faz com o peru de Natal + destino, fado + de nascença" — diz a esposa, e os dois franzem a testa.

Enquanto isso, depois de desativar o rastreador do celular de Eve e ler todas as mensagens e e-mails lamentavelmente sem graça, Villanelle olha as fotos dela. Niko, o babaca *Polskiy*, na cozinha. Uma *selfie* de Eve na ótica, experimentando óculos novos (por favor, meu bem, essa armação não). Outra de Niko com as cabras (e que porra aqueles animais estavam fazendo lá, aliás? Será que pretendem comê-las?). E depois vem toda uma série de fotos de celebridades, que Villanelle imagina que Eve pegou de revistas para mostrar no cabeleireiro. Quem é essa? Asma al-Assad? Sério, querida, esse estilo *não* serve para você.

Villanelle levanta os olhos e vê, pelos prédios altos e muros pichados, que o trem está entrando na periferia de Paris. Ela guarda o celular de Eve no bolso, pega o seu e liga para a amiga Anne-Laure.

— Por onde você andou? — pergunta Anne-Laure. — Faz séculos que a gente não se vê.

— Trabalhando. Viajando. Nada interessante.
— E o que você vai fazer hoje à noite?
— Você que sabe.
— Os desfiles de prêt-à-porter começam amanhã, e hoje alguns dos estilistas mais novos vão dar uma festa no barco da minha amiga Margaux, no Quai Voltaire. Vai ser divertido, todo mundo vai. A gente podia botar uma roupa legal e jantar no Le Grand Véfour, só nós duas, e depois ir para a festa.
— Parece bom. A Margaux é bonitinha.
— Você topa?
— Com certeza.

O trem está entrando na Gare du Nord. Com a coragem renovada pela chegada iminente, o casal de meia-idade olha para Villanelle com uma expressão de desgosto evidente.

— A pista da cruzadinha — diz ela para os dois. — Vocês decifraram?
— Ahn, não — diz o marido. — Não conseguimos.
— É "assassinato". — Ela faz um leve aceno com os dedos. — Divirtam-se em Paris.

— Explique tudo de novo — diz Richard Edwards.

Oficial de inteligência das antigas, ele é uma figura vagamente aristocrata, com cabelo ralo e um casaco com gola de veludo que já foi novo um dia.

— Você falou que parou o carro por ordem de uma pessoa que achou que fosse um policial em uma moto.

Ele, Eve, Billy e Lance estão sentados no escritório da Goodge Street. Uma lâmpada fluorescente projeta um brilho doentio. De vez em quando, soa um ronco abafado da estação de metrô embaixo deles.

— Isso mesmo — responde Eve. — Na A303, perto de Micheldever. E tenho certeza de que o uniforme e a moto eram da polícia mesmo. O número de identificação e a placa existem.

Pertencem a uma Unidade de Policiamento Rodoviário da Polícia de Hampshire.

— Não achei que fosse fácil roubar essas coisas — diz Billy, recostando-se na cadeira que parece quase uma extensão de seu corpo e cutucando o piercing do lábio com um ar distraído.

— A menos que a pessoa conheça alguém nesse departamento específico.

— Lance tem razão — diz Richard. — Se eles se infiltraram no MI5, com certeza têm contatos na polícia.

Eles se entreolham. O entusiasmo anterior de Eve agora não passa de uma lembrança. *Onde é que eu estava com a cabeça?*, pensa ela. *Essa situação toda é catastrófica.*

— Certo, então essa mulher revista você, pega seu celular e o carregador da sua Glock e manda Cradle pegar a chave do carro e esvaziar seus pneus. Depois, você e ela conversam sobre isso que você falou, e nesse tempo você repara que ela está usando uma pulseira que era sua.

— A pulseira era da minha mãe, e essa mulher disse que roubou do meu quarto no hotel de Xangai.

— E você nunca disse para ela que tinha ido para a China.

— Claro que não.

Richard faz um gesto afirmativo com a cabeça.

— Aí ela dá o capacete reserva para Cradle e vai embora com ele na moto.

— Foi basicamente isso.

— Depois você consegue pedir socorro para um dos carros, pede para usar um celular e liga para Lance, que vai buscá-la e levá-la para casa. Você chega lá por volta das três da tarde, quando então fica sabendo que alguém tinha invadido a residência lá pelas dez e meia da manhã.

— Não. Eu já sabia da invasão. Meu marido me ligou para contar. Era por isso que eu estava voltando mais cedo de Dever com Dennis Cradle.

— Sim, claro. Mas não havia qualquer sinal de que alguém tivesse mexido ou roubado alguma coisa?

— Não, nada mexido nem roubado. Mas essa pulseira Van Diest, e o bilhete, tinham sido colocados no meu armário.

— Imagino que seja impossível descobrir onde a pulseira foi comprada, certo?

— Já consultei a empresa — diz Eve. — Existem sessenta e oito butiques e franquias da Van Diest pelo mundo. Ela pode ter vindo de qualquer uma. Ou pode ter sido comprada pelo telefone ou na internet. Acho que essa é uma linha de investigação, mas...

— E você não tem a menor sombra de dúvida de que a mulher que invadiu sua casa e a mulher que a mandou parar na A303 e resgatou Cradle eram a mesma pessoa?

— Não. Essa história toda da pulseira é bem o estilo dela. Ela provavelmente deduziu que, se fosse vista saindo da minha casa e chamassem a polícia, eram boas as chances de que eu levaria mais ou menos uma hora para receber a notícia. Ela deve ter imaginado que eu voltaria às pressas com Cradle para Londres, e assim ela teria tempo para chegar na A303 e nos interceptar. Seria por pouco, mas possível, especialmente com uma moto da polícia.

— Certo, vamos supor que você tenha razão, e que essa mulher que se identifica como V é a que estamos investigando desde o início. A que matou Kedrin, Simon Mortimer e os outros. Vamos supor também que ela trabalhe para a organização que Cradle mencionou, a que ele disse que se chamava os Doze. Ainda não respondemos a nenhuma das duas perguntas fundamentais. Primeira: como ela sabia que estávamos investigando Cradle? E segunda: o que ela fez com ele?

— Respondendo à primeira pergunta, fiquei com a forte impressão de que o próprio Cradle tinha avisado os Doze. Ele devia ter algum contato de emergência e achava que, se fosse descoberto, eles o resgatariam, como um agente de campo. Para responder à segunda, ela o matou. Não tenho a menor dúvida. É o que ela faz.

— Ou seja... — começa Richard.

— É. Um agente importante do MI5 está morto, estamos devendo muitas explicações, e não temos nenhuma pista. Voltamos ao ponto em que estávamos depois de Kedrin, e a culpa é toda minha.

— Isso não é verdade.

— É, sim. Peguei pesado demais com Cradle naquela ligação, quando ele estava na van. Nunca me ocorreu que ele avisaria àquele pessoal que nós o estávamos investigando. O que ele achou que iam fazer? Será que ele acreditava mesmo que viveria feliz para sempre?

— Escutei sua conversa com Cradle. Todo mundo escutou. E você lidou bem com ele. A verdade é que a situação dele com aquele pessoal ficou grave assim que o identificamos, e nada do que fizéssemos mudaria isso.

De repente, a luz no teto se apaga, e tudo fica escuro. Lance pega uma vassoura do armário atrás da impressora e dá uma batida rápida com o cabo na lâmpada fluorescente, que pisca por um instante e volta a acender. Ninguém fala nada.

— E o MI5? — pergunta Eve para Richard.

— Eu me viro com eles. Vou falar dos imóveis no sul da França, do barco e de todo o resto. Falar que não sabemos de quem Cradle estava recebendo suborno, mas que ele estava, com certeza. Explicar que o interrogamos, o que eles vão descobrir mais cedo ou mais tarde, e que ele fugiu. Assim, a história toda vira problema deles. E, quando ele aparecer, o que vai acontecer, morto ou vivo, mas provavelmente morto mesmo, vão enterrar o assunto do jeito de sempre.

— Então continuamos? — pergunta Eve.

— Continuamos. Vou botar uma pessoa de confiança da perícia para analisar essa pulseira e o bilhete. E também vou botar gente para vigiar sua casa o dia inteiro até segunda ordem, a menos que você e seu marido prefiram se mudar para um abrigo.

— Niko surtaria. Por favor, isso não.

— Certo. Por enquanto, não. O que mais agora?

— Ainda estou rastreando a origem do dinheiro de Cradle — diz Billy. — O que tem me levado para uns lugares muito bizarros. Também estou em contato com o Serviço de Inteligência do Governo sobre os Doze, torcendo para que alguém, em algum lugar, tenha deixado alguma informação escapar. Se Cradle conhecia esse nome, outros também conhecem.

— Lance?

As feições de roedor do homem se aguçam.

— Posso dar uma olhada na sede da Polícia de Hampshire, em Eastleigh. Pagar umas cervejas para uns policiais. Perguntar sobre motos e uniformes surrupiados.

— Só quero esclarecer um negócio — diz Eve, indo até a janela e olhando para o trânsito na Tottenham Court Road. — O propósito desta unidade ainda é identificar uma assassina profissional? Ou agora estamos tentando obter informações sobre o que parece ser uma conspiração internacional? Porque acho que estamos começando a nos atrapalhar.

— Acima de tudo, quero nossa assassina — diz Richard. — Kedrin foi morto aqui em nosso território, e preciso entregar uma cabeça para Moscou. Além do mais, essa mulher matou Simon Mortimer, um dos nossos, o que para mim é inadmissível. Mas está ficando cada vez mais claro que, se quisermos capturá-la, precisamos compreender a organização para a qual ela trabalha. E, quanto mais vemos e ouvimos falar sobre esses Doze, mais eles parecem uma força formidável. Só que deve haver algum ponto cego. Uma brecha minúscula da qual possamos nos aproveitar. Como o interesse dessa mulher por você.

Lance dá um sorriso horrível e olha para o nada.

Eve o encara com impaciência.

— Por favor, não compartilhe o que está passando pela sua cabeça.

— Admita, essa situação tem muita cara de uma armadilha de sedução.

— Lance, você pode ser um agente de campo excelente, mas é uma enorme tragédia como ser humano.

— É aquela coisa, Eve. Cavalo velho não aprende a marchar.

— Sério, pessoal — intervém Richard. — O que ela está dizendo com esta pulseira? Qual é a mensagem?

— Que ela está no controle. Que ela pode aparecer na minha vida sempre que quiser. Está dizendo: dei uma boa olhada em você e, em comparação comigo, você é uma trouxa. Está dizendo: posso te dar tudo o que você quer, mas não consegue, todas essas coisas íntimas, femininas, supercaras. É um negócio de mulher contra mulher.

— Mas que moça manipuladora — murmura Billy, com um tom admirado, encolhendo-se debaixo do capuz do moletom do Megadeth.

— Manipuladora é pouco — diz Eve. — Mas eu também a tenho observado. Ela vem agindo de forma cada vez mais descuidada, especialmente em relação a mim. Aquele teatro todo com a moto da polícia, por exemplo. Em algum momento, ela vai passar dos limites. E aí nós a pegamos.

Lance faz um gesto com a cabeça na direção da sacola em que está a pulseira.

— Talvez a gente não precise ir atrás dela. Talvez, se a gente tiver paciência, ela venha até nós.

Richard assente.

— Não gosto da ideia, mas acho que você tem razão. Dito isso, acho que precisamos reconhecer que cruzamos uma fronteira perigosa agora. Então, por favor, tomem todas as medidas antivigilância. Lembrem-se do treinamento. Eve e Billy, prestem atenção em Lance e sigam suas orientações. Se ele disser que uma situação está feia, vocês se afastam.

Eve olha para Lance. Ele parece atento e alerta, como um furão prestes a se enfiar em uma toca de coelho.

— Enquanto isso, Eve, vou conversar com o comandante de Dever. Pedir para ele designar uma equipe de vigilância para sua casa. Você provavelmente não vai reparar muito, mas eles estarão lá em caso de necessidade. Dá para fazer um retrato falado dessa tal V?

— Difícil. Em Xangai eu vi só por um segundo alguém que achei ser ela, e hoje ela estava com uma máscara de lycra por baixo do capacete, então só consegui ver os olhos. Mas posso tentar.

— Ótimo. Vamos ficar de olho, esperar, e quando ela aparecer estaremos prontos.

# 3

O homem está sentado, com os pés cruzados, em uma poltrona de carvalho entalhado com estofamento de seda esmeralda. Está vestido com um terno cor de carvão, e a gravata Charvet vermelho-sangue dá um toque dramático em meio ao entorno discreto da suíte de hotel. Ele franze o cenho, pensativo, tira os óculos de armação tartaruga, limpa as lentes com um lenço de seda e os coloca de volta no rosto.

Villanelle olha para ele, toma um gole de Moët et Chandon Vintage e se vira para a mulher. Sentada ao lado do marido, ela tem olhos escuros e cabelo cor de trigo maduro. Sua idade, ela imagina, deve ser de trinta e muitos anos. Villanelle repousa a taça de champanhe em uma mesinha, ao lado de um arranjo de rosas brancas, pega os pulsos finos da mulher e a faz se levantar. Elas dançam juntas por um instante, aos murmúrios do trânsito de fim de tarde da Place de la Concorde.

De leve, os lábios de Villanelle roçam os da mulher, e o marido dela se ajeita na poltrona com satisfação. Um a um, Villanelle solta a meia dúzia de botões da túnica plissada dela, e a peça cai em silêncio no chão. As mãos dela sobem para o rosto de Villanelle, que as puxa para baixo delicadamente: ela quer controle absoluto.

Logo a mulher fica nua, trêmula e cheia de expectativa. Villanelle fecha os olhos, desliza a mão pelo cabelo dela, inspira seu perfume e explora os suaves contornos de seu corpo. Conforme seus dedos descem, ela sussurra um nome que há muito não é mencionado e murmura doces palavras russas semiesquecidas. Os anos e tudo ao seu redor desaparecem, e ela volta ao apartamento na Komsomolsky Prospekt, e lá está Anna, com aquele sorriso triste.

— Diga que ela é uma putinha imunda — fala o homem.
— *Une vrai salope.*

Villanelle abre os olhos. Vislumbra o próprio reflexo no espelho acima da lareira. O cabelo liso penteado para trás, o rosto anguloso, o olhar gélido. Ela franze a testa. Nada bom. A mulher cujas pernas ela está abrindo é uma desconhecida, e o prazer do marido é nojento. De repente, Villanelle se afasta, esfrega os dedos nas rosas, espalhando as pétalas pelo chão, e vai embora.

Do táxi, ela observa as vitrines iluminadas passarem na rue de Rivoli. É como se estivesse em um filme mudo, desconectada do ambiente que a cerca, isolada das experiências e sensações. Já faz algumas semanas que se sente assim, desde que voltou da Inglaterra, e isso a preocupa, embora a preocupação propriamente dita seja algo vago, algo que ela não consegue identificar muito bem.

Talvez seja uma reação tardia ao assassinato de Konstantin. Villanelle não é de ficar se lamentando, mas quando chega a ordem de matar seu supervisor, a pessoa que não só a descobriu e treinou, como também, na medida do possível, era um amigo, a situação é desconcertante. Afinal, ela é humana. Agora que Konstantin se foi, Villanelle sente saudade. As críticas dele podiam ser brutais, ele a castigava repetidamente por seus descuidos, mas pelo menos se importava o bastante para isso. E ele lhe dava valor. Sabia que Villanelle era uma criatura rara, dotada de uma selvageria irrestrita e incapaz de sentir culpa.

Como assassina para os Doze, Villanelle sempre aceitou que nunca verá o plano geral da organização, que nunca saberá mais do que o necessário. Mas ela também entende, porque Konstantin dizia repetidamente, que cumpre uma função fundamental. Que, mais do que uma assassina treinada, ela é um instrumento do destino.

Anton, o substituto de Konstantin, ainda não passou a impressão de que a considera algo mais do que uma funcionária. Ele enviou as ordens para matar Yevtukh e Cradle pelo método de sempre, com e-mails criptografados aparentemente inócuos, mas Konstantin sempre agradecia depois, e ele não agradece, o que para Villanelle é uma grosseria. Nem o tanto que ela está se divertindo com Eve compensa o fato de que Anton está se mostrando um supervisor completamente insatisfatório.

O táxi se aproxima da calçada na avenue Victor Hugo. A scooter de Villanelle está estacionada na frente da casa noturna onde ela encontrou o casal. O lugar ainda está aberto, e as lâmpadas de cada lado da entrada continuam com seu brilho fraco, mas ela não chega nem a dar uma olhada no lugar. Tira a scooter do descanso, liga o motor e sai calmamente pelo trânsito.

Em vez de voltar para o apartamento, Villanelle vai para La Muette. Ela passa dez minutos circulando pelas ruas estreitas, alternando o olhar entre o espelho retrovisor e os veículos à sua frente, com todos os sentidos em alerta. Varia a velocidade, finge demorar para sair quando o sinal abre e, a certa altura, entra de propósito na contramão pela minúscula Impasse de Labiche. Por fim, satisfeita de que ninguém a está seguindo, ela se vira no sentido oeste para a Porte de Passy, e para seu prédio.

Depois de estacionar a Vespa no estacionamento subterrâneo, ao lado de seu Audi prata, Villanelle pega o elevador até o sexto andar e sobe um lance curto de escada até a entrada de seu apartamento na cobertura. Está prestes a desligar o sistema de trava eletrônica quando escuta um miado fraco e angustiado na escada às suas costas. É um filhote de gato, um dos vários que pertencem a Marta, a zeladora do prédio, que mora no quinto andar. Ela pega a criaturinha miúda, faz carinho e a acalma, e então toca a campainha de Marta.

A zeladora agradece efusivamente. Ela sempre gostou da moça tranquila do *sixième étage*. Deve levar uma vida superocupada, a julgar pela frequência com que viaja, mas sempre sorri para Marta. É uma pessoa cuidadosa, ao contrário de tantas outras dessa geração.

Feitas as cortesias, e quando os outros filhotes e a mãe chegam alegres e ronronantes, Villanelle volta para o sexto andar. Após entrar e trancar a porta atrás de si, ela finalmente é envolvida pelo silêncio. O apartamento, com as paredes verde-água desbotado e azul-royal, é espaçoso e tranquilo. A mobília é de meados do século xx, gasta, mas estilosa, com algumas peças assinadas pela arquiteta Eileen Gray. Há um conjunto de quadros menos famosos do pós-impressionismo que Villanelle nunca observou, mas cuja presença é tolerada.

Ela nunca recebe visitantes. Anne-Laure acredita que ela mora em Versalhes e trabalha na bolsa de valores. Os vizinhos no prédio a conhecem como uma pessoa educada, mas distante, que se ausenta com frequência. As contas e os impostos são pagos por uma conta empresarial de Genebra e, caso alguém tomasse a improvável iniciativa de investigar, acabaria mergulhando em uma rede de empresas de fachada e intermediários tão complexa a ponto de ser praticamente impenetrável. Mas ninguém nunca tentou.

Na cozinha, Villanelle prepara um prato de sashimi de olho-de-boi e torrada com manteiga, tira uma garrafa de vodca Grey Goose do congelador e se serve uma dose dupla. Ela se senta a uma mesa na frente do janelão de vidro liso na face leste do apartamento, contempla a cidade luminosa que se estende lá embaixo e pensa nos joguinhos que gostaria de fazer com Eve. Era justamente por causa desse tipo de atitude imprudente que Konstantin sempre chamava sua atenção. Fazer essas coisas leva a erros, e erros matam. Mas qual é a graça de não se arriscar? Villanelle quer destruir a bolha protetora de Eve e manipular a criatura vulnerável lá dentro. Ela quer que sua perseguidora saiba que foi enganada e superada, e quer vê-la se render. Quer dominá-la.

E, igualmente importante, Villanelle quer uma nova missão. Algo mais complicado do que assassinatos simples como Yevtukh e Cradle. Ela quer um alvo bem protegido e de alto nível. Uma situação bem desafiadora. É hora de mostrar para Anton como é boa.

Ela abre o notebook na bancada da cozinha, acessa uma conta aparentemente inofensiva de uma rede social e posta a foto de um gato com óculos escuros. Ela percebeu que, com frequência, o trabalho de Anton toma um rumo sentimental.

Três dias após o rapto na A303, o corpo de Dennis Cradle é encontrado por voluntários de uma organização de conservação do patrimônio britânico ao removerem uma árvore que caiu em um redemoinho no rio Wey. A notícia aparece em matérias curtas dos jornais da região, e a conclusão do Instituto Médico Legal de Weybridge é de morte acidental. As reportagens anunciam que a vítima era um funcionário do Ministério do Interior que talvez estivesse sofrendo de amnésia. Pelo visto, ele caiu no rio, bateu a cabeça em uma pedra ou alguma superfície dura, perdeu os sentidos e se afogou.

— É óbvio que nossa assassina não deixou muito com cara de homicídio — diz Richard Edwards, ao passar no escritório da Goodge Street na noite do inquérito. — Mas acho que a Thames House teve que cobrar alguns favores para conseguir esse laudo.

— Eu sabia que ela ia matá-lo — diz Eve.

— Era bem provável mesmo — reconhece Richard.

— Mas Cradle não falou que tinha autorização para tentar te recrutar? — pergunta Lance. — Será que os Doze não iam nem esperar para ver no que isso daria?

— Não importa o que disseram a Cradle, duvido que acreditassem que ele fosse conseguir — responde Eve. — A rapidez com que mandaram V sugere que a decisão de o matar foi tomada assim que ele informou que tinha sido descoberto.

— Coitado — diz Billy, esticando a mão para um pastel de forno parcialmente comido.

— Coitado nada — rebate Eve. — Com certeza foi ele que interferiu quando pedi proteção policial para Viktor Kedrin. Ele foi pessoalmente responsável por facilitar aquele assassinato.

— Então vamos ver em que pé estamos agora — diz Richard, apoiando o casaco na mesa de Eve e puxando uma cadeira. — Podem interromper se eu fizer alguma suposição sem fundamento, ou se vocês quiserem acrescentar algo.

Os outros também providenciam seus próprios assentos sob o brilho sepulcral da lâmpada fluorescente. Billy dá uma mordida no salgado, mas se engasga e cospe migalhas no próprio colo.

— Puta merda — murmura Lance, torcendo o nariz. — Isso aí é de quê? Cocô de cachorro?

Richard inclina o corpo para a frente e junta as pontas dos dedos das duas mãos.

— Trabalhando no MI5, Eve descobre uma série de assassinatos de figuras proeminentes da política e do crime organizado aparentemente cometidos por uma mulher. Não se sabe a motivação por trás dos crimes. Viktor Kedrin, um ativista polêmico de Moscou, vem a Londres para dar uma palestra, e quando Eve solicita proteção para ele, é barrada por um superior, que podemos deduzir com algum grau de confiança que foi Dennis Cradle. Kedrin, portanto, é assassinado, e como consequência Eve é dispensada do MI5. Mais uma vez, Cradle provavelmente foi o responsável.

"Um hacker do Exército da Libertação Popular da China é morto em Xangai, supostamente por uma mulher. Eve e Simon Mortimer compartilham informações com Jin Qiang, que retribui a gentileza dando indícios de que um banco do Oriente Médio fez um pagamento milionário a um certo Tony Kent. Jin nitidamente sabe mais do que dá a entender, e quem diria que ao investigarmos Kent descobriríamos que ele tem ligação com Dennis Cradle.

"Enquanto Eve e Simon estão em Xangai, Simon é assassinado. Não sabemos bem o motivo, mas talvez seja para intimidar Eve. Sabemos que a mulher que assina como V estava em Xangai na ocasião, pois mais tarde ela mostra a pulseira que roubou do quarto em que Eve se hospedou lá.

"A investigação revela que Dennis Cradle está recebendo enormes quantias de dinheiro de uma fonte desconhecida. Nós o confrontamos, e ele revela para Eve a existência de uma organização secreta, mas em rápido crescimento, chamada os Doze, e tenta recrutá-la, aparentemente tendo sido autorizado para isso. Em outras palavras, ele entrou em contato com os Doze para avisar que tinha sido descoberto. Mas, na realidade, a intenção deles é matá-lo, o que logo fazem."

— Pergunta — diz Lance, colocando fumo em uma seda e começando a enrolar. — Por que eles, os Doze, deixaram Cradle tentar recrutar Eve? E com isso revelar tanto sobre a organização? — Ele passa a língua na seda e prende o cigarro na orelha. — Por que não falaram para ele manter segredo? Por que ele não seguiria a resistência comum a interrogatórios?

— Também já me perguntei isso — diz Eve. — E acho que é porque eles sabem que Cradle não é idiota. Se o mandassem não contar nada, ele desconfiaria que seria morto e iria tentar se salvar. Se lhe dessem uma tarefa específica, no caso, tentar virar o jogo e me recrutar, ele acharia que tinha a confiança da organização. E com isso eles teriam tempo de enviar V, a assassina. E, no fim das contas, o que foi que ele me contou sobre os Doze? Quanto ele sabia de fato? Alguns nomes que certamente são falsos. Uma história vaga sobre uma nova ordem mundial.

— Acho que Eve tem razão — diz Richard. — Dennis sempre foi uma pessoa pragmática, não um idealista. Eles o recrutaram porque precisavam de uma pessoa com autoridade no MI5, e, seja lá o que ele tenha falado para Eve, foi tudo pelo dinheiro, não pela ideologia. Gente como Dennis não muda de cabeça a essa altura da carreira.

— O que mais chamou minha atenção foi quando Cradle falou que mataram Kedrin para transformar um problema em um mártir — diz Eve. — Isso confirma o que já sabemos, que os métodos deles são completamente brutais, mas também demonstra que, em essência, Kedrin e eles partilhavam de uma mesma visão. Um mundo dominado por uma aliança de potências eurasiáticas de extrema-direita... ou, como preferem dizer, "tradicionalistas"... sob a liderança da Rússia.

— Concordo — diz Richard. — E isso bate com o que sabemos sobre a ascensão do nacionalismo e da política identitária na Europa. Coisa que tem sido instrumentalizada com habilidade e financiada em peso por fontes que não conseguimos identificar, mas que desconfiamos serem da Rússia.

— Estamos falando de política oficial do Kremlin? — pergunta Billy, esfregando os dedos na calça jeans e enfiando o papel do salgado no bolso.

— Pouco provável. Na Rússia atual, as pessoas que aparecem nos jornais e na TV são só testas de ferro. Os poderosos mesmo não dão as caras.

Villanelle aperta o casaco acolchoado no corpo conforme o helicóptero Super Puma contorna a plataforma marítima. Respingos de chuva fustigam o para-brisa e, no mar abaixo, ondas fortes sobem e quebram.

— Vamos descer agora — avisa o piloto, e ela faz um sinal de positivo, tira o *headset* e pega a mochila.

O helicóptero pousa, sacudido pela ventania, e Villanelle salta para fora e pendura a mochila nas costas. A chuva bate no rosto, e ela precisa se inclinar contra o vento ao correr pela plataforma. Anton, uma figura esguia de sobretudo e suéter de gola alta, lança um olhar rápido para ela e lhe indica uma porta de aço pintada de branco. Ela passa, e quando ele fecha a porta os berros do vento diminuem ligeiramente. Villanelle fica parada, na expectativa, com água da chuva pingando do nariz.

A plataforma, a uns quinze quilômetros a leste da costa de Essex, é uma das cinco construídas na Segunda Guerra Mundial para proteger rotas comerciais. Conhecida como Knock Tom, sua função original era servir de base para artilharia antiaérea, sustentada por torres de concreto armado. Depois da guerra, essas plataformas de artilharia foram entregues ao abandono. Com o tempo, três das cinco chegaram a ser demolidas, mas Knock Tom foi vendida para a iniciativa privada. O proprietário atual é o Grupo Sverdlovsk-Futura, uma empresa registrada em Moscou. O GSF realizou uma extensa reforma de Knock Tom, e a antiga plataforma de artilharia agora abriga três contêineres convertidos em escritórios e uma unidade de refeitório. As torres de sustentação foram divididas em áreas habitacionais, acessíveis por uma escada vertical de aço. Villanelle acompanha Anton e, na descida, os dois passam por uma sala de geradores e chegam a uma cela com paredes de concreto mobiliada apenas por um catre e uma única cadeira.

— No escritório em dez? — diz Anton.

Villanelle assente, larga a sacola e escuta a porta se fechar atrás de si. O quarto fede a corrosão, e a roupa de cama está úmida, mas ela não escuta nada do mar do outro lado das paredes de concreto sem janela. De certa forma, Knock Tom é perfeito para Anton. É exatamente o tipo de ambiente remoto e brutalmente funcional que Villanelle sempre imaginou para ele, e por um instante ela lamenta não ter trazido alguma roupa absurdamente inapropriada — um vestido de tule rosa-choque da Dior, talvez — só para irritá-lo.

Ele está esperando no alto da escada. Quando atravessam o convés da plataforma em direção aos contêineres, Villanelle olha para o mar cinzento agitado. Aquela desolação toda a faz pensar, de repente, em Anna Leonova. Faz uma década que não se encontra ou conversa com a ex-professora, mas, quando pensa nela, é com uma tristeza que nada nem ninguém jamais a fez sentir.

— Gosto desta vista — diz Anton. — É tão indiferente à atividade humana.

— Estamos sozinhos?

— Não tem mais ninguém aqui além de nós dois, se é a isso que você se refere.

Em cima do contêiner que abriga o escritório há uma antena móvel de micro-ondas. Villanelle supõe que seja o único contato com o mundo para além das ondas. O interior é frugal, mas bem equipado. Em uma mesa de metal repousam um notebook, um telefone via satélite e uma luminária articulada. Uma estrutura instalada na parede abriga equipamentos eletrônicos e algumas prateleiras com cartas de navegação e mapas.

Anton indica uma cadeira estofada de couro para Villanelle, serve café de uma cafeteira para os dois e se senta atrás da mesa.

— Então, Villanelle.

— Então, Anton.

— Você está entediada de missões de rotina como os serviços de Yevtukh e Cradle. Você acha que está na hora de avançar para o próximo patamar.

Villanelle assente.

— Você entrou em contato para pedir trabalhos mais complexos e desafiadores. Você acha que merece.

— Exatamente.

— Bom, admiro sua iniciativa, mas não sei se concordo. Você é tecnicamente apta, e tem bom domínio de armas, mas é imprudente, e em muitas ocasiões seu discernimento é questionável. Você é sexualmente promíscua, o que não me importa nem um pouco, mas é indiscreta, o que me importa. Sua fixação pela agente Eve Polastri do MI6, em especial, faz com que ignore os problemas muito concretos que ela e sua equipe poderiam causar a nós. E causar a você.

— Ela não vai nos dar nenhum problema. Eu fico de olho para ver o que ela sabe, mas a verdade é que ela não faz a menor ideia do que está acontecendo.
— Ela descobriu sobre Dennis Cradle. E não vai desistir. Eu conheço o tipo. Parece desorganizada por fora, mas por dentro é alerta. E paciente. Como uma gata de olho em um pássaro.
— Eu sou a gata.
— Você acha que é. Já eu não tenho tanta certeza.
— Ela é vulnerável, por causa do marido babaca. Pode ser manipulada.
— Villanelle, estou avisando. Você já matou o auxiliar dela. Se ameaçar o marido, ela vai fazer o inferno na terra. Só vai descansar quando você estiver estirada em uma mesa de necrotério.

Villanelle ergue os olhos, pensa em dar uma resposta debochada, mas encontra o olhar calmo de Anton e muda de ideia.
— Que seja.
— Que seja mesmo. Como você já deve ter imaginado, não te trouxe aqui pelo prazer da sua companhia. Tenho uma missão, se você quiser.
— Entendi.
— É importante, mas perigosa. Você não vai poder se dar ao luxo de cometer nenhum erro.

A ponta da língua dela toca a cicatriz no lábio superior.
— Já falei que entendi.

Ele a observa com um desgosto melindroso.
— Só para deixar claro, não sinto atração por mulheres promíscuas.

Villanelle franze o cenho.
— E eu com isso?

O celular de Eve toca quando ela sai do escritório para comprar um sanduíche para o almoço. É Abby, seu contato no Laboratório de Perícia da Polícia Metropolitana, em Lambeth. Por re-

comendação de Richard, Abby adiantou a análise da pulseira Van Diest.
— Quer a boa ou a má notícia? — pergunta Abby.
— A má.
— Certo. Fizemos uma varredura completa na pulseira e no cartão, mas não encontramos nenhum DNA que pudesse ser extraído. Fios de cabelo, células epiteliais, nada aproveitável.
— Merda.
— Nem isso. Sinto muito.
— E no cartão?
— Nada também. Deve ter usado luvas. Mandei uma cópia para a grafologia.
— Descobriram alguma coisa a partir do perfume?
— Tentamos. É possível usar cromatografia gasosa e espectrometria de massa para identificar os compostos de fragrâncias comerciais, mas para isso é preciso uma amostra adequada, o que não tínhamos. Então, nada.
— Mas você falou que tinha alguma notícia boa.
— Bom... — Abby hesita. — Encontramos algo interessante.
— Diga.
— Um grão de massa, quase invisível, preso em uma dobra do papel crepom.
— Que tipo de massa?
— Mandei para análise. Tinha traços de óleo vegetal, essência de baunilha e açúcar de confeiteiro. Mas tinha algo mais. Grapa.
— Aquela aguardente italiana? Que parece conhaque?
— Exatamente. Então juntei todos esses ingredientes e fiz uma busca. Encontrei um negócio chamado *galani*. São doces fritos, aromatizados com grapa e baunilha e polvilhados com açúcar de confeiteiro. Uma especialidade de Veneza.
— Meu Deus, obrigada. Obrigada!
— Tem mais. A butique Van Diest de Veneza fica na Calle Vallaresso, no lado leste da Piazza San Marco. Três lojas depois

dela fica uma *pasticceria* pequena e muito cara chamada Zucchetti, e adivinha qual é a especialidade deles?

— Abby, você é uma gênia, porra. Agora tenho uma dívida enorme com você.

— Tem mesmo. Mas me traz uma caixa de *galani* da Zucchetti que ficamos quites.

— Pode deixar.

— O alvo é Max Linder — diz Anton. — Já ouviu falar dele?

— Já. Li alguns perfis dele.

— Ativista político franco-holandês e celebridade midiática, vinte e nove anos. Gay, mas ainda assim um porta-voz da extrema-direita, com imensa influência na Europa, especialmente entre os jovens. Parece um astro da música pop e acredita, entre outras coisas, que pessoas obesas deviam ser mandadas para campos de trabalho forçado e que agressores sexuais deviam ir para a guilhotina.

— E por que exatamente você quer que eu o mate?

— Algumas coisas que ele diz fazem sentido. O modo como ele vê as coisas é, no geral, até bem parecido com o nosso. Mas Linder também é nazista, e o nazismo é uma bandeira problemática, desacreditada em inúmeros aspectos, e não precisamos ser associados a isso. Na verdade, pode nos prejudicar bastante.

— Você disse que o serviço seria perigoso.

— Linder sabe que tem inimigos. Ele anda sempre acompanhado por uma guarda pretoriana de ex-militares. A segurança é sempre cerrada, e todo evento em que ele participa conta invariavelmente com forte policiamento. Mas não significa que seja impossível matá-lo. Nunca é impossível, sempre tem algum jeito. O problema é sair impune.

— Tem alguma ideia? Imagino que vocês já tenham pensado bastante nisso.

— Pensamos, sim. No mês que vem, Linder vai para um hotel nas montanhas da Áustria chamado Felsnadel, bem acima da área nevada das montanhas Hohe Tauern. Ele vai lá todo ano com um grupo de amigos e parceiros políticos. É um lugar de luxo, projetado por algum arquiteto famoso ou algo do tipo, e só dá para chegar lá de helicóptero. Linder considera o lugar seguro o bastante para ficar sem guarda-costas. Ele reservou o hotel inteiro para seus convidados por alguns dias.

— Então como eu entro?

— Daqui a uma semana, uma funcionária do hotel vai contrair uma infecção gástrica que vai demandar hospitalização. A agência de Innsbruck que fornece mão de obra para o hotel vai enviar uma substituta.

— Eu.

— Isso.

— E você quer que eu mate todo mundo que estiver lá, ou só Linder?

— Só o Linder já está bom. É um culto à personalidade. Se ele for eliminado, o movimento inteiro evapora.

— E qual é meu plano de fuga?

— Você vai ter que improvisar. Podemos te levar para lá, mas não temos como garantir sua saída.

— Ótimo.

— Achei que você ia gostar. Na outra sala, temos mapas, uma planta baixa do hotel e arquivos detalhados sobre Linder e todas as outras pessoas que achamos que estarão lá. Você decide como matá-lo, mas vou precisar de uma lista completa de materiais e armamentos antes de você ir embora. Saiba que deverá se apresentar no heliporto com uma única mala ou bolsa, de no máximo dez quilos, que certamente será revistada e submetida a raio X.

— Entendido. E agora estou com fome. Tem comida?

— À sua espera na outra sala. Imagino que você não seja vegetariana, certo?

\* \* \*

No caminho de volta para casa, Eve passa no Sainsbury's, da Tottenham Court Road, para comprar meia dúzia de filés de peito de pato, funcho e um *tiramisu* grande. Vizinhos novos se mudaram para a casa na frente da deles, e Eve, de forma bem inusitada, convidou-os para jantar, dizendo para Niko que "eles parecem legais". No fundo, o que isso quer dizer é que o marido, Mark, é relativamente bonito e a esposa — ela se chama Maeve, Mavis, Maisie? — tem um casaco preto altamente desejável da Whistles. Para completar o quórum, Eve convidou Zbig e Leila, amigos de Niko. Ela diz a si mesma que vai ser uma noite interessante e sofisticada. Seis profissionais jovens (quer dizer, mais ou menos) com diferentes formações e experiências de vida trocando opiniões cultas sobre comida caseira e vinho bem escolhido.

Com um sentimento súbito de apreensão, Eve está sentada no ônibus quando lhe ocorre que a tal Maeve, Mavis, Maisie talvez seja vegetariana. Ela não *parece* vegetariana. Quando Eve a conheceu, ela estava de escarpim com tirinhas douradas, e com certeza nenhuma dona de sapatos assim é vegetariana. E o marido, Mark. Ele trabalha com algo no centro da cidade, então definitivamente é carnívoro.

Para surpresa de Eve, Niko chegou em casa sem atraso. Ele costuma fazer hora na escola, dando aulas informais de programação e *hacking* na sala de informática e ensinando o clube de ciências a fazer minivulcões com vinagre e bicarbonato de sódio. Mas hoje ele está na pia, ocupado com as batatas, e inclina o corpo para trás para dar um beijo em Eve por cima do ombro quando ela chega.

— Já dei comida para as meninas — diz ele. — Dei feno a mais para elas ficarem distraídas.

— Podemos dar essas cascas de batata para elas?

— Não, casca de batata tem solanina, que faz mal para cabras.

Ela envolve a cintura de Niko com os braços.
— Como você sabe essas coisas?
— Fórum Cabritinhas da Cidade.
— Parece nome de site pornô.
— Você devia ver o CavalõesdeLondres.com.
— Seu pervertido.
— Não procurei de propósito. Só apareceu na tela.
— Sim, claro. Pegou o vinho?
— Peguei. Branco na geladeira. Tinto na mesa.

Depois de colocar as batatas e o funcho para assar no forno, Eve sai para o quintal, onde Thelma e Louise mordiscam carinhosamente seus dedos à luz fraca do entardecer. Apesar das dúvidas, Eve se afeiçoou bastante a elas.

Zbig e Leila chegam às oito em ponto. Zbig é um velho amigo de Niko, da Universidade de Cracóvia, e Leila e ele namoram há alguns anos.

— Então, quais são as novidades? — pergunta Zbig. — Vocês vão fazer alguma coisa na semana que vem, nas férias escolares?

— Estávamos pensando em passar uns dias na praia de Suffolk — responde Niko. — É lindo nesta época do ano. Pouca gente. Até achamos alguém para vir cuidar de Thelma e Louise.

— O que vocês fazem lá? — pergunta Leila.

— Caminhamos. Olhamos as aves marítimas. Comemos peixe com fritas.

— Tiram o atraso da vida amorosa? — sugere Zbig.

— Talvez até isso.

— Ai, meu Deus — diz Eve, com um aperto no peito. — A batata assada.

Niko entra com ela na cozinha.

— A batata está bem — diz ele, dando uma olhada no forno. — O que houve de verdade?

— Semana que vem. Desculpa, Niko. Preciso ir para Veneza.

Ele a encara.

— Você está brincando.

— Estou falando sério. Já reservei a passagem.

Ele se vira.

— Nossa, Eve. Você não podia, só uma vez, só uma única vez, caralho...

Ela fecha os olhos.

— Eu prometo que...

— Então eu posso ir também?

— Ahn, pode, acho. — Ela sente as pálpebras tremularem.

— Quer dizer, Lance vai estar lá, mas ainda podemos...

— Lance? Lance, a barata humana?

— Você sabe muito bem de quem eu estou falando. É trabalho, Niko. Não tenho escolha.

— Você tem escolha, sim, Eve. — A voz dele é quase inaudível. — Pode escolher passar a vida perseguindo sombras, ou pode escolher levar uma vida de verdade, aqui, comigo.

Eles estão se encarando em silêncio quando a campainha toca. Mark entra antes da esposa. Ele veste calças cor de morango, um suéter Guernsey e traz uma garrafa enorme de vinho. Deve ser de um litro e meio, no mínimo.

— Oi, gente, desculpem, a gente se perdeu para atravessar a rua. — Ele entrega a garrafa na mão de Niko. — Oferenda ritualística. Acho que vocês vão gostar deste aqui.

Eve é a primeira a se recuperar.

— Mark, que gentileza. Obrigada. E Maeve... Maisie... Desculpa, esqueci seu...

— Fiona — diz ela, mostrando os dentes em um sorriso sem a menor alegria enquanto tira o casaco da Whistles.

Enquanto Niko apresenta os dois aos outros, Eve sente um mal-estar pela situação mal resolvida. Leila ergue a sobrancelha, detectando algum problema, e Eve a chama na cozinha e faz um resumo da história enquanto tira os filés de pato que estavam marinando e os coloca, chiando, em uma frigideira quente.

— Recebi a ordem de ir para Veneza — mente ela. — É um negócio importante que surgiu de repente e não tenho como evitar, independente de ser férias de inverno ou não. Parece que Niko acha que eu posso mandar meus chefes irem pastar, mas não dá.

— Nem me fale — diz Leila, que sabe qual é o trabalho de Eve, ainda que não em detalhes. — Eu vivo sendo pressionada dos dois lados. Justificar meu trabalho para Zbig é mais estressante do que o trabalho em si.

— É *exatamente* assim que eu me sinto — diz Eve, sacudindo a frigideira com raiva.

Quando voltam para onde estão os outros, elas descobrem que Mark é gerente de *compliance*.

— O mais jovem que o banco já teve — diz Fiona. — O primeiro da turma de treinamento.

— Nossa — diz Leila, com um tom vago.

— É, o *enfant terrible* do *compliance* regulatório. — Mark se vira de repente para ela. — E você, de onde é?

— Totteridge — responde Leila. — Mas cresci em Wembley.

— Não, de onde você *veio*?

— Meus avós nasceram na Jamaica, se é isso que está perguntando.

— Que incrível. Passamos férias lá dois anos atrás, não foi, querida?

— Foi, querido. — Fiona mostra os dentes de novo.

— Um resort chamado Sandals. Você conhece?

— Não — diz Leila.

Nervosa com a bizarrice da situação, Eve apresenta Zbig, de um jeito mais ou menos abrupto, para Fiona.

— Zbig é professor na King's — comenta ela.

— Que legal. De quê?

— História romana — diz Zbig. — De Augusto a Nero, basicamente.

— Você viu *Gladiador*? A gente tem o DVD lá em casa. Mark adora a parte em que Russell Crowe corta fora a cabeça do cara com as duas espadas.
— É — responde Zbig. — Essa parte é boa mesmo.
— Então você recebe muitos convites para ir a programas de TV e tal?
— De vez em quando, sim. Se precisam de alguém para comparar o presidente estadunidense a Nero, ou para falar de Severo.
— Quem?
— Sétimo Severo, o primeiro imperador romano africano. Ele invadiu a Escócia, entre outras belas ações.
— Está de sacanagem.
— Não é sacanagem. Sétimo era o cara. Mas fale de você.
— Sou relações-públicas. De políticos, principalmente.
— Interessante. Que tipo de gente você atende?
— Bom, estou trabalhando praticamente com exclusividade para o membro do parlamento Gareth Wolf.
— Impressionante. Um belo desafio.
— Como assim?

Niko franze o cenho e levanta a taça de vinho contra a janela.

— Ele está falando das mentiras constantes de Wolf, do egoísmo voraz, do desdém explícito pelos menos afortunados e da falta generalizada de moral.
— Essa perspectiva é bem pessimista — responde Fiona.
— E o escândalo das despesas? — pergunta Zbig.
— Ah, isso ganhou uma dimensão muito absurda.
— Que nem a namorada de Wolf, depois dos implantes de silicone que ele alegou serem uma despesa legítima da verba parlamentar — diz Leila, e Niko ri.
— Ele fez coisas incríveis para o comércio com a Arábia Saudita — responde Fiona, largando a bolsa no sofá e se servindo de mais uma taça de vinho.

— Você deve ser boa no seu trabalho. — Eve sorri para ela.

— Sou. Muito.

Eve passa os olhos pela sala e tenta entender por que será que as pessoas se prestam a esse tipo de tortura. Jantares despertam o pior lado de todo mundo. Niko, geralmente o homem mais gentil do mundo, parece extremamente vingativo, embora seja claro que o principal motivo é a ida dela a Veneza na semana de férias, em vez de eles passarem esses dias sob os ventos da praia de Suffolk. E Mark está explicando, em riqueza de detalhes, o trabalho de um gerente de *compliance* regulatório para Leila, que está com o maxilar travado de tédio.

— Invadiram aqui, não foi? — pergunta Fiona. — Roubaram alguma coisa?

— Nada, pelo que percebemos.

— Pegaram os invasores?

— Foi uma só. E não, ainda não.

— Essa mulher era branca? — pergunta Mark.

Pelo canto do olho, Eve vê Zbig pôr a mão no braço de Leila.

— Segundo a sra. Khan... vocês conhecem os Khan?

— A família oriental? Não.

— Bom, segundo ela, foi uma jovem atlética com cabelo louro-escuro.

Mark abre um sorriso.

— Nesse caso, vou deixar minhas janelas abertas.

Sentindo um vestígio de compaixão por Fiona, Eve está prestes a falar com ela quando vê Leila apontando com urgência. Ela abre caminho entre os convidados e vai para a cozinha, pega a frigideira fumegante com os filés de pato e, sob um chiado crescente, a apoia na pia.

— Está tudo bem? — pergunta Leila.

— O pato virou carvão — diz Eve, usando uma espátula para levantar um dos filés torrados.

— Dá para comer?

— Eu não diria que sim.
— Bom, não se preocupe. Zbig, Niko e eu já sabemos que se depender dos seus dotes culinários você morre de fome, e você nunca mais vai ver aquele casal horrível. Pelo menos espero que não.
— Não, e juro que não faço ideia de por que os convidei para cá hoje. Eu vi os dois saindo de casa um dia de manhã, pouco depois de se mudarem, e achei que precisava ser simpática. Mas aí deu branco, entrei em pânico e, quando vi, já estava chamando os dois para jantar.
— Eve, sério.
— Eu sei. Mas agora preciso da sua ajuda para deixar esse pato apresentável. Quem sabe com o lado queimado para baixo, e cercado de legumes.
— Tem algum molho?
— Tem esse troço na frigideira que parece creosoto.
— Não serve. Tem alguma geleia? Marmelada?
— Acho que sim.
— Certo. Esquente e sirva por cima. O pato ainda vai parecer sola de sapato, mas pelo menos vai ter algum gosto.

Quando Eve e Leila saem da cozinha e voltam para a mesa de jantar, com um prato cheio em cada mão, elas veem os outros paralisados em uma cena que parece saída de um filme clássico. Atrás deles, emoldurada pela porta aberta do quintal, aparece a figura diminuta de Thelma. No sofá, bastante ciente de que todos os olhos estão concentrados nela, Louise, nervosa, esvazia a bexiga dentro da bolsa de Fiona.

— Bom, foi uma beleza — diz Niko algumas horas depois, servindo o resto do vinho tinto romeno em sua taça e virando tudo de um gole só.
— Desculpa — responde Eve. — Sou uma esposa horrível. E uma cozinheira pior ainda.

— Sim e sim — diz Niko, pondo a taça na mesa, passando o braço pelo ombro dela e a puxando para perto. — Seu cabelo está com cheiro de pato torrado.
— Nem me lembre.
— Eu até gosto. — Ele a abraça por um instante. — Vá para Veneza semana que vem, se precisa mesmo.
— Preciso mesmo, Niko. Não tenho escolha.
— Eu sei. E Lance com certeza vai se revelar um companheiro de viagem perfeito.
— Niko, por favor. Você não acha...
— Não acho nada. Mas, quando você voltar, chega.
— Chega do quê?
— De tudo. Das teorias da conspiração, da perseguição às assassinas imaginárias, dessa fantasia toda.
— Não é fantasia, Niko, é verdade. Tem gente sendo morta.
Ele abaixa o braço.
— Nesse caso, mais um motivo para deixar isso tudo para quem é treinado para lidar com essas coisas. E você mesma disse que não é.
— Eles precisam de mim. A pessoa que estamos perseguindo, Niko... Essa mulher. A única pessoa que começou a entender qual é a dela sou eu. Vai levar um tempo, mas vou conseguir pegá-la.
— Como assim, "pegá-la"?
— Fazer ela parar. Eliminá-la.
— Matá-la?
— Se for preciso.
— Eve, você faz alguma ideia do que está falando? Está parecendo uma doida de pedra.
— Sinto muito, mas é a realidade da situação.
— A realidade da situação é que tem uma pistola carregada dentro da sua bolsa e gente das forças de segurança vigiando a nossa casa. E não é essa a vida que quero para nós. Quero uma vida em que a gente faça as coisas juntos, como um casal

normal. Em que a gente converse, e converse de verdade. Em que a gente confie um no outro. Não dá para continuar assim.

— O que você quer dizer?

— Que você vai para Veneza e, depois, chega dessa história. Peça demissão, saia, tanto faz. E a gente começa do zero.

Ela passa os olhos pela sala. Pelos destroços do jantar, pelas taças meio vazias, pelos restos do *tiramisu*. No sofá, Louise solta um balido de incentivo.

— Está bem — diz ela, relaxando a cabeça no peito de Niko. Ele a envolve com os braços e a abraça com força.

— Você sabe que eu te amo — diz ele.

— É. Eu sei.

# 4

Já faz vinte e quatro horas que Villanelle estuda Linder e tenta decidir como matá-lo. Está começando a entender seu alvo, apesar do matagal de desinformação que ele cultivou em volta de si. Todas as entrevistas propagam as mesmas farsas. O início humilde, a identificação fervorosa com os ideais clássicos de bravura e dever, a filosofia política autodidata, a identificação emocionada com a Europa "genuína". Essa mitologia foi cuidadosamente enriquecida com detalhes e histórias inventadas. A obsessão de Linder durante a infância por Leônidas, o rei espartano que morreu enfrentando forças insuperáveis em Termópilas. O modo como venceu no braço o bullying da escola. A perseguição sofrida a vida inteira por intelectuais de esquerda contra suas opiniões políticas e por conservadores homofóbicos e fundamentalistas religiosos contra sua orientação sexual. Na realidade, um memorando anexado à ficha dele deixa friamente claro que Linder vem de uma família liberal abastada e, depois de fracassar em uma carreira como ator, recorreu à política fascista para destilar suas tendências racistas e misóginas extremas.

— Boa sorte — diz Anton, estendendo a mão. — E boa caçada.

— Obrigada. A gente se vê quando eu terminar.

Como sempre, agora que entrou em ação, Villanelle está serena. Há uma sensação de que todas as peças estão se encaixando, como se movidas pela força da gravidade. Tudo conduzindo ao abate, àquele instante de poder absoluto. Um arrebatamento sinistro se infiltra em cada vestígio de seu ser, preenchendo-a e possuindo-a por completo.

De dentro do escritório, com a lista de materiais na mesa à sua frente, Anton vê Villanelle esperando no convés da plataforma, uma silhueta esguia sob o cinzento céu escuro. O helicóptero se materializa, pousa por um instante e logo se vai, balançando ao vento. Ele fica olhando. Ainda sente o toque da mão dela na sua e, de uma gaveta da mesa, tira um frasco pequeno de álcool em gel. Só Deus sabe em que aqueles dedos encostaram.

Está chovendo quando Eve e Lance atravessam a Piazza San Marco de Veneza. Eve segura uma sacola do Sainsbury's, contendo a pulseira Van Diest e o embrulho. As pedras do calçamento brilham à luz úmida. Pombos sobem e descem em bandos caóticos.

— Parece que a gente trouxe a chuva — diz Lance. — Foi bom seu café da manhã?

— Foi. Bastante café forte com pão e geleia de ameixa. E o seu?

— A mesma coisa.

Eve não conhecia Veneza, então saiu do hotel às sete da manhã para explorar. Ela achou a cidade bonita, mas melancólica. A imensa e molhada praça, a água agitada pelo vento e as ondas batendo nos píeres de pedra.

A butique da Van Diest fica no térreo de um antigo palácio ducal, entre uma Balenciaga e uma Missoni. O espaço tem uma decoração elegante, com carpete cinza-pombo, paredes revestidas de seda cor de marfim e mostruários de vidro iluminados por lâmpadas discretas. Eve se esforçou para ajeitar a roupa e o cabelo, mas se sente murchar ante o olhar vazio das vendedoras. A presença de Lance não ajuda. Vestindo um simulacro horrível de trajes casuais, e mais do que nunca com cara de rato, ele está boquiaberto, olhando à sua volta como se estivesse fascinado pelo ouro e pelas joias. *Nunca mais*, pensa Eve consigo mesma. *Esse cara é um atraso de vida.* Ela se aproxima de uma das vendedoras, pede para falar com a *direttrice*, e uma mulher elegante de idade indefinida surge do nada.

— *Buongiorno, signora,* como posso ajudá-la?
— Esta pulseira — diz Eve, tirando-a da sacola. — É possível me dizer se foi comprada nesta loja?
— Não sem a nota, *signora*. — Ela examina a pulseira com um olhar clínico. — Gostaria de devolvê-la?
— Não, só preciso saber onde foi comprada e se alguém se lembra de ter vendido.

A mulher sorri.
— É um assunto policial?

Lance se aproxima e, sem falar nada, exibe uma identificação da Interpol.
— *Prego.* Só um minuto.

A gerente examina a pulseira e toca na tela do terminal no balcão. Os dedos dançam um pouco mais, e ela ergue a vista.
— Sim, *signora*, uma pulseira desse modelo foi comprada aqui no mês passado. Não tenho como confirmar se foi essa mesma.
— Você se lembra de qualquer coisa sobre a pessoa que a comprou?

A mulher franze o cenho. Pelo canto do olho, Eve repara em Lance conferindo um conjunto de colar e brincos de pêndulo de safira. As vendedoras o observam com incerteza, e ele dá uma piscadela para uma. *Pelo amor de Deus*, pensa Eve.
— Eu me lembro dela, sim — diz a gerente. — Devia ter uns vinte e sete, vinte e oito anos. Cabelo escuro, muito bonita. Pagou em dinheiro, o que não é estranho para os russos.
— Quanto custou?
— Seis mil, duzentos e cinquenta euros, *signora*. — Ela franze o cenho. — E teve algo estranho. Ela foi muito... *come si dice, capricciosa...*
— Caprichosa?

— Isso, ela se recusou a encostar na pulseira. E, quando a embalei e coloquei dentro da sacola, ela pediu para essa sacola ir dentro de uma outra.

— E ela era russa mesmo?

— Estava falando russo com a pessoa que estava com ela.

— Tem certeza?

— Tenho, *signora*. Escuto gente falando russo todo dia.

— Você consegue descrever essa outra pessoa?

— Mesma idade. Um pouco mais alta. Cabelo louro curto. Porte atlético. Parecia uma nadadora ou jogadora de tênis.

— Suas câmeras registraram alguma imagem dessas mulheres?

— Posso procurar, com certeza, e se a *signora* me informar um e-mail posso enviar o que encontrarmos. Mas a compra foi feita há um mês, e não sei se mantemos as gravações por tanto tempo.

— Entendi. Bom, vamos torcer.

Eve interroga a gerente por mais uns cinco minutos, dá um dos endereços de e-mail do escritório na Goodge Street e agradece.

— Essa pulseira. Combina com a *signora*.

Eve sorri.

— Até logo.

— *Arrivederci, signora*.

Quando saem para a chuvarada, Eve se vira para Lance.

— Que palhaçada foi aquilo lá dentro? Nossa. Eu lá, tentando tirar algumas respostas da mulher, e você bancando o Benny Hill, olhando embasbacado para aquelas mulheres e... Que merda, Lance, você achou mesmo que estava ajudando?

Ele levanta a gola.

— Ali a Zucchetti. Vamos entrar e pedir um café e alguns daqueles confeitos.

A *pasticceria* é inebriante, tem um ar quente com cheiro de pão, um balcão coberto de doces confeitados, rolos e brioches dourados, suspiros, *macaroons* e mil-folhas.

— Então — diz Eve, cinco minutos depois, com o humor um pouco amaciado depois de um prato de *galani* e o melhor *cappuccino* que já tomou na vida.

Lance inclina o corpo por cima da mesinha minúscula.

— Quando V comprou a pulseira, tenho quase certeza de que a mulher que estava junto era a namorada. Ou pelo menos uma das namoradas.

Eve o encara.

— Como você sabe?

— Porque, depois que aquelas vendedoras se convenceram de que eu era um idiota sem noção que não falava uma palavra de italiano, elas começaram a fofocar entre si. E todas se lembravam de V e da amiga. Uma delas, Bianca, a que fala russo, é geralmente quem atende os fregueses russos, mas não atendeu nesse caso porque V também falava inglês perfeitamente, então nessa ocasião a venda foi para sua amiga Giovanna.

— E aí?

— Segundo Bianca, as duas estavam no meio de uma briga de casal. V reclamou que a namorada estava comendo na butique, e a namorada estava irritada porque V ia comprar uma pulseira bonita para a *"angliskaya suka"*, e ela não entendia o motivo.

— Tem certeza? Para a "puta inglesa"?

— Foi o que a Bianca falou.

— Então você é fluente em italiano? Podia ter me avisado.

— Você não perguntou. Mas não é só isso. Todas as vendedoras acharam que a gente estava investigando um ucraniano rico que desapareceu.

— Não sabemos nada disso, né?

— Só fiquei sabendo agora.

— Temos um nome?

— Não.

Eve olha para a piazza encoberta pela chuva.

— Vamos supor que V estava em Veneza no mesmo período em que esse ucraniano desconhecido desapareceu... — diz Eve, lambendo o resto do açúcar dos dedos.

— Já estou supondo.

— Te devo um pedido de desculpas, Lance. Sério, eu...

— Deixe para lá. Vamos perguntar aos funcionários daqui se alguém se lembra de duas mulheres russas comprando confeitos há um mês. Não vai dar em nada, e depois vamos embora. Preciso fumar.

Do lado de fora, o ar está denso e o céu, escuro e feio. Enquanto cruzam a piazza, Eve sente um desconforto crescente, e acha que está ligado às duas mulheres comprando a pulseira juntas. Quem era aquela outra mulher, a que a chamou de puta, e qual era a função dela na história? Será que era mesmo uma namorada de V?

Eve é tomada por um sentimento súbito de culpa. Não é possível que esteja com *ciúme*, é? Ela tem vergonha até de se perguntar isso. Ela ama Niko e está com saudade. Ele a ama.

Mas, por outro lado, ser observada enquanto dorme...

E a pulseira.

E a total e absurda petulância.

A *questura*, ou delegacia central, de Veneza fica em Santa Croce, na Ponte della Libertà. Tem uma entrada pelo rio, com lanchas azuis da polícia atracadas no píer, e uma entrada não tão pitoresca pela rua, reforçada por barreiras de aço e vigiada por guardas da Polizia di Stato.

São cinco e meia da tarde, e Eve e Lance estão na sala de espera, aguardando serem chamados pelo *questore*, o chefe de polícia da cidade. Foi preciso fazer vários telefonemas para marcar essa reunião e, agora que conseguiram agendar um horário, acontece de o *questore* Armando Trevisan estar em uma "teleconferência". No banco de madeira, com as costas encurvadas,

Eve fica olhando o trânsito do outro lado do vidro blindado das portas da delegacia. Parou de chover ao meio-dia, mas ela ainda sente a umidade do ar.

Um indivíduo magro de terno escuro aparece em um corredor, e sua postura decidida rompe a sonolência do ambiente. Após se apresentar em inglês como *questore* Trevisan, ele os conduz à sua sala, um cômodo monocromático dominado por armários de arquivo.

— Por favor, sra. Polastri e senhor...
— Edmonds — responde Lance. — Noel Edmonds.

Os dois se sentam diante da mesa dele. Trevisan abre uma pasta, pega a xerox de uma foto e entrega para Eve.

— Vocês querem saber do nosso ucraniano sumido? Bom, nós também. O nome dele é Rinat Yevtukh, e no mês passado ele se hospedou no Hotel Danieli com uma jovem chamada Katya Goraya e vários guarda-costas. Nossos colegas da AISE, nossa agência de segurança externa, nos avisaram da presença dele e nos informaram detalhes de sua ficha.

— Eles o conheciam, então? — pergunta Eve.

— Muito bem. Ele era de Odessa, onde chefiava uma gangue que lidava com drogas, prostituição, tráfico de pessoas e esse tipo de coisa. Muito rico, contatos muito poderosos.

Trevisan tira outro documento da pasta. Seus gestos são econômicos, e ele tem um ar de alerta que sugere a Eve que esse homem é um espírito afim, um aliado. Alguém que só se satisfaz com a verdade.

— Essa é uma linha do tempo da estadia de Yevtukh aqui em Veneza. Atividades típicas de turista, como vocês podem ver, e sempre acompanhado da srta. Goraya. Um passeio de gôndola, uma visita a Murano, compras na San Marco etc. E aí, nesse dia de manhã, e sem que a srta. Goraya soubesse, ele sai em uma *motoscafo*, uma lancha motorizada, com uma mulher que tinha conhecido no bar do hotel na noite anterior.

Eve e Lance trocam um olhar.

— Segundo o garçom, a mulher pediu as bebidas em italiano, mas conversou com Yevtukh em inglês. Fluente nos dois. Ela parecia, nas palavras do garçom, uma atriz de cinema.

— Alguma atriz específica?

— Acho que ele quis dizer mais no sentido genérico, mas até nos ajudou a criar um retrato falado.

Trevisan desliza outra xerox pela mesa. Eve se obriga a não pegar a folha com desespero, mas a imagem não é nada reveladora. O rosto triangular, o cabelo na altura do ombro e os olhos afastados formam uma aparência genérica, indistinta. A pessoa podia ter qualquer idade entre vinte e quarenta anos.

— Fizemos este retrato três dias depois de o garçom servi--la no bar. Foi o máximo que ele conseguiu. Os guarda-costas a viram rapidamente na manhã em que ele desapareceu, mas ajudaram menos ainda. Pelo que disseram, a mulher estava com um par enorme de óculos escuros, e eles não conseguiam entrar em acordo nem sobre a cor do cabelo dela.

— Testemunhas — diz Lance.

— Pois é, sr. Edmonds, testemunhas. Continuando, essa mulher encontra Yevtukh na entrada pelo rio do hotel na manhã seguinte, e os dois saem juntos na *motoscafo*. Quando Yevtukh não volta à noite, os guarda-costas acham que o chefe está desfrutando de um encontro romântico e não falam nada para a srta. Goraya, mas, na manhã seguinte, ela procura o gerente do hotel, faz um *furore* enorme, e o gerente liga para nós. Aí os guarda-costas aceitam falar a verdade.

Trevisan explica que, a princípio, o caso de Yevtukh foi considerado um desaparecimento de baixo risco, e a investigação era apenas uma formalidade. Até que alguém na *questura* bateu a descrição de uma *motoscafo* roubada de uma marina em Isola Sant'Elena com a descrição que os guarda-costas fizeram da que tinham visto chegar ao hotel, e aí começou uma busca completa. Um helicóptero que sobrevoou a lagoa encontrou a *motoscafo* afundada no canal Poveglia, mas nem sinal de Yevtukh. Foi aí que a investigação empacou.

— E o que você acha que aconteceu? — pergunta Eve.

— No início, achei que fosse aquela história de um ricaço e suas amantes. Mas, com a *motoscafo* roubada e o naufrágio proposital, mudei de ideia. E agora, sra. Polastri, você veio do MI6 de Londres para cá, confirmando que realmente não é um simples desaparecimento.

— *Signor* Trevisan, posso dar uma sugestão?

— Por favor.

— Talvez eu consiga ajudá-lo a avançar com a investigação. Em troca, peço que mantenha nossa conversa em sigilo. Que não fale dela para ninguém, do seu lado ou do meu.

— Prossiga.

— Yevtukh está morto, não tenho a menor dúvida quanto a isso. É quase certo que a mulher que ele conheceu no bar, e que o levou na lancha na manhã seguinte, seja uma assassina profissional. Poliglota, mas provavelmente russa. Nome desconhecido. Estava em Veneza com outra mulher, também provavelmente russa, e talvez as duas fossem namoradas. Elas fizeram compras na San Marco dois dias antes e tinham ido à butique da Van Diest, à Pasticceria Zucchetti e a outras lojas da região. Ambas têm uma percepção aguda de câmeras de segurança, e a assassina sabe alterar a própria aparência com extrema habilidade. Achamos que ela é magra, de estatura mediana, com maçãs do rosto salientes e cabelo louro-escuro. Os olhos provavelmente são cinzentos ou verde-escuros, mas achamos que ela use lentes de contato com frequência. E também apliques de cabelo e perucas. A outra mulher foi descrita como de aparência esportiva, com cabelo louro curto.

— Tem certeza?

— Tenho. E a dupla deve ter ficado em algum lugar próximo, juntas ou em quartos separados, já que se passaram dois dias entre as compras na San Marco e o desaparecimento de Yevtukh.

— Com certeza podemos ver se achamos algum registro delas.

Trevisan a observa atentamente, e Eve de repente se dá conta da própria aparência e, especificamente, das meias curtas e feias de náilon que aparecem pela boca dos sapatos. Faz anos que ela se esforça para conquistar reconhecimento por sua competência profissional, dando pouca ou nenhuma importância à forma como as pessoas a veem. Mas ali em Veneza, vendo a maneira como as italianas se portam, como se deleitam em se apresentar com elegância e sensualidade, ela sente vontade de ser admirada por mais do que sua mente afiada. Ela gostaria de caminhar pela San Marco e sentir o toque de uma saia bem feita, e a brisa da lagoa nos cabelos. Aquelas vendedoras na Van Diest, de manhã. Parecia que estavam vestidas exclusivamente para satisfação própria. Suas roupas sussurravam segredos que as infundiam de confiança e poder. Com o casaco e os jeans úmidos, Eve não se sente nem um pouco confiante e poderosa. Só sente o cabelo molhado e as axilas grudentas.

A conversa termina.

— Diga — pergunta Eve, enquanto Trevisan os acompanha à entrada. — Onde aprendeu a falar inglês assim tão bem?

— Em Tunbridge Wells. Minha mãe era inglesa, e a gente sempre passava o verão lá quando eu era pequeno. Eu via *Multi-Coloured Swap Shop* na BBC1 todo sábado, e é por isso que é uma honra conhecer pessoalmente Noel Edmonds.

Lance faz uma careta.

— Ah.

— Por favor, eu entendo de discrição profissional. Sra. Polastri, fico feliz que pudemos ajudar um ao outro. Oficialmente, como você pediu, esta reunião nunca aconteceu. Mas foi um grande prazer.

Eles trocam um aperto de mãos, e ele vai embora.

— Puta merda — diz Eve, quando eles saem para o entardecer úmido. — Noel Edmonds?

— Eu sei — responde Lance. — Eu sei.

Na volta, eles pegam um *vaporetto*, um ônibus aquático. Está lotado, mas os pés de Eve doem, e é um alívio não ter que andar. O *vaporetto* os transporta ao longo de todo o Grand Canal. Alguns dos edifícios à beira da água estão iluminados, e seus reflexos pintam de ouro a superfície trêmula do canal, mas outros estão fechados e às escuras, como se protegessem segredos ancestrais. Na penumbra, um tom sinistro marca a beleza da cidade.

Lance vai com o *vaporetto* até a San Marco, mas Eve salta um ponto antes e vai andando na direção da ópera Fenice, até uma butique pequenina que viu mais cedo. A vitrine tem um lindo vestido transpassado de crepe vermelho e branco da Laura Fracci, e ela não resiste a dar mais uma olhada. A loja parece assustadoramente cara, e parte dela torce para o vestido não caber, mas, quando experimenta, o caimento é perfeito. Sem nem olhar a etiqueta direito, ela entrega o cartão de crédito antes que mude de ideia.

Ela então pensa em conferir na loja da Van Diest se encontraram imagens das mulheres nas câmeras de segurança. Mas dizem que não, que o vídeo foi deletado há dois dias. Diante da expressão desapontada dela, a gerente fica pensativa.

— Lembrei de outra coisa na mulher que comprou a pulseira — diz ela. — O perfume. Eu sempre reparo em perfume, é uma paixão minha. Minha mãe trabalhava em uma perfumaria e me ensinou a reconhecer os... *ingredienti*. Sândalo, cedro, âmbar, violeta, rosa, *bergamotto*...

— E você lembra que perfume aquela mulher estava usando?

— Não reconheci. Certamente não era uma das marcas de grife comuns. Nota de saída de frésia, eu acho. Notas de corpo de âmbar e cedro branco. Muito peculiar. Cheguei a perguntar para ela.

— E?

— Ela me falou o nome, mas não lembro. Desculpe, não estou ajudando muito.

— Está, sim. De verdade. Ajudou muito. Se você se lembrar do nome do perfume, ou de qualquer outra coisa sobre as mulheres, pode falar com o *questore* Armando Trevisan, na delegacia de Santa Croce, e ele repassará para mim.

— Claro. Pode me dizer seu nome? E talvez seu número?

Eve responde, olhando com curiosidade as joias nos mostruários. Uma gargantilha de safiras e diamantes incandescentes. Um colar de esmeraldas que parece uma cascata de fogo verde. A gerente para de escrever, de caneta na mão.

— Estou vendo que você admira joias de qualidade, *signora* Polastri.

— Nunca vi peças assim. Tão perto que dá para encostar. Agora entendi por que as pessoas gostam tanto. Porque se apaixonam por isso.

— Posso dar uma sugestão? Hoje à noite vou a uma cerimônia no Palazzo Forlani. É o lançamento da nova coleção de joias de Umberto Zeni. Eu ia levar minha irmã, mas a filha dela está doente. Se você estiver livre, pode vir comigo.

— É muita gentileza sua — responde Eve, surpresa. — Tem certeza?

— Claro. Seria um prazer.

— Bom, então... Sim. Nossa. Que emocionante. Nunca fui a uma festa em um castelo antes.

— Quem sabe você poderia usar sua pulseira?

— Eu poderia, não é?

— Nesse caso, *è deciso*. O Palazzo Forlani fica em Dorsoduro. Atravesse a Ponte dell'Accademia, vire à esquerda, e fica a uns cem metros. Diga que você está com Giovanna Bianchi, da Van Diest. Vou chegar lá às nove horas.

— Hm... tudo bem. Por que não? Obrigada, Giovanna. Seria ótimo.

Ela estende a mão.

— *Allora a dopo, signora* Polastri.
— É Eve.
— *A dopo*, Eve.

Já no hotel, ela está sentada na cama com o notebook, criptografando o relatório sobre Yevtukh Rinat e a provável relação entre seu desaparecimento e V e sua amiga russa, ou namorada, seja o que for. Depois de enviar o arquivo para Billy na Goodge Street, ela liga para o quarto de Lance. Ninguém atende, mas, após alguns minutos, ele bate à sua porta e, quando ela abre, entra com garrafas de cerveja e uma pizza enorme.

— Os restaurantes aqui das redondezas são todos umas espeluncas para enganar turista — diz ele. — Então preferi a opção para viagem.

— Perfeito. Estou morrendo de fome.

Eles passam a meia hora seguinte sentados na frente da varandinha, bebendo Nastro Azzurro gelada e comendo pizza com cobertura de batata em rodelas, alecrim e queijo Taleggio.

— Essa estava boa pra caramba — diz Eve, quando já não aguenta mais.

— Espiões precisam de tolerância para muita coisa — diz Lance. — Mas comida ruim eu dispenso.

— Nunca imaginei que você se importasse com isso.

— Para você ver, né? Tudo bem se eu fumar na varanda?

— Fique à vontade. Preciso ligar para o meu marido.

Quando finalmente encontra o celular dentro da bolsa, descobre que ele ficou desligado o dia inteiro. Para seu horror, ela vê que Niko tentou ligar seis vezes e deixou três mensagens.

— Merda. *Merda...*

Ele sofreu um acidente. Passou a maior parte do dia na Emergência do Royal Free Hospital e agora está em casa, de muletas.

— Niko, desculpa, desculpa — diz Eve, quando enfim consegue ligar para ele. — Acabei de ver que meu celular ficou desligado o dia todo. O que aconteceu?

— Uma mãe foi deixar o filho na escola. O menino saiu bem na frente de outro carro, eu corri e o tirei da rua. Bum.
— Ai, meu amor. Que pena. Foi sério?
— Quebrei o tornozelo, basicamente. Fratura na tíbia e ligamentos rompidos.
— Está doendo?
— Digamos assim: você vai ter que cozinhar mais.
— Ai, meu Deus, tadinho. Quer dizer, por causa do acidente, não por eu cozinhar. Se bem que isso também não é bom... Desculpa, o dia foi longo.
— Foi mesmo. Que tal Veneza?
— Linda, apesar do fato de ter chovido o dia inteiro.
— E Lance? Passa bem?
— Niko, por favor. Lance está bem, o trabalho está bem, e volto para casa amanhã à noite. Você vai ficar bem até lá?
— Meus antepassados combateram os otomanos em Verna. Vou sobreviver.
— Tem bastante feno para Thelma e Louise?
— Você pode comprar um pouco mais no aeroporto.
— Niko, para. Desculpa, está bem? Por ter deixado o celular desligado, por estar aqui em Veneza, pelo seu acidente. Desculpa por tudo. O hospital deu algum analgésico?
— Deu. Codeína.
— Então toma. Com água, não uísque. E vai dormir. Espero que os pais daquele menino estejam gratos.
— Mãe. Era só uma. E ela ficou.
— Bom, você me enche de orgulho, meu amor. De verdade.
— O que você vai fazer hoje à noite?
— Tenho que sair mais tarde para falar com uma pessoa sobre imagens de câmera de segurança. — A mentira sai fácil, sem qualquer esforço. — Depois, vou ler um livro e dormir.
— O que você está lendo?
— Um romance da Elena Ferrante.
— É sobre o quê?

— O relacionamento complicado entre duas mulheres.
— E por acaso existe algum relacionamento entre duas mulheres que não seja complicado?
— Pela minha experiência, não.

Ela ainda está no telefone quando Lance volta para dentro do quarto, arrastando uma nuvem de fumaça de cigarro.

— Qual é o plano? — pergunta ela.
— Telefonei para uma pessoa mais cedo. Um cara com quem eu trabalhei em Roma e que se mudou para cá. Pensei em bater um papo com ele sobre esse ucraniano desaparecido.
— Quando vocês vão se encontrar?
— Daqui a meia hora. Num bar perto da delegacia em que a gente foi. E você?
— Vou a uma tal cerimônia com a Giovanna da joalheria. As imagens das câmeras foram deletadas, mas ela deve ter mais para nos contar.
— Deve ter.
— O que você está insinuando?
— Nada.
— Você está com um sorrisinho, Lance.
— Não é sorrisinho, é um tique nervoso. E fico bem constrangido por causa dele.
— Olha, você foi bem hoje cedo. Muito bem mesmo. E aquela pizza estava deliciosa de verdade. Mas, se você for ficar de sorrisinho sempre que eu falar o nome de outra mulher, não vai dar certo.
— Não, já entendi.
— Vai se foder, Lance.
— Com certeza. Agora mesmo.

Dez minutos depois, já com o vestido Laura Fracci e o cabelo preso em um coque francês razoável, Eve sai ao crepúsculo com a pulseira de ouro rosa no braço. A chuva do dia apurou o ar, que cheira a umidade e esgoto. Ela atravessa a piazza e caminha na direção oeste, passando por grupos de turistas relaxando, até a

Ponte dell'Accademia. No meio da ponte, ela para, maravilhada pela vista. O canal escuro, os edifícios iluminados à beira da água e, na distante entrada da lagoa, a redoma da Santa Maria della Salute. A beleza é tanta que é quase insuportável, e está tudo morrendo. *Como todos nós*, murmura uma voz dentro da cabeça de Eve. *Não existe amanhã, só existe o hoje.* Contemplando o canal cintilante e interposta entre os altos e baixos da própria vida, Eve reflete sobre sua adversária. Dela, Eve só viu os olhos, mas os olhos já bastam. E aquele olhar parecia dizer: Eu sou a morte, e será que você é capaz de se sentir viva de verdade se não conhece a morte de perto? Ela sabe que é impossível se afastar de um desafio desses, que não há escapatória. Qualquer que seja seu destino, ela precisa seguir em frente, mesmo se para isso for necessário mentir para Niko. Uma brisa varre o canal em direção ao mar, colando o tecido suave do vestido em suas coxas, e o celular vibra dentro da bolsa.
É Giovanna. Ela vai chegar lá em dez minutos.

No quarto apertado do segundo andar do Gasthof Lili, em Innsbruck, Villanelle está sentada de pernas cruzadas na frente de um notebook, olhando plantas baixas do Felsnadel. O hotel, uma fatia futurista de vidro e aço em volta de uma escarpa tirolesa congelada, é o de maior altitude da Áustria. Fica à beira de um penhasco na face oriental da montanha Teufelskamp, uns dois mil e quinhentos metros acima do nível do mar.

Já faz horas que Villanelle vem perambulando pelo edifício em sua imaginação, testando possíveis pontos de acesso e saída, decorando a posição dos quartos de hóspedes e das cozinhas, registrando salas de depósito e áreas de serviço. Ela está examinando há meia hora as peças e os mecanismos de travas das janelas triplas. Konstantin fez questão de que ela entendesse que esse tipo de detalhe pode ser a diferença entre sucesso e fracasso, entre vida e morte. Villanelle fica triste ao pensar que, em algum momento, o próprio Konstantin ignorou um detalhe.

Ela dá um bocejo, expondo os dentes feito uma gata. Sempre gostou da fase preparatória antes de uma operação, mas existe um momento de sobrecarga. Um momento em que os planos ficam borrados e as palavras na tela começam a se embaralhar. Além de pesquisar para a missão, ela está tentando aprender sozinha a falar alemão, uma língua que nunca estudou antes. Não será preciso se fazer passar por alemã no Hotel Felsnadel; segundo seu disfarce, ela é francesa. Mas será preciso falar o idioma, e é importante para a operação que ela entenda tudo o que for dito.

Esse e outros preparativos são mentalmente exaustivos. Villanelle não é tão suscetível ao estresse quanto a maioria das pessoas, mas, quando tem que suportar períodos prolongados de espera, uma necessidade familiar costuma vir à tona. Ela bloqueia o notebook de modo que qualquer tentativa de acesso resulte em formatação completa do disco e, em seguida, se levanta e se espreguiça. Está usando uma roupa de moletom vagabunda, não toma banho há trinta e seis horas, e o cabelo sem lavar está amarrado em um rabo de cavalo frouxo. Ela está com cara, e cheiro, de bicho.

A Herzog-Friedrich-Strasse é bonita à luz do crepúsculo, e os edifícios, que começam a se iluminar, parecem compor um cenário teatral com as montanhas à distância. Mas faz frio, e um vento persistente uiva pelas ruas estreitas, penetrando a roupa fina de Villanelle quando ela corre até o Schlossergasse e o brilho dourado da Brauhaus Adler. Ali dentro, o barulho é alto e o ar, quente e com cheiro de cerveja. Abrindo caminho pela multidão, Villanelle repara em uma fila de homens de costas para o bar, observando a freguesia com olhares entretidos e predatórios. De vez em quando, eles trocam comentários e sorrisos sugestivos.

Villanelle fica olhando por um ou dois minutos e então, sem pressa, vai em direção ao bar. Desfilando na frente dos homens e retomando casualmente o espaço que eles dominaram, ela encara um a um até parar na frente de um rapaz bem-apessoado de vinte e poucos anos. Ele é bonito, sabe que é bonito, e retribui o olhar dela com um sorriso confiante.

Em vez de sorrir, Villanelle pega a caneca de cerveja dele, bebe até acabar e se afasta sem olhar para trás. Logo ele a segue, forçando a passagem pela multidão para alcançá-la. Sem falar nada, ela o conduz para fora pela porta principal, dobra a esquina e vira no beco atrás do bar. No meio do beco há um espaço escuro entre duas caçambas cheias de lixo. Em cima de uma dessas, uma saída de exaustor expele o ar da cozinha por uma grade imunda.

Villanelle apoia as costas na parede de tijolos e manda o rapaz se ajoelhar à sua frente. Quando ele hesita, ela segura o cabelo louro e o obriga a se abaixar. Depois, com a mão livre, ela abaixa as calças de moletom até os tornozelos, afasta as pernas e puxa a calcinha para o lado.

— Sem dedo — diz ela. — Só a língua. Pode começar.

Ele olha para cima, com uma expressão de incerteza, e ela aperta o cabelo com mais força até ele gemer de dor.

— Falei para começar, *dummkopf*. Me chupa. — Ela afasta mais os pés, sentindo a parede fria nas nádegas. — Mais forte, não é a porra de um sorvete. E mais para cima. Isso, aí.

Uma fagulha de sensação se espalha por seu corpo, mas é irregular demais, e seu novo companheiro é inexperiente demais para levá-la ao ponto certo. Com as pálpebras entreabertas, ela vê um funcionário de cozinha com avental sujo e touca sair por uma porta e parar, boquiaberto, ao percebê-la ali. Ela o ignora, e o sujeito louro está ocupado demais na busca do clitóris para sentir a presença de um espectador.

O funcionário fica parado, com mão na virilha, por quase um minuto, até que uma voz o chama de volta para a cozinha em um turco cheio de impropérios. A essa altura, Villanelle já tem certeza de que, se quiser gozar, vai ter que voltar ao quarto e terminar o serviço sozinha. Seus pensamentos divagam, dissolvendo-se em imagens refratadas que, de repente, se condensam na figura de Eve Polastri. Eve e aquelas roupas *skuchniyy*, e aquela decência britânica que Villanelle deseja ardorosamente perturbar. Imagine se ela olhasse para baixo agora e visse aquele rosto entre suas coxas. Os olhos de Eve se erguendo para vê-la. A língua de Eve se esfregando nela.

Villanelle se aferra a essa imagem até que, com um rápido tremor nas coxas, acaba gozando. E então a imagem de Eve se dissolve e toma a forma de Anna Leonova. Anna, a quem todos os rastros de sangue conduzem. Anna, que em outra vida mostrou a Oxana Vorontsova o que o amor podia ser, e que a privou disso para sempre. Abrindo os olhos, Villanelle observa seu entorno imundo. O vento toca seu rosto, e ela se dá conta de que as bochechas estão cobertas de lágrimas.

O cara louro está sorrindo.

— Foi bom, *ja*? — Ele fica de pé e enfia o dedo na boca para puxar um pentelho. — Agora você me chupa, né?

Villanelle ajeita a calcinha e puxa a calça para cima.

— Por favor — diz ela. — Vai embora.

— Ei, qual é, *schatz*...

— Você ouviu. Vai se foder.

Ele a encara e o sorriso desaparece. Começa a se afastar, mas se vira.

— Quer saber de um negócio? Você fede.

— Ótimo. E um conselho: da próxima vez que conseguir tirar as calças de uma garota, leve um mapa.

O Palazzo Forlani fica no lado leste de Dorsoduro. A entrada pela rua, que é por onde Eve chega, não tem nada de mais. Uma sala pequena e mal iluminada é atendida por funcionários de terno escuro sob a supervisão de um sujeito mal-encarado com cara de quem talvez já tenha tido uma carreira no boxe. Atrás deles, duas jovens vestidas com tubinhos pretos idênticos de estampa *moiré* estão em uma escrivaninha antiga, conferindo em uma lista impressa o nome das pessoas que chegam.

Eve vai até elas.

— *Sono con Giovanna Bianchi*.

Elas sorriem.

— Certo, sem problema — diz uma das duas. — Mas minha amiga precisa arrumar seu cabelo.

Eve levanta a mão e acha um grampo pendurado em uma mecha solta.

— Minha nossa, por favor.

— Venha — diz a amiga.

Depois de indicar uma cadeira para Eve, a moça refaz o penteado com rapidez e destreza. Giovanna chega enquanto ela está inserindo o último grampo.

— Eve. Você está deslumbrante... *Ciao, ragazze*.

— *Ciao*, Giovanna. Só resolvendo uma pequena emergência capilar aqui.

— Meu coque francês desmontou — explica Eve.

Giovanna sorri.

— Por isso que é melhor preferir coisas italianas.

Uma cortina se abre e elas saem da iluminação fraca do *foyer* para uma claridade acolhedora. Eve descobre que, na verdade, a porta do *palazzo* que dá para a rua é a entrada dos fundos, uma espécie de acesso de bastidores. Elas estão em um átrio amplo com piso de pedra, abarrotado de convidados, e no centro do espaço há uma área retangular cercada de cortinas pendentes decoradas com a logo de Umberto Zeni. Do outro lado do salão fica a entrada pelo canal, muito mais grandiosa e ornamentada, dominada por um portal em arco de onde se vê o brilho da água. Eve repara quando uma lancha motorizada chega e dois convidados desembarcam para um píer e são conduzidos para dentro por um porteiro.

A multidão se movimenta em volta dela. Eve sente o cheiro de perfumes, pó de arroz, parafina e o discreto odor pungente de lodo do canal. É uma cena estranha e inebriante, uma estonteante colisão do antigo com o sofisticado. Eve se sente elegante, e até refinada, mas não consegue se imaginar conversando com ninguém ali. Há um núcleo de homens de idade indefinida, terno escuro e gravata de seda, e de mulheres cujos penteados com laquê e vestidos de grife elaborados nitidamente foram escolhidos mais para intimidar do que para atrair. Circulando em volta dessas figuras, como peixes-piloto cercando tubarões, ela vê um séquito de socialites e agregados. Estilistas sorrateiros com bronzeados implausíveis, rapazes de corpo tonificado e jeans rasgados, modelos esguias com olhos grandes e vazios.

— E aquele é Umberto — diz Giovanna, pegando duas taças de champanhe na bandeja de um garçom e indicando com a cabeça um sujeito minúsculo todo vestido de couro de estilo fetiche. — Público interessante, não acha?

— Incrível. E nada a ver com o meu mundo.

— E qual é o seu mundo, Eve? Desculpe a pergunta, mas você chega na minha loja com um homem que se identifica como um agente da Interpol e começa a fingir ser *un imbecille* enquanto minhas vendedoras fofocam... ah, não se preocupe, eu percebi. Aí você me pergunta sobre uma pulseira comprada por uma mulher que foi à loja com a namorada, pulseira essa que agora é você que está usando. *Per favore*, o que está acontecendo?

Eve toma um gole demorado de champanhe e vira o pulso para ver os diamantes cintilarem.

— É uma longa história.

— Conte.

— Estamos atrás dessa mulher por uma série de crimes. Ela sabe que eu a estou perseguindo e me mandou essa pulseira para me insultar e intimidar.

— Como assim?

— É que esse é o tipo de coisa luxuosa que eu jamais poderia comprar, e que jamais me imaginaria usando.
— Mas você está usando.
As luzes começam a se apagar e interrompem a conversa delas. De repente, ao som ensurdecedor de heavy metal industrial e gritos e aplausos do público, as cortinas no meio do átrio sobem e os holofotes iluminam o tablado que elas cobriam. Do chão se ergue uma coluna enorme de concreto, onde um Alfa Romeo branco esportivo parece ter batido em alta velocidade. O carro, dobrado em volta da coluna, está totalmente destruído. Dois passageiros, um homem e uma mulher, foram arremessados pelo para-brisa e estão esparramados em cima do capô amassado.

A princípio, Eve imagina que são manequins de aparência horrivelmente vívida — ou melhor, morta. Mas então ela percebe que os dois estão respirando, e são de verdade. E, finalmente, reconhece o famoso cantor de *boy band* e a *top model* namorada dele. Shane Rafique, com jeans e uma camiseta branca, está deitado de bruços. Jasmin Vane-Partington está de costas, com um braço caído e os seios expostos pela blusa rasgada.

Porém, em vez de sangue e feridas abertas, eles estão cobertos de joias. A testa de Jasmin não está cravejada de pedaços do para-brisa, mas envolta por uma tiara de diamantes e pedras vermelho-sangue. Uma sequência de rubis birmaneses desce por sua barriga como um rasgo fatal. Turmalinas brilham no cabelo de Shane, e um colar de topázio se projeta de sua boca. A carcaça do veículo está salpicada de pedras carmesim.

As câmeras piscam, a música toca, os aplausos crescem e diminuem, e Eve encara boquiaberta o *tableau mort* cintilante.

Giovanna sorri.

— E aí, o que você acha?
— É um jeito bem extremo de vender joias.
— As pessoas querem extremos aqui, ficam entediadas com muita facilidade. E a imprensa da moda vai adorar. Especialmente por causa de Jasmin e Shane.

Dez minutos depois, quando os flashes se acalmam e Umberto Zeni faz um discurso breve do qual Eve não entende uma palavra sequer, a cortina volta a cobrir o Alfa Romeo destruído e os cadáveres famosos. Lentamente, os convidados começam a se dirigir ao segundo andar, passando por tapeçarias desbotadas e subindo uma escadaria de pedra gasta. Eve e Giovanna os acompanham, pegando novas taças de champanhe pelo caminho.

— Está gostando? — pergunta Giovanna.
— Demais. Nem sei como agradecer.
— Conte sua história.

Eve dá risada.

— Um dia eu conto.

É a primeira vez em meses, talvez anos, que ela se diverte tanto e sem dever satisfação a ninguém. Ela sente uma onda súbita de prazer e flutua com leveza escada acima.

As galerias em torno da escada logo se enchem de barulho e gente. Parece que todo mundo conhece Giovanna, e em um instante ela é cercada por um grupo animado que troca comentários em um italiano acelerado. Eve balança os dedos em um gesto vago de "até daqui a pouco" e se afasta. Com uma terceira taça de champanhe na mão, ela se esgueira pela multidão com confiança e um sorriso no rosto, como se tivesse acabado de ver um conhecido. Ela sempre se sentiu deslocada em festas, dividida entre a vontade de mergulhar na onda de conversas e risos e de ficar sozinha. O segredo, pelo que ela descobriu, é se manter em movimento constante. Ficar parada, mesmo que só por um instante, é aparentar vulnerabilidade. É se pintar de alvo para qualquer tubarão que passe por perto.

Assumindo uma postura de entendida, Eve examina as obras de arte nas paredes apaineladas. Cenas alegóricas da mitologia grega ao lado de quadros contemporâneos de caveiras; aristocratas venezianos do século XVIII observando com desgosto fotografias explícitas em tamanho real de um casal transando. Eve imagina que devia saber o nome dos artistas em questão, mas não está tão interessada a ponto de tentar descobrir. O que mais a impressiona é a força brutal e avassaladora da riqueza à mostra. Esses objetos de arte não estão exibidos por serem bonitos, nem por estimularem reflexões, mas porque custaram milhões de euros. Eles são dinheiro, pura e simplesmente.

Ela continua andando até se ver diante de uma escultura de porcelana folheada a ouro, também em tamanho real, do falecido Michael Jackson acariciando um macaco. *Só um empurrão*, pensa Eve. *Basta um empurrão bem dado*. Ela imagina o barulho, os sons de espanto, o silêncio estarrecido.

— *La condizione umana* — diz uma voz a seu lado.

Ela olha para o homem. Percebe o cabelo escuro e as feições aquilinas.

— Como é?

— Você é inglesa. Não parece inglesa.

— Sério? Em que sentido?

— Suas roupas, seu cabelo, sua *sprezzatura*.

— Minha o quê?

— Sua... postura.

— Vou considerar isso um elogio. — Ela se vira para ele e encontra olhos castanhos com uma expressão bem-humorada. Repara no nariz torto e na boca fina e sensual. — Já você não tem como ser nada além de italiano.

Ele sorri.

— Vou considerar isso um elogio. Meu nome é Claudio.

— E o meu é Eve. O que você estava dizendo?

— Eu disse que essa escultura representa a condição humana.

— Sério?

— Claro que é sério. Olhe para ela. O que você enxerga?

— Um cantor de pop e um macaco. Uma versão gigante dos enfeites de porcelana que minha avó gostava de comprar.

— Tudo bem, Eve, agora acredito que você seja inglesa. Quer saber o que eu enxergo?

— Imagino que você vá me contar.

— *Dio mio.* Você me olha com esses olhos lindos e acaba comigo.

— Os mesmos olhos bonitos, o mesmo sorriso triste.

— Perdão — diz ele. — Eu te ofendi.

— Não, de jeito nenhum. — Ela toca na manga da camisa dele e sente o braço quente por baixo. — Sério. Eu só... estava pensando em outra pessoa.

— Alguém especial?

— De certa forma, sim. Mas continue. Diga o que você enxerga.

— Bom, enxergo um homem tão solitário, tão isolado do resto da humanidade, que seu único companheiro é esse macaco, Bubbles. E, com o tempo, até Bubbles vai partir. Ele não tem como viver nessa fantasia.

— Entendi.

Eve leva a taça à boca, mas está vazia. Ela se dá conta de que está bem bêbada, e que não se importa. Talvez estar embriagada até seja bom.

— Essa escultura é o sonho de Michael Jackson. Uma eternidade dourada. Mas ela nos traz de volta à realidade da vida dele, que é grotesca e triste.

Eles ficam em silêncio por um instante.

— Talvez sua avó tivesse razão quanto aos enfeites de porcelana. Talvez ela compreendesse que não podemos comprar as coisas que mais desejamos.

Eve sente uma onda de melancolia, oscila com uma ligeira tontura, e uma única lágrima escorre por seu nariz.

— Agora você me fez chorar — lamenta ela. — Você não presta.

— E sua taça está vazia.

— E provavelmente devia continuar assim.

— Você quem sabe. Venha ver a vista da varanda.

Ele a pega pela mão, o que faz o coração de Eve dar um pulo, e a conduz pela galeria até uma área com piso de mármore cercado de espelhos em estilo barroco. Um telão instalado em uma das paredes exibe repetidamente um prólogo em vídeo da instalação de Umberto Zeni, em que Shane Rafique e Jasmin Vane-Partington aparecem fugindo do cofre de um banco, cheios de joias roubadas, pulando para dentro do Alfa Romeo branco e partindo cantando pneu.

Como Giovanna, Claudio parece conhecer todo mundo, então eles avançam ao ritmo de uma procissão, com muitos acenos, cumprimentos e beijos no ar. Um grupo animado está em volta de Umberto Zeni, que explica, agora em inglês, que morrer em um acidente de carro é o equivalente contemporâneo ao martírio católico. Como se servisse para ilustrar a comparação, um garçom oferece ao grupo uma bandeja de *petit fours* em forma de objetos sacramentais. Há sagrados corações cor-de-rosa com cobertura de açúcar, coroas de espinhos de algodão-doce, cravos de crucificação feitos de angélicas caramelizadas. Os mais chiques são as mãozinhas de marzipã com estigmas de geleia vermelha.

— Divino, não? — diz Umberto.

— Muito — responde Eve, com a boca cheia de dedos de marzipã.

Eles finalmente chegam à varanda, que é vasta, espaçosa e envolta por balaústres esculpidos, onde alguns convidados já estão apoiados, fumando. Normalmente, Eve detesta cheiro de cigarro, mas ali, com a escuridão da noite no Grand Canal e o braço de Claudio em volta de seu ombro — como é que ele foi parar ali? —, ela não dá a mínima.

— Sou casada — diz ela.

— Eu ficaria chocado se você não fosse. Olhe para cima.

Ela vira o corpo e apoia as costas na balaustrada. Acima deles, preso na fachada do edifício e desgastado pelo tempo, ela vê um brasão de pedra esculpida.

— O brasão da família Forlani. Seis estrelas em um escudo, encimado por uma coroa de doge. O palácio é de 1770.
— Que incrível. A família ainda mora aqui?
— Sim — diz ele, virando-se para o canal. — Moramos.
Ela o encara.
— Você? Isto... é seu?
— Do meu pai.
Ela balança a cabeça.
— Deve ser... extraordinário.
Virando-se parcialmente para Eve, Claudio passa o dedo pelo rosto dela.
— É o que é.
Eve o encara. Os traços esculturais, a perfeição ao mesmo tempo maculada e confirmada pelo nariz quebrado. A brancura excepcional da camisa de linho junto à pele, com as mangas arregaçadas na altura perfeita nos antebraços bronzeados. A musculatura elegante exibida pelo jeans que até parece comum, mas sem dúvida custou muitas centenas de euros. A ausência despretensiosa de meias, e os mocassins de veludo preto com um bordado que, agora ela percebe, é o brasão da família Forlani.
Ela sorri.
— Você é um pouquinho bom demais para ser verdade, não é? E não é lá tão jovem quanto gostaria que eu pensasse. — Ela imita o gesto, passando o dedo pela bochecha dele. — Quantas outras mulheres você já trouxe para cá? Uma boa quantidade, imagino.
— Você é uma mulher assustadora, Eve. Eu nem te beijei ainda.
Ela sente uma onda de desejo percorrer o corpo com uma força inesperada.
— Que fofo, mas não vai rolar.
— Sério?
Ela balança a cabeça.
— Que pena, Eve. Para mim e para você.

— Acho que não vai ser o fim do mundo nem para mim nem para você. E agora preciso achar minha amiga.

Ela olha para dentro e vê Giovanna se aproximando.

— E lá está ela. Claudio, esta é...

— Eu conheço. *Buona sera*, Giovanna.

— *Buona sera*, Claudio.

Um instante de silêncio.

— Preciso ir — diz Claudio. Ele faz uma mesura para as duas, com um tom quase imperceptível de ironia. — *Arrivederci*.

— Bom — diz Giovanna, vendo-o desaparecer no meio da multidão. — Você não perde tempo. E, por acaso, eu também não. Tenho novidades.

— Diga.

— Eu estava conversando com a *contessa di* Faenza, uma cliente importante minha. E percebi que a mulher ao lado dela estava usando o mesmo perfume que comentei com você. O da russa que comprou sua pulseira...

— Meu Deus. E aí?

— Bom, a *contessa* estava me contando sobre uma mostra de prêt-à-porter que ela viu em Milão, e a outra mulher se afastou. Não dava para sair atrás dela, claro, mas fiquei de olho para memorizar a roupa, e cinco minutos depois, quando a *contessa* finalmente me liberou, comecei procurar.

— E?

— Não consegui achar. Procurei em todos os cantos, nos dois andares, mas ela sumiu. Aí fui ao banheiro, e lá estava ela, na frente do espelho, passando justamente o perfume. Então fui para trás dela para ver se era mesmo o que eu lembrava, e era.

— Tem certeza?

— Absoluta. Frésia, âmbar, cedro branco... então falei que tinha amado o perfume e a gente começou a conversar... o nome dela, aliás, é *signora* Valli. Aí perguntei o nome do perfume. — Ela dá um pedaço de papel dobrado para Eve. — Dessa vez anotei, para não esquecer.

Eve abre o papel e olha para a única palavra escrita. Ela passa por um instante de clareza voraz, como se suas veias se enchessem de água gelada.

— Obrigada, Giovanna — murmura. — Muito, muito obrigada.

Oxana está deitada em uma cama de aço de um trem-prisão *stolypin* russo, cercada por vultos cinzentos e indefinidos. Não há janelas; ela não faz ideia de por onde o trem está passando nem sabe há quanto tempo está ali. Dias, no mínimo, talvez semanas. O mundo se limita a esse vagão *stolypin* com paredes de aço. Fede a merda, urina e corpos podres, mas o pior de tudo é o frio, que arde como a morte e aperta o coração.

Um vulto se mexe na cama à frente dela.

— Você está com a minha pulseira, Villanelle.

Ela tenta explicar, tenta mostrar a Eve os pulsos nus, feridos pelos grilhões.

— Meu nome é Oxana Vorontsova — diz ela.

— Cadê Villanelle?

— Morreu. Que nem as outras.

Acordando com um sobressalto e com o coração na boca, Villanelle aos poucos identifica os contornos de seu quarto no Gasthof Lili. É pouco depois das três da madrugada. O quarto está frio, ela está pelada, e o edredom caiu da cama estreita para o chão.

— Vai se foder, Polastri — murmura ela, vestindo a roupa de moletom e se enrolando no edredom. — Sai da minha cabeça.

A mais de seiscentos quilômetros de distância, Eve também está acordada, sentada na lateral de sua cama no hotel e usando um pijama com estampa de coelhinhos. Seus pés estão no chão com piso de marmorite, e sua cabeça está entre as mãos. Ela tem certeza de que vai vomitar. Fecha os olhos. Na mesma hora, seu equilíbrio despenca em queda livre, e ela vai cambaleando até a janela, sentindo bílis subir até a garganta. Com mãos desesperadas ela afasta as persianas, olha rapidamente as águas escuras e viscosas do canal se agitando abaixo, se agarra no guarda-corpo da varanda, e vomita, sem discrição, em cima de uma gôndola atracada.

#  5

É final de tarde, e o lounge da área de embarque do Flugrettungszentrum, o heliporto de Innsbruck, se enche com um burburinho animado e com o som de taças dos convidados de Max Linder, conversando, rindo e bebericando champanhe Pol Roger. As pessoas presentes não são todo o contingente de convidados; alguns foram levados a Felsnadel mais cedo, outros chegarão no dia seguinte, e o clima é de enorme expectativa. Nos círculos da extrema-direita, Linder tem fama de ser um anfitrião engraçado, generoso e criativo. Um convite para seus retiros na montanha não serve apenas para atestar que se pertence à elite, mas é também uma espetacular garantia de diversão. Todo mundo sabe que Max é *divertido*.

Ninguém repara muito na figura magra com rabo de cavalo frouxo que está parada perto da porta de vidro temperado da saída. A postura passiva e as roupas e malas baratas a identificam claramente como uma pessoa irrelevante, e ela não fala com ninguém. Quando, há uma hora, chegou ao heliporto, ela se identificou ao representante do Hotel Felsnadel como Violette Duroc, uma arrumadeira temporária enviada por uma agência da cidade. O representante do hotel olhou uma prancheta, riscou o nome dela em uma lista e deixou claro que, embora ela fosse ser levada ao Felsnadel com os hóspedes, qualquer socialização com eles era estritamente proibida.

Se Villanelle é invisível para seus companheiros de viagem, eles não são para ela. No decorrer dos últimos quinze dias, ela estudou a maioria com considerável profundidade. A pessoa de maior status no *lounge* provavelmente é Magali Le Meur. Líder recém-eleita do partido francês Nouvelle Droite e defensora do nacionalismo pan-europeu, Le Meur é vista como o futuro da tendência de extrema-direita do país. Ao vivo, seus traços largos e esquálidos aparentam mais idade do que nos cartazes espalhados em massa por todos os viadutos e muros decadentes da França. Ela provavelmente não usaria aquele casaco Moncler de mil euros para discursar diante das classes mais baixas do partido. Nem aquele relógio Cartier de diamantes. Será que ela era divertida na cama? Difícil. Olhos bonitos, mas aquela boca fina e intolerante passava outra ideia.

Le Meur encosta a taça na de Todd Stanton, ex-agente de operações psicológicas da CIA que recentemente se especializou em coleta e manipulação de dados pessoais na internet. Acredita-se que Stanton, que costuma ser descrito como o cardeal sinistro da extrema-direita estadunidense, seja o responsável por orquestrar as recentes vitórias eleitorais do Partido Republicano. Hoje, ele está usando um casaco de pele de lobo, que não contribui muito com seu físico corpulento nem ajuda a disfarçar seu aspecto rosado.

Atrás deles, perto do bar, três homens e uma mulher estão trocando olhares atentos. Leonardo Venturi, um sujeito baixinho de cabelo desgrenhado e monóculo, é um teórico político italiano e fundador do Lapsit Exillis, descrito no site como "uma sociedade de iniciação para aqueles de espírito aristocrata". Venturi está explicando a missão da sociedade com riqueza de detalhes para Inka Järvi, a graciosa líder das Filhas de Odin, da Finlândia. Junto a eles, sem exatamente participar da conversa, estão dois britanos. Roger Baggot, um homem barrigudo com sorriso amarelo, é o líder do Partido Patriota do Reino Unido, e o magrelo Silas Orr-Hadow é um conservador da alta sociedade cuja família abasteceu a Inglaterra com gerações de simpatizantes do fascismo.

As outras três pessoas Villanelle não reconhece. Não estavam na lista de prováveis hóspedes do Felsnadel, se não ela teria lembrado. Há uma mulher imperiosa, com ares de pantera e cabelo escuro preso em um coque firme, que lança uma olhadela de curiosidade para Villanelle, e dois homens muito bonitos. Os três provavelmente têm quase trinta anos e usam uniformes pretos com um nítido estilo militar.

— Você é a Violette? — pergunta uma voz ao lado dela.
— Sou.
— Oi, meu nome é Johanna. Sou da agência também. — Ela tem olhos muito próximos, sardas e um busto de tamanho considerável fechado atrás do zíper de um casaco estofado rosa. Parece a Porca Khriusha, uma personagem de um programa de fantoches que Villanelle via quando era criança, em Perm. — Você já trabalhou no hotel antes?
— Não. Como é?
— O lugar é incrível, mas o pagamento é uma merda, como você já deve ter descoberto. E a gerente, Birgit, é uma grande *arschfotze*. Se você não trabalhar feito uma condenada, ela não para de encher o saco.
— E os hóspedes?
— Muito divertidos. E alguns bem... — Ela dá uma risadinha. — Trabalhei ano passado, quando o grupo de Max veio. Teve uma festa chique na última noite que foi uma loucura.
— E por quanto tempo você vai ficar lá agora?
— Só algumas semanas. Estou substituindo uma menina africana por um tempo. Óbvio que eles não iam deixar uma imigrante lá com esses hóspedes, então ela foi demitida.
— Sem ser paga?
— *Natürlich*. Por que ela seria paga sem ter trabalhado?
— Claro.
— A questão, Violette, é que os convidados de Max Linder preferem funcionários de pensamento tradicional. Garotas com quem tenham coisas em comum. Alguns dos homens têm a mão

bem boba. — Ela abaixa os olhos para o próprio peito com um sorriso complacente. — Mas talvez deixem você quieta.
— E aqueles três, quem são? Parecem mais jovens que a maioria dos outros aqui.
— A banda, Panzerdämmerung. Tocaram lá no ano passado. Música esquisita, supersinistra, superalta, não é muito minha praia. Mas os dois irmãos, Klaus e Peter Lorenz... *Mega geil.*
— E a mulher de casaco de couro e botas?
— É a vocalista, Petra Voss. Parece... — Johanna abaixa a voz e sussurra: — ... que ela é lésbica.
— Mentira!

O embarque é anunciado, e os convidados passam pelas portas de vidro e saem para o heliponto, onde o helicóptero Airbus os aguarda. Villanelle e Johanna saem por último e depois precisam passar pelos outros passageiros para chegar a seus assentos no fundo da aeronave.

— Você estava aqui ano passado, não estava? — pergunta Roger Baggot ao ver Johanna passar. Quando ela sorri e faz um gesto afirmativo com a cabeça, ele estende a mão e dá um tapinha no traseiro dela. — Então acho que vou precisar de serviço de quarto. — Ele se vira para Villanelle. — Me desculpe, querida. Prefiro mulheres mais bem recheadas, se é que você me entende.

Todd Stanton sorri, Silas Orr-Hadow parece horrorizado, e os outros ignoram Baggot completamente. Enquanto aperta o cinto de segurança, Villanelle contempla brevemente a fantasia de se inclinar para a frente e enforcar o inglês com a gravata de golfista dele. Promete a si mesma que algum dia fará isso e olha para Johanna, cujo rosto rosado exibe um sorriso com covinhas.

O helicóptero decola com um estrondo trepidante. Do outro lado da janela de acrílico, o céu está de um tom cinza-metálico. Sem demora, eles se erguem acima da neve, e continuam subindo. Diante da Teufelkamp, das escarpas abruptas e das superfícies congeladas de azul e branco, Villanelle sente uma comichão de ansiedade. Para os outros ali, ela é uma lacaia que mal merece atenção, que nem sequer é comível. Mas, por dentro, ela sente o demônio de sua fúria se retorcer. Com a ponta da língua, toca o ponto descolorado da cicatriz no lábio superior e sente a palpitação ecoar no peito, no fundo do estômago e na virilha.

O helicóptero faz uma curva para cima e contorna um pico vertical. E lá, como um cristal encrustado na rocha negra, está o hotel, e na frente dele uma plataforma horizontal identificada com as luzes de uma área de pouso. Os passageiros aplaudem, arquejam e se curvam para as janelas.

— E aí? — pergunta Johanna. — Incrível, né?

— É.

Eles pousam, a porta se abre, e um jato de ar gelado invade o interior do Airbus. Villanelle sai depois de Johanna para uma nuvem de neve agitada pelo vento, e acompanha os hóspedes para o hotel, puxando sua mala atrás de si.

O saguão da entrada é espetacular, e as paredes de vidro temperado proporcionam uma vista deslumbrante do *massif* ao anoitecer. Trinta metros abaixo deles, as nuvens fluem com a força dos ventos. Acima, ela vê a silhueta de picos e o cintilar de estrelas.

— Johanna, venha comigo. E você deve ser Violette. Rápido, as duas.

Quem as chama é uma mulher de quarenta e tantos anos vestida com muito rigor. Sem se apresentar, ela as conduz a um passo acelerado por uma porta lateral em direção a um corredor de serviço que dá nos aposentos dos funcionários, nos fundos do hotel. Ela fala com Villanelle primeiro, abrindo bruscamente uma porta numerada que revela um quarto pequeno de pé-direito baixo mobiliado com camas de solteiro. Uma jovem de pele clara com moletom e um gorro de lã está deitada em uma delas, dormindo.

— Levante-se, Maria.

A jovem pisca e, nervosa, se levanta às pressas e tira o gorro.

— Violette, você vai ficar aqui com Maria. As duas estão de serviço para o jantar hoje à noite. Maria vai explicar as regras da casa e onde fica seu uniforme. Ela também vai dizer

quais serão suas atividades de serviço de quarto para amanhã. Entendido, Maria?
— Sim, Birgit.
— Violette?
— Sim.
— Sim, *Birgit*. — Ela encara Villanelle. — Você não vai criar confusão, não é? Porque eu juro que, se você tentar qualquer gracinha comigo, *qualquer coisa*, vai se arrepender. Não é, Maria?
— Sim, Birgit — diz Maria. — Vai.
— Ótimo. Vejo as duas daqui a uma hora. — Ela começa a sair, mas dá meia-volta. — Violette, mostre suas unhas.
Villanelle estende as mãos. Birgit as examina, de cara amarrada.
— Dentes.
Villanelle obedece.
— Como foi que você arrumou essa cicatriz?
— Um cachorro me mordeu. Birgit.
Birgit a encara, desconfiada.
— Lave o rosto antes de aparecer no restaurante. — Ela se inclina para Villanelle, de nariz torcido. — E seu cabelo. Está fedendo.
— Sim, Birgit.
Villanelle e Maria veem a gerente sair do quarto, acompanhada de Johanna, ainda sorridente.
— Bem-vinda ao hospício. — Maria dá um sorriso cansado.
— Ela é sempre assim?
— Às vezes é pior. Não é brincadeira.
— Merda.
— *Tak*. E agora você está presa aqui. Sua cama é aquela. E as duas gavetas de baixo são suas.
Maria é polonesa, como diz para Villanelle. Os homens e as mulheres que trabalham no Felsnadel vêm de pelo menos uma dúzia de países e, embora seja obrigatório saber alemão, os funcionários geralmente conversam em inglês entre si.

— Cuidado com Johanna. Ela finge ser supersimpática e parceira, mas tudo que você falar para ela vai direto para Birgit. Ela é uma espiã.
— Está bem, vou lembrar. E que regras da casa são essas?
Maria recita uma litania de regulamentos tão precisos que chegam a parecer fetiche.
— Cabelo sempre em tranças, com grampos de aço simples — conclui ela. — E nada de maquiagem, nunca. Max Linder odeia mulheres de maquiagem, então é proibido usar base, batom, qualquer coisa. E perfume também. O único cheiro que você pode ter é de sabonete bactericida, que precisa usar com frequência. Birgit confere.
— Ela é funcionária do hotel?
— Nossa, não. Ela trabalha para Linder, para garantir que tudo corra do jeito que ele gosta. É uma nazista de merda, basicamente, que nem ele.
— E o que acontece com quem descumpre as regras?
— Na primeira vez, ela desconta do salário. Depois, não sei nem quero saber. Já ouvi boatos de que ela deu chicotadas em uma garota uma vez por ter usado rímel.
— Uau. Que sexy.
Maria a encara.
— É sério?
— Estou brincando. Onde fica o banheiro?
— No final do corredor. Não costuma ter muita água quente, ainda mais a essa hora. Seu sabonete fica na gaveta de cima. Quando você voltar eu explico como vai ser hoje à noite. E, Violette...
— O quê?
— Não crie confusão. Por favor.

Passa um pouco das seis da noite no horário de Londres quando Eve e Lance entram no escritório da Goodge Street com suas malas de viagem. Eles pegaram o metrô em Heathrow, e a viagem foi lenta, mas não tanto quanto seria encarar o trânsito da hora do rush em um táxi.

Billy gira na cadeira e fica de frente para eles. No chão, ao seu lado, há uma pequena torre de marmitas de alumínio vazias. Ele se espreguiça com letargia e dá um bocejo, como um gato que faz pouca atividade física.

— Voo tranquilo?
— Já tive piores. — Lance larga suas bolsas no chão e fareja o ar. — Morreu alguma coisa aqui dentro enquanto a gente esteve fora?
— Como você está, Billy? — pergunta Eve.
— Tudo bem. Chá?
— Nossa, sim, por favor.
— Lance?
— É, pode ser.

Eve resiste ao impulso de abrir a janela e ventilar um pouco o futum condimentado do escritório. Está ansiosa para que Billy faça duas coisas. Descobrir tudo o que for possível sobre Rinat Yevtukh, o ucraniano que desapareceu em Veneza, e iniciar uma busca mundial nas comunicações de internet pelo nome, ou codinome, Villanelle. As duas tarefas provavelmente são complexas, e Eve já aprendeu que a maneira de tirar o maior proveito do talento de Billy é não o apressar.

— Como tem andado? — pergunta ela.
— Mesma coisa de sempre — responde Billy, indo calmamente até a pia e colocando um saquinho de chá em cada uma das canecas que estão no escorredor.
— O que a moça quis dizer é se você sentiu saudade da gente — diz Lance.
— Para ser sincero, nem percebi que vocês não estavam aqui.

Lance abre o zíper de sua bolsa, tira um embrulho e joga para Billy.

— O que é isso?

— Lembrança de Veneza, meu chapa. Só para mostrar que não paramos de pensar em você aqui, trabalhando, enquanto a gente estava lá curtindo a vida.

— Boa.

É um chapéu e uma camisa branca listrada de gondoleiro. Eve dá um olhar agradecido para Lance; não lhe ocorreu nem por um instante comprar alguma coisa para Billy.

— Então, em que pé estamos? — pergunta ela a Billy, quando todos já estão servidos de chá.

— Estou correndo atrás de Tony Kent.

— Alguma novidade?

— Aqui e ali.

— Desembucha.

Billy gira de novo para olhar as telas.

— Certo, histórico. Kent é conhecido, amigo, sei lá, de Dennis Cradle, agora morto. O dinheiro que os Doze usaram para pagar Cradle foi transferido através de Kent, e a fonte original dessa informação é um documento que Eve recebeu em Xangai de Jin Qiang, da SME, a Segurança do Ministério de Estado da China. Até aqui tudo certo?

Eve assente.

— É difícil achar informações de livre acesso sobre Kent. Na prática, a presença on-line dele foi apagada. Não há um pio nas redes sociais, e os dados biográficos são extremamente selecionados. Detalhes suficientes para não parecer censurado de propósito, mas nada que leve a lugar algum.

O celular de Eve vibra no bolso. Ela não precisa olhar para saber que é Niko. Billy olha para Eve, sem saber se ela vai atender, mas ela ignora a ligação.

— Ainda assim, consegui ligar um ou dois pontos. Kent tem cinquenta e um anos de idade. Sem filhos, dois divórcios.

— Tem como entrarmos em contato com as ex-esposas?

— Tem, uma delas mora em Marbella, na Espanha, e a outra administra um centro de resgate de staffordshire bull terriers em Stellenbosch, na África do Sul. Liguei para as duas, falei que estava tentando entrar em contato com Tony. A primeira, Letitia, estava tão bêbada que mal conseguia falar, mesmo sendo só onze da manhã. Ela falou que fazia anos que não via Kent, não fazia a menor ideia de como entrar em contato, e que se eu o visse era para mandá-lo, nas palavras dela, "para a puta que o pariu". Soa familiar, Lance?
— Muito. Da última vez que vi a minha ex, ela disse mais ou menos a mesma coisa.

Billy ri e continua:

— Enfim, a da África do Sul, Kyla, foi bem simpática, mas falou que era proibida por lei de falar com qualquer pessoa sobre o ex-marido, o que para mim significa que ela assinou um termo de confidencialidade como condição do acordo do divórcio. Então não ajudou muito. Enfim, voltando para Kent. Ele cresceu em Lymington, Hampshire, e estudou na Eton College. Assim como, por acaso, Dennis Cradle.

— Eles não estudaram lá juntos, né? — pergunta Eve.

— Estudaram, Kent era serviçal de Cradle. Parece que ele era responsável por limpar os sapatos de Cradle, fazer chá e aquecer o assento da privada no inverno.

— Sério?

— Aham.

— Cruz-credo. Eu sabia que esses lugares eram esquisitos, mas... — Ela pisca. — Como foi que você descobriu isso tudo?

— Pedi para Richard fazer uma busca com os dois nomes nos arquivos do pessoal dos serviços de segurança, e os dois estavam lá.

— Cradle eu já esperava. Mas por que Kent?

— Depois de Eton, Cradle partiu para Oxford, prestou concurso para o governo e foi recrutado pelo MI5. Quatro anos depois, Kent foi para Durham e, depois de se formar, tentou

seguir Cradle para a Thames House, mas não passou no processo seletivo.
— Alguma ideia do motivo? — pergunta Eve.
— Digamos assim: um dos avaliadores terminou o relatório com as palavras "ardiloso, manipulador, nada confiável".
— Parece o candidato ideal — diz Lance.
— O comitê de seleção do MI5 não concorda. Eles o rejeitaram, e no ano seguinte ele entrou na Sandhurst e acabou efetivado como segundo-tenente no Corpo Real de Logística. Cumpriu duas missões no Iraque, saiu do exército com quase trinta anos, e a partir daí a história começa a ficar vaga. Só encontrei duas referências muito breves na imprensa sobre as atividades dele ao longo da década seguinte. Uma o descreve como um capitalista de risco com residência em Londres, e outra, como consultor de segurança internacional.
— O que pode significar qualquer coisa, basicamente — diz Eve.
— É, quase isso. Acontece que Kent não tem nenhum imóvel residencial ou comercial em Londres, e uma busca no cadastro da Receita revela que ele não tem nenhum cargo de direção, executiva ou não, em empresas registradas no Reino Unido. Então, considerando a relação com os Doze, comecei a procurar interesses associados à Rússia. Não sou fluente em russo, mas muitos dos registros internacionais são em inglês, incluindo o banco de dados do Serviço Federal de Estatísticas do Estado. Enfim, descobri que Kent é sócio de uma empresa de segurança particular chamada Grupo Sverdlovsk-Futura, ou GSF, com sede em Moscou. Ele também é sócio da SF12, uma subsidiária da empresa, que é registrada nas Ilhas Virgens Britânicas.
— E a gente sabe o que essas empresas fazem?
— Bom, aí é que meu desconhecimento de russo atrapalha. Estou estudando a língua pelo curso on-line do MI6, mas ainda falta muito para ficar fluente. Então Richard me pôs em contato com um investigador do departamento de crimes econômicos,

um cara chamado Sim Henderson, que fala russo. E Sim me falou que empresas de segurança particular, conhecidas como *Chastnye Voennie Companiy*, ou chvks, viraram a opção de preferência para atividades militares da Rússia no exterior. Oficiais e clandestinas. De acordo com a constituição russa, qualquer uso de pessoal de chvks precisa ser aprovado pelo senado do país. Mas a parte interessante é que, se a empresa for registrada no exterior, a Rússia e o parlamento não são responsáveis legalmente.

— E você disse que a subsidiária, sei lá o nome, foi registrada nas Ilhas Virgens? — pergunta Eve.

— Exatamente.

— Então, por um lado, a gente tem a empresa oficial, com faturamento de...

— Cento e setenta milhões de dólares, mais ou menos. O gsf presta desde serviços de segurança para hospitais, aeroportos e gasodutos até consultoria militar.

— Tudo transparente e nos conformes?

— Mais ou menos, é. Assim, a gente está falando da Rússia, então é quase certo que eles tenham que pagar um percentual polpudo para o Kremlin pelo privilégio de manter as portas abertas, mas... é.

— Enquanto isso, o lado não tão oficial, registrado no exterior...

— sf12.

— Isso, o sf12, cuida da própria vida, fazendo qualquer...

— Exatamente. Qualquer bizarrice sinistra que quiserem.

Max Linder especificou que, durante seu retiro particular, as funcionárias do Felsnadel deviam usar o uniforme da Bund Deutscher Mädel, o equivalente feminino da Juventude Hitlerista. Portanto, Villanelle está com uma saia azul, uma blusa branca de mangas curtas e um lenço preto no pescoço preso por um anel trançado de couro. O cabelo, ainda úmido depois do banho morno, está amarrado em um par de tranças curtas. Ela segura uma bandeja de coquetéis.

Deve haver uns vinte hóspedes no salão do restaurante, que foi preparado com uma única mesa comprida. Além dos hóspedes com quem Villanelle chegou, ela reconhece outras figuras proeminentes da extrema-direita escandinava, sérvia, eslovena e russa. A maioria entrou no espírito da ocasião. Há gente com botas lustradas, correias de couro e adagas penduradas em cintos militares. Magali Le Meur tem um quepe militar preso no penteado louro, e Silas Orr-Hadow está de *lederhosen* e meias sete-oitavos brancas.

— E o que temos aqui, *fräulein*?

O sorriso dela diminui. É Roger Baggot, com um terno de tweed escandaloso.

— Coquetéis, senhor. Este aqui se chama Sionista, este Floquinho de Neve, e este é um Feminista Raivosa.

— O que tem nesse?

— Crème de Menthe e Fernet Branca, principalmente.

— E por que é chamado de Feminista Raivosa?

— Provavelmente porque é difícil de engolir, senhor.

Ele dá uma gargalhada.

— Ora, você é uma danada espertinha, não é? Qual é o seu nome?

— Violette, senhor.

— Imagino que você não seja feminista, certo, Violette?

— Não, senhor.

— Bom saber. Agora, por favor, me mostre onde acho uma cerveja decente. Afinal, aqui é a porra da Alemanha.

— Ali, senhor. E, senhor, só para constar, enquanto não for estabelecido o Quarto Reich, aqui é a porra da Áustria.

Baggot se afasta, com um sorriso confuso, e nesse momento, diante de um estouro de vivas e aplausos, Max Linder entra no salão. É a primeira vez que Villanelle põe os olhos no homem que veio matar, e ela presta bastante atenção. Elegante, vestindo um paletó *trachten* bávaro de botões até a gola e com o cabelo louro-platinado brilhando à luz dos holofotes, Linder parece menos um político e mais um membro de uma *boy band* fascista. Seu sorriso revela dentes perfeitamente alinhados, mas possui também certa avidez. Uma torção nos lábios que sugere um apetite pelo extremo.

Eles se sentam para jantar, e Linder ocupa a cabeceira da mesa. Conforme os pratos se alternam — lagosta à Thermidor, javali assado com zimbro, crepes *suzette* flambados, queijos Dachsteiner e Bergkäse —, Villanelle e as outras atendentes servem os vinhos e destilados de acompanhamento. Durante o processo, Villanelle escuta fragmentos das conversas dos hóspedes. Max Linder está sentado ao lado de Inka Järvi, mas passa grande parte do jantar conversando com Todd Stanton, na frente dela.

— Você garante o resultado? — pergunta Linder a Stanton.

O estadunidense, com seu rosto vermelho, esvazia a taça de cristal entalhado de riesling Schloss Gobelsburg e indica a Villanelle que a reabasteça.

— Olha, Max, a Áustria tem uma população de 8,75 milhões. Mais da metade disso usa a mesma plataforma de rede social. É só minerar esses dados e pronto, você vai saber mais sobre esses babacas tapados do que eles mesmos sabem de si.

— E o custo? — intervém Inka Järvi, enquanto Villanelle enche a taça de Stanton.

— Ora... — começa Stanton, mas Villanelle vê Birgit chamando-a do outro lado do salão.

Birgit diz que Villanelle terá que participar de uma cerimônia na frente do hotel depois do jantar.

— E o que é essa cerimônia?

— Com quem você está falando, Violette?

— Desculpe. O que é essa cerimônia, *Birgit*?

— Você vai ver. Espere no saguão de entrada após o jantar.

— Sem problema, Birgit. Onde fica o banheiro dos empregados, aliás? Preciso...

— Você devia ter ido antes. Agora, tem que voltar para os hóspedes.

— Birgit, estou em pé faz uma hora e meia.

— Não quero saber. Pratique um pouco de autocontrole.

Villanelle a encara e então, lentamente, se vira e volta para seu lugar. Stanton, com o rosto agora de um tom lilás carregado, ainda está conversando com Inka Järvi e Linder.

— Mas é, cara, pensa comigo. Um musical inspirado em *Os protocolos dos sábios de Sião*. Me dá a porra de um argumento contra.

No ônibus voltando para casa, espremida no assento por um homem obeso que cheira a cabelo úmido e cerveja, Eve tenta organizar os pensamentos. Do outro lado das janelas molhadas de chuva, a estação do metrô de Warren Street e o cruzamento da Euston Road passam em um borrão iluminado, tão familiar que ela mal registra. Antes de sair, ela deixou Billy com ordens para descobrir tudo o que pudesse sobre Rinat Yevtukh e vasculhar os recônditos mais sombrios do ciberespaço por qualquer menção a Villanelle. Está sentindo uma onda de euforia. É bom estar de volta. Veneza já é só um sonho, e agora ela está voltando para casa, para Niko. E para as cabras.

É um choque vê-lo de muletas, com uma bota ortopédica em um dos pés. Ela havia esquecido que ele quebrou o tornozelo. Esquecido o menino que tinha corrido para o meio da rua, o acidente, toda a conversa pelo celular. Essa percepção a deixa paralisada, e, quando ela corre para abraçar Niko, quase o joga no chão.

— Desculpa — diz ela, passando os braços em volta do peito dele. — Desculpa, por favor.

— Pelo quê?

— Não sei. Por ser uma péssima esposa. Por não estar aqui. Por tudo.

— Você está aqui agora. Está com fome? Ele fez um cozido. Joelho de porco, linguiça polonesa, cogumelos porcini e bagas de zimbro. Ao lado da travessa, duas garrafas de cerveja Baltika. É muito melhor do que tudo que ela comeu em Veneza.

— Passei metade do dia na principal delegacia da cidade, e só depois me toquei que eu devia ter pedido uma indicação de onde comer. Policiais sempre sabem.

— Como foi com Lance?

— Como assim? Como foi trabalhar com ele?

— Trabalhar com ele, passar tempo com ele...

— Melhor do que eu esperava. É esperto, mas não tem nenhuma habilidade social, como vários agentes de campo mais velhos. — Ela conta o episódio de Noel Edmonds.

— Que bom.

— É, eu só queria... — Ela balança a cabeça. — E o seu pé, me fala.

— Tornozelo.

— Isso, tornozelo. O que foi que falaram no hospital?

Ele dá de ombros.

— Que está fraturado.

— Só isso?

Niko abre um sorriso fraco.

— Chegaram a sugerir uns exercícios que eu posso fazer para acelerar a restauração do osso.

— E você tem feito?

— Não, preciso de você para eles.

— Ah, esse tipo de exercício. — Ela toca o rosto dele. — Será que a gente podia combinar para amanhã à noite?

— A gente podia começar agora.

— Estou bem exausta. E você também parece cansado. Que tal a gente ver TV na cama? Você escolhe alguma coisa. Eu limpo a mesa.

— Acho que pode ser. Você põe as meninas para dormir?

Thelma e Louise balem e resmungam quando Eve as expulsa do sofá e as manda para os aposentos delas. Ao escutar a batida da bota ortopédica de Niko no quarto, ela se lembra dos pés perfeitos e bronzeados de Claudio nos mocassins de veludo com o brasão Forlani. Para Claudio, pondera Eve, as cabras não fariam o menor sentido.

Ela pega o celular na bolsa e faz uma busca com "Villanelle, perfume", e acaba encontrando o site da Maison Joliot, na rue du Faubourg St. Honoré, em Paris. A perfumaria pertence à mesma família há muitas gerações, e a linha mais cara se chama Poésies. É constituída de quatro fragrâncias: Kyrielle, Rondine, Triolet e Villanelle. Todas vêm em frascos idênticos, e os três primeiros têm uma fita branca no gargalo. O quarto, Villanelle, tem uma fita vermelha.

Olhando a tela, Eve é tomada por um anseio súbito e inesperado. Ela sempre se considerou uma pessoa fundamentalmente pragmática, que desdenhava de qualquer extravagância. Mas, olhando a imagem minúscula na tela, ela sente suas certezas oscilarem. Os acontecimentos recentes lhe mostraram que ela não é tão imune quanto pensava ao luxo e às coisas puramente sensuais da vida. A noite em Veneza, o toque levíssimo do vestido Laura Fracci, a sensação de uma pulseira de seis mil euros no pulso. Tudo muito sedutor, e tudo, em certo sentido, muito corrupto, cruel. Villanelle, diz o site, era o perfume preferido da Comtesse du Barry. A perfumaria acrescentou a fita vermelha depois que ela morreu na guilhotina, em 1793.

— Niko, querido — chama Eve. — Lembra que você disse que me amava?

— Devo ter comentado algo do tipo, sim.

— É que tem uma coisa que eu queria muito, muito. Um perfume.

No Hotel Felsnadel, o jantar está nos momentos finais, e circulam garrafas de conhaque, sambuca, Jägermeister e outras bebidas. Leonardo Venturi, sustentando nas mãos minúsculas uma taça bojuda com brandy Bisquit Interlude Reserve, explica sua filosofia pessoal a Magali Le Meur.

— Nós somos descendentes dos cavaleiros do Santo Graal — diz ele, olhando os peitos dela pelo monóculo. — Homens novos, acima do bem e do mal.

— E mulheres novas, talvez?

— Quando digo homens, me refiro a mulheres também, claro.

— Claro.

No saguão de entrada, Birgit fornece mantos pretos de corpo inteiro e tochas de combustível de cabo longo para Villanelle e as outras funcionárias. Villanelle pediu mais uma vez para ir ao banheiro, e mais uma vez não conseguiu permissão. Olhares de compreensão das colegas sugerem que as outras já foram vítimas da mesma obsessão por controle. Birgit dá ordem para que as mulheres saiam à plataforma coberta de neve na frente do hotel e as posiciona em uma fileira de seis a cada lado do heliponto. A neve ali foi removida, e o espaço foi convertido em um palco de música, com torres de alto-falantes à esquerda e à direita. Na frente do palco há um suporte de microfone e, no fundo, uma bateria com a logo do Panzerdämmerung.

Quando as doze mulheres estão posicionadas, Birgit se aproxima de cada uma e acende o pavio de suas tochas com um isqueiro eletrônico a gás.

— Quando os hóspedes saírem, levantem suas tochas na frente do corpo, o mais alto possível — determina ela. — E, sob pena de demissão, não se mexam.

O frio é de rachar, e Villanelle se enrola no manto. A chama no querosene das tochas crepita baixinho no ar gelado. Partículas de gelo rodopiam com o vento. Por fim, os hóspedes saem calmamente do hotel, bem aquecidos com casacos e peles, e

Villanelle ergue a tocha flamejante. Os hóspedes se posicionam dos dois lados do palco, e Linder, iluminado por um holofote, surge e avança até o microfone.

— Amigos — começa ele, erguendo as mãos para silenciar os aplausos. — Sejam bem-vindos a Felsnadel. Não tenho palavras para dizer como é inspiradora a presença de todos vocês aqui. A banda vai tocar daqui a pouco, mas, antes, só quero falar o seguinte: como movimento, estamos pegando embalo. A alma obscura da Europa está despertando. Estamos criando uma nova realidade. E isso se deve, em grande parte, a todos vocês. Conquistamos apoiadores a cada dia que passa, e por quê? *Porque somos sexy pra caralho.*

Linder faz uma pausa para agradecer os vivas dos hóspedes.

— Que mulher e que homem razoável não curte um nacionalista transgressor? Todo mundo quer ser a gente, mas a maioria das pessoas não tem coragem. E, para todos aqueles esquerdistas mimizentos e frouxos lá embaixo, eu digo o seguinte: *abram o olho, seus bostinhas.* Se não estiverem na mesa da diretoria com a gente, saboreando a vitória, estarão no cardápio.

Dessa vez, a gritaria e os aplausos são ensurdecedores. Quando finalmente se aquietam, Linder se afasta para um lado do palco e os três integrantes do Panzerdämmerung entram pelo outro. Enquanto Klaus Lorenz passa o braço pela alça do baixo e Peter Lorenz se acomoda atrás da bateria, Petra Voss vai até o microfone. Ela está com uma blusa branca, saia longa e botas, e vem armada com uma Fender Stratocaster vermelho-sangue como se fosse um fuzil de assalto.

Ela começa a cantar enquanto dedilha levemente as cordas. A música fala de perda, de rituais esquecidos, chamas apagadas, e da morte da tradição. A voz se endurece e a guitarra, agora acompanhada pelo baixo de Klaus Lorenz, assume uma ressonância metálica. Petra Voss não se mexe nem se balança, totalmente imóvel exceto pela dança dos dedos. Por um tempo prolongado, ela olha bem para Villanelle, com o rosto inexpressivo.

Villanelle retribui o olhar e, em seguida, volta a atenção para os hóspedes, que assistem hipnotizados sob a luz trêmula das tochas. Max Linder também está observando. Seu olhar passa friamente pela plateia, vendo as reações ao espetáculo que criou para seus convidados.

Na bateria, Peter Lorenz vinha mantendo uma batida fraca contínua, mas agora começa a acelerar o ritmo. Uma gravação de algum discurso político, inflamado e incoerente, faz um contraponto à guitarra aguda e insinuante de Petra. A bateria continua acelerando até aniquilar todos os outros sons. É o som de batalhões marchando noite adentro, de terras devastadas, e, ao atingir um clímax e se calar de repente, uma explosão de holofotes rasga a escuridão, iluminando os picos montanhosos em torno do hotel. É uma visão arrebatadora, fantasmagórica e desolada sob o zumbido do silêncio. Os hóspedes irrompem em aplausos, e Villanelle, aproveitando a distração, se mija longa e copiosamente.

Eve e Niko cochilam durante a maior parte do programa de TV que estão vendo na cama. Ao abrir os olhos e ver os créditos subindo, Eve pega o controle remoto. Ela fica deitada por alguns minutos na penumbra, pensando em nada, enquanto Niko se mexe a seu lado. A cada movimento, ele se retorce e desperta por causa do tornozelo fraturado, mas, com o tempo, o cansaço e a codeína triunfam, e ele dorme.

Claudio. E se ela tivesse deixado que a beijasse? O que teria acontecido depois?

O beijo em si teria sido breve e eficiente. Uma declaração formal de intenção por parte dele e de aceitação por ela. Ele a teria levado a algum lugar no *palazzo*, algum cômodo com mobília sugestiva e cuja chave ele sempre carregava. Haveria poucas palavras, e eles não perderiam tempo. Ele devia ser um mulherengo incorrigível com táticas bem batidas, refinadas em dezenas ou até centenas de ocasiões semelhantes. A coreografia teria sido fluente e o arco narrativo, convencional, seguindo até um clímax dramático pelo qual se esperava que ela demonstrasse uma gratidão arfante e incrédula. Minutos depois, ele já estaria vestido, e os mocassins artesanais mal teriam tempo de esfriar. A ela restaria um vestido amarrotado, o odor almiscarado do perfume dele, e seios melados.

Contudo, enquanto a respiração de Niko se estabiliza em um vaivém contínuo, Eve deixa a mão descer pela própria barriga e, para seu espanto, percebe que está no ponto. Mas não é Claudio, nem Niko, que a espera por trás de suas pálpebras fechadas, e sim uma figura muito mais imprecisa, cheia de contradições. Pele suave e músculos tensionados, dedos assassinos, uma língua áspera, olhos cinzentos sombrios.

*Entrei uma noite para ver você dormindo.*

Eve se deita de bruços sobre a própria mão, seus dedos molhados. Medo e desejo se sobrepõem em ondas sucessivas até que seus ombros e pescoço tensionam, a testa pressiona a fronha, e seu corpo libera um longo e trêmulo suspiro.

Depois de um tempo, ela se vira de lado. Niko está olhando, sem piscar.

# 6

Eve deixa a cama antes de Niko acordar. Quando sai da estação de metrô de Goodge Street, o asfalto ainda brilha com a chuva da noite, mas o céu está preenchido por uma luz fraca do sol. A porta do escritório, para a surpresa de Eve, está destrancada; ela entra, hesitante.

— Billy, oi. Não são nem oito horas ainda. Há quanto tempo você está aqui?

— Hm, desde ontem à noite.

— Cacete, Billy. Isso é muito além da sua obrigação.

Ele pisca e passa a mão pelo cabelo tingido de preto.

— É, bom. Comecei a busca sobre aquele tal Yevtukh, e uma coisa levou à outra.

— Algo de útil?

— É, acho que sim.

— Ótimo. Espere um pouco. Vou dar um pulo na cafeteria.

— Tem café solúvel aqui. E saquinhos de chá.

— Aquela chaleira está nojenta. O que você quer?

— Bom, se você vai pagar, um croissant de amêndoas e um café com leite. E talvez um biscoito amanteigado.

Ela volta em cinco minutos. É nítido que Billy está pifando. Seus olhos brilham de exaustão. Até o piercing no lábio parece baço.

— Coma — diz ela, colocando o lanche na frente dele.

Billy dá uma boa mordida no croissant, espalhando migalhas pelo teclado do computador, e engole com um bocado do café.

— Certo, Yevtukh. Ele basicamente é um típico chefão do crime no bloco soviético. Ou era. Comandava um bando chamado Irmandade Dourada, em Odessa. Aquela coisa de sempre. Prostituição, tráfico de pessoas e drogas. A polícia da Ucrânia também atribui pelo menos uma dúzia de assassinatos a ele, mas nunca conseguiu botar ninguém para depor como testemunha.
— A gente já sabe disso tudo.
— Sim, mas o que você provavelmente não sabe é o que aconteceu este ano. Segundo um arquivo enviado ao banco de dados da Europol, teve um tiroteio enorme em um imóvel de luxo que pertencia a Yevtukh em um lugar chamado Fontanka, a uns quinze quilômetros de Odessa. Quando a polícia da região chegou lá, a casa estava praticamente destruída, com meia dúzia de mortos. Era óbvio que tinha a ver com gangues, então a investigação foi transferida para o departamento da polícia ucraniana que lida com crimes graves e violentos.
— Yevtukh estava envolvido?
— Não diretamente. Ele estava em Kiev na ocasião, visitando a família, mas os mortos em Fontanka eram seus capangas.
— E a gente sabe quem executou o ataque?
— É aí que a coisa fica estranha. Um dos mortos encontrados na casa não tinha nada a ver com Yevtukh. Era alguém que os homens dele estavam mantendo em cativeiro. Ele tinha apanhado bastante e depois levado um tiro, e a polícia não conseguiu identificá-lo imediatamente. Então mandaram uma foto, impressões digitais e uma amostra de DNA para o serviço de segurança nacional em Kiev, e lá descobriram logo quem era o sujeito. O nome dele era Konstantin Orlov, ex-diretor de operações no Diretorado S, em Moscou.
— Isso é mais que estranho. Você sabe o que é o Diretorado S?
— Agora sei. É a divisão de espionagem e operações do SVR.
— Exatamente. E o Departamento de Operações deles é que nem o nosso Esquadrão E. Uma equipe de forças especiais

responsável por executar operações clandestinas e de infiltração no exterior.

— Como assassinatos, por exemplo.

— Por exemplo.

Billy fica olhando para o nada, enquanto o recheio de amêndoas escorre do croissant.

— Aquele relatório da Europol tinha mais alguma coisa?

Ele balança a cabeça.

— Não. Parece que ninguém conseguiu descobrir o que um ex-espião russo estava fazendo preso na casa de um gângster ucraniano em Odessa. Não faz o menor sentido. Pelo menos não para mim. A gente devia perguntar para Richard. Aposto que ele conhecia esse tal Orlov.

A porta se abre e os dois se viram para olhar. É Lance, com um cigarro ainda apagado na boca.

— Bom dia, Eve, Billy. Você está com uma cara meio acabada, parceiro, sem ofensas.

Billy dá um gole demorado do café e faz um gesto obsceno com o biscoito amanteigado.

— Ele passou a noite em claro — diz Eve. — E descobriu um negócio genial. É o seguinte...

Ela faz um resumo das últimas novidades para Lance.

— Então, se Orlov era do SVR, por que um vagabundo como Yevtukh se atreveria a chegar perto dele, que dirá sequestrar e torturar? Na minha cabeça, uma pessoa assim faria de tudo para não virar inimigo do serviço secreto russo.

— Orlov não era mais do SVR — diz Billy. — Fazia dez anos que tinha saído.

— E a gente sabe o que ele fazia? — pergunta Lance.

— Parem — diz Eve. — Os dois. Vocês me desculpem, mas acho que a gente está entrando pelo lado errado.

— Tem gente que gosta de todos os lados...

— Lance, cale a porra da boca. Billy, meu café. Vocês dois... quietos, só um segundo. — Ela fica parada. — Certo. Vamos ig-

norar por um instante o que Orlov estava fazendo, ou deixando de fazer, na casa de Yevtukh em Odessa. Vamos pensar na nossa assassina, e talvez também na namorada dela, dando um sumiço em Yevtukh em Veneza. Por que ela, ou elas, fariam isso?
— Será que era a trabalho? — sugere Lance.
— É quase certo. Mas por quê? Qual a motivação?
Lance e Billy balançam a cabeça.
— E se for vingança?
— Vingança pelo quê? — pergunta Billy.
— Pela morte de Orlov.
Silêncio por um segundo.
— Puta merda — murmura Lance. — Entendi onde você quer chegar.
— Se acalmem, vocês dois — diz Billy, esfregando os olhos.
— Porque eu não entendi.
— Vamos começar do início — responde Eve. — Orlov lidera o Departamento de Operações do Diretorado S, uma divisão que as autoridades negam que exista, mas que nem por isso deixa de existir. Orlov comanda uma rede mundial de agentes, recrutados de unidades secretas das forças armadas russas e treinados como espiões e assassinos. Imaginem que tipo de pessoa Orlov devia ser, para chegar a um cargo assim. Imaginem que tipo de experiência ele devia ter. Agora imaginem o que acontece quando ele sai do SVR, como fez dez anos atrás, armado com todo esse conhecimento, toda essa experiência.
— Ele vai para a iniciativa privada — diz Lance.
— Essa seria a minha hipótese. Ele é recrutado por uma organização que precisa dessas habilidades peculiares, que talvez só ele tenha.
— Os Doze, por exemplo?
Eve dá de ombros.
— Isso explica a ligação entre ele e nossa assassina.
— Vocês têm certeza de que não estamos errando nessas associações? — pergunta Lance. — De que não estamos ligan-

do pontos imaginários para a gente se convencer de que está avançando?

— Acho que não — diz Eve. — Mas preciso conversar com Richard. Se existe alguém que pode nos trazer algumas respostas sobre uma figura como Orlov, é ele. E tem um detalhe que está ficando cada vez mais claro: tudo aponta para a Rússia. Mais cedo ou mais tarde, a gente vai ter que ir para lá.

Lance dá um sorriso.

— Agora, sim. Uma boa operação de espionagem à moda antiga.

— Mas faz frio nesta época do ano — diz Billy. — A neve deixa minha asma atacada.

— Você ia adorar Moscou, cara. Ia se adaptar bem rápido.

— Como assim?

— É cheio de nerd e metaleiro.

— Eu nunca saí do país. Minha mãe não gosta.

— Nunca? — pergunta Eve.

— Bom, teve uma vez que eu quase fui para a cadeia nos Estados Unidos, mas não rolou.

— Que história foi essa, aliás? — pergunta Eve. — Eu li a ficha, mas...

Billy responde arregaçando a manga da camiseta. Há uma tatuagem em seu braço branquelo: cinco pontos pretos dispostos em uma grade.

— Que porra é essa? — pergunta Lance.

— Um padrão de planador do Jogo da Vida.

Eve observa a imagem.

— Eu literalmente não faço a menor ideia do que você está falando.

— É um emblema de hackers. Eu fazia parte de um coletivo quando tinha dezessete anos. Nunca nos conhecemos pessoalmente, mas conversávamos pela internet. A gente tinha umas ferramentas bem avançadas e invadia basicamente tudo o que conseguisse, especialmente sites de empresas e de agências do governo estadunidense. A gente não fazia essas coisas por ser anarquista nem nada, era só para zoar mesmo. Enfim, o grupo tinha uma espécie de líder informal, chamado La-Z-boi, que indicava uns sites, principalmente de governos estrangeiros. E juro que nunca vou entender como não sacamos na época, já que era tão óbvio, mas La-Z-boi trabalhava para o FBI, e eles acabaram com a gente. Todo mundo foi preso, menos eu.

— Por que você não? — pergunta Lance.
— Menor de idade.
— E o que aconteceu?
— Fui solto sob fiança. Me obrigaram a morar com a minha mãe, que é onde eu já morava mesmo, mas com toque de recolher, e sem acesso à internet.
— E foi aí que o MI6 bateu na sua porta? — pergunta Eve.
— Por aí, é.

Ela assente.

— Entrem em contato com Richard. Marquem uma reunião confidencial. A gente precisa saber mais sobre Orlov.

Mesmo sendo apenas uma etapa de sua missão, Villanelle sente pouca satisfação com o trabalho no hotel. Ela e as outras arrumadeiras são obrigadas a acordar às seis e meia da manhã, comer às pressas um pão com queijo e café na cozinha e passar o aspirador de pó nas áreas comuns do hotel. Quando terminam, começa o turno matinal de limpeza dos quartos.

O Felsnadel tem vinte e quatro quartos para hóspedes, e Villanelle é responsável por oito. Espera-se que ela comece a limpar cada quarto a partir do ponto mais afastado da porta, para não deixar nenhum detalhe passar despercebido. Ela precisa passar o espanador ou um pano em cada superfície — penteadeiras, escrivaninhas, televisões, cabeceiras e portas de armários. Ela esvazia as lixeiras e arruma tudo que estiver em cima das escrivaninhas ou mesas de cabeceira. Em seguida, tira as roupas de cama e troca por lençóis e fronhas limpos. Nos banheiros, onde se exige que as arrumadeiras usem luva de látex o tempo todo, ela inicia a faxina de cima para baixo, começando nos espelhos. Limpa e higieniza banheiras, boxes e vasos sanitários e troca toalhas e produtos de higiene. Depois, passa o aspirador na suíte e no carpete.

Alguns quartos dão mais trabalho que outros, e todos são reveladores a respeito de seus ocupantes. O quarto de Magali Le Meur é caótico, com toalhas, lençóis e calcinhas usadas jogadas por todo canto. Na penteadeira dela repousam uma caixa de cigarros mentolados e uma garrafa pela metade de *schnapps* Peach Amore. O chão do banheiro está molhado, e o vaso, sem dar descarga.

O de Silas Orr-Hadow, por outro lado, parece praticamente intocado. Ele fez a própria cama, dobrou e guardou todas as suas roupas e deixou o quarto exatamente como o encontrou. Na escrivaninha, cada livro, folha de papel e lápis está alinhado e organizado. Na mesinha de cabeceira, há uma fotografia de um menino de óculos com jeito ansioso, nitidamente o próprio Orr-Hadow, segurando a mão de uma babá de uniforme. Ao lado dessa foto, dois livros de capa dura bastante manuseados: *Winnie Puff* e *Minha luta*.

Quando chega ao quarto de Rogar Baggot, o oitavo e último, Villanelle já está com sede de vingança. O lugar fede a água de colônia, e, quando Villanelle puxa o lençol da cama, encontra uma calcinha fio-dental amassada, que imagina ser de Johanna, e uma camisinha usada e amarrada com um nó. Quando o quarto finalmente fica apresentável, Villanelle se permite desabar em uma das cadeiras com estofamento de pele de bezerro. Ainda que o trabalho seja desagradável, e às vezes asqueroso, Villanelle sabe que suas obrigações de arrumadeira lhe proporcionam um pouco da privacidade que ela tanto precisa. Maria é uma colega de quarto razoavelmente simpática, mas Villanelle acha irritante a personalidade deprimente, e os roncos.

As instruções matinais de Birgit também renderam um único fato digno de nota: a localização do quarto de Linder. Ele está hospedado no primeiro andar, em uma suíte espaçosa com vista para a frente do hotel. Nenhum dos quartos que Villanelle arruma fica no primeiro andar. Para matar o alvo, ela vai precisar cronometrar tudo muito bem.

Para os convidados de Linder, a vida no Felsnadel segue em um ritmo relaxado. O café da manhã prolongado é servido no salão do restaurante até as onze horas. Depois, bebidas passam a ser servidas na varanda, do lado de fora, onde espreguiçadeiras, esquentadas por aquecedores elétricos, estão posicionadas para se apreciar a vista da Hohe Tauern. O céu é de um azul intenso e puro, fazendo a linha nevada do pico Granatspitze reluzir feito uma navalha.

Dentro do hotel, ocorre uma série de conversas informais. Quando Villanelle entra na área da recepção para comunicar a Birgit que terminou de limpar os quartos, Leonardo Venturi, o fascistinha italiano, está tagarelando para meia dúzia de admiradores.

— E então, finalmente, a velha ordem cairá — declama ele. — E terá início uma nova era de ouro. Mas não será uma transformação sem dor. Para que o novo Império possa nascer, as raízes do antigo precisam ser arrancadas sem pena.

— Sem o quê, meu caro? — pergunta Orr-Hadow.

— Sem *pena*. Sem piedade.

— Desculpe, eu tinha entendido você dizer sem perna.

— Sem perna?

— Quando eu era criança, nós tínhamos educação física todo dia. O instrutor era um ex-soldado da polícia do exército, e quem fazia as flexões dobrando as pernas ia direto para o chuveiro tomar banho gelado. E ele fazia questão de vigiar, para garantir que a gente ficasse cinco minutos inteiros debaixo d'água. Cara maravilhoso. Desculpe, você estava dizendo...?

Mas Venturi perdeu a linha de raciocínio, e nesse curto intervalo Villanelle atravessa a área da recepção e chega ao balcão.

Birgit olha para ela com uma expressão gélida.

— Quarto Sete. Uma queixa. Você precisa ir imediatamente e resolver.

— Sim, Birgit.

O Quarto Sete é o de Petra Voss. Quando Villanelle bate à porta e abre com o cartão-chave, Petra está deitada na cama, fumando. Está vestida com calça jeans e uma camisa branca passada.

— Venha cá, Violette. É esse o seu nome, né?

— É.

Petra a encara.

— Você fica uma coisa nesse uniforme, hein? Uma gracinha ariana perfeita.

— Se a senhora diz.

— Digo, sim. Me traz alguma coisa para usar como cinzeiro.

Em resposta, Villanelle estende a mão e tira o cigarro da boca de Petra. Ela vai até a janela, abre o vidro, deixando entrar um sopro de ar frio, e joga o cigarro na neve.

— Então. Você não me aprova.

— Você é uma hóspede. Obedeça às regras.

Petra sorri.

— Na verdade, não sou hóspede porra nenhuma. Fui paga para vir aqui. Muito bem paga.

— Tanto faz.

— Que comportamento para uma arrumadeira.

Languidamente, Petra desce as pernas de cima da cama e se levanta, parando diante de Villanelle, olho no olho. Muito lenta e deliberadamente, ela puxa o lenço preto no pescoço de Villanelle pelo anel trançado de couro.

— Mas eu faço seu tipo, não faço?
Villanelle pondera. Segundo a programação do hotel, a atividade de lazer da tarde é um passeio de uma hora de helicóptero com os hóspedes pelos picos altos de Tirol e Caríntia, com Linder como guia. O voo está marcado para sair do heliponto às duas da tarde. Ela tem, mais ou menos, uma hora.
— Talvez — responde.

— Konstantin Orlov — diz Richard. — Que estranho ouvir o nome dele depois de tantos anos.
Ele e Eve estão em uma mesa próxima à janela da lanchonete de uma loja de departamentos. A cafeteria fica no quarto andar, de frente para a Oxford Street. Eve está tomando chá, e Richard olha sem entusiasmo para um prato de torta de carne moída requentada.
Eve sorri.
— Está arrependido de ter pedido isso, não está?
— Pedi sem pensar. *Embarras du choix*. Orlov morreu, então?
— Parece que sim. Morto em circunstâncias inexplicadas, perto de Odessa.
— Lamentável e coerente. A vida dele era uma série de circunstâncias inexplicadas. — Ele fica um tempo olhando para os telhados e depois pega no garfo e enfrenta a comida com determinação. — E o que a morte dele tem a ver com a nossa investigação?
— Ele foi morto na casa de um gângster ucraniano chamado Rinat Yevtukh. Um sujeitinho desgraçado.
— Como tantos deles são. Prossiga.
— No mês passado, Yevtukh estava de férias em Veneza e desapareceu da face da Terra depois de embarcar em uma lancha com uma jovem desconhecida e supostamente glamorosa. Agora sabemos que nossa assassina estava em Veneza na mesma

época, e estou imaginando se ela teria matado Yevtukh como forma de castigo pela morte de Orlov.

— Isso pressupõe uma ligação entre ela e Orlov. Você tem algum motivo para acreditar que essa ligação existe?

Eve toma um gole do chá e apoia a xícara no pires.

— Ainda não. Mas me escute. Sabemos que nossa assassina, que, aliás, estamos chamando de Villanelle por motivos que ainda vou explicar, estava em Veneza. Sabemos que ela trabalha para os Doze, a organização da qual Cradle nos contou...

— Seja lá quem forem...

— Isso. Agora suponha, hipoteticamente, que Orlov também trabalhasse para eles.

— Sim, entendo que, se partirmos dessa premissa, dá para inferir vingança como motivação. Mas ainda que essa mulher e Orlov tenham alguma relação com, hm...

— Yevtukh.

— Isso, com Yevtukh, não significa que eles se conheciam. Além disso, a presença dela e de Yevtukh em Veneza na mesma época não significa...

Eles se calam quando uma senhora de idade passa lentamente pela mesa, empurrando um carrinho de compras.

— Eu comi a couve-flor gratinada — confidencia ela a Eve.

— Não tinha gosto de nada.

— Ah, que pena. Meu amigo está gostando da torta de carne moída.

— Que bom. — A mulher lança um olhar a Richard. — Seu amigo não tem um gosto muito refinado, né?

Eles ficam olhando conforme ela vai embora. Eve termina de engolir o chá e se inclina para a frente.

— Claro que ela o matou, Richard. Ele saiu com ela e não voltou mais. Essa história toda é a cara dela.

— E qual é mesmo o nome dela?

— Tenho certeza que o nome profissional, ou codinome, que ela usa é Villanelle.

— E como você chegou a isso?
Eve explica.
Ele abaixa o garfo.
— Você está fazendo aquilo de novo.
— O quê?
— A mulher deixa um cartão para você, com o perfume que ela usa e assinado V. Você descobre que ela usa um perfume chamado Villanelle, então conclui que ela usa o mesmo nome. É só um palpite, não uma consequência lógica dos fatos conhecidos. E isso também vale para a associação entre a mulher...
— Villanelle.
— Tudo bem, se você insiste, entre Villanelle e Orlov. Você quer que seja verdade, então deduz que é verdade. Na minha opinião pessoal, devíamos insistir na investigação da Sverdlovsk-Futura que você descreveu no relatório. Em outras palavras, siga o dinheiro.
— Claro. Temos mesmo que fazer isso. Mas, com todo o respeito, preciso que você confie em mim nessa, porque estou começando a entender nossa assassina e a forma como ela atua. Ela passa a impressão de imprudência, como quando me deu aquela pulseira, mas na verdade são riscos muito calculados. Ela imaginou que eu iria a Veneza, mais cedo ou mais tarde, e descobriria que ela matou Yevtukh. Foi tudo parte do plano. Porque saber que estou lá, só alguns passos atrás dela, é o que dá graça ao jogo. Lembre, ela é uma psicopata. Em termos de sentimentos e empatia, a vida dela é um vazio inerte. O que ela mais quer, acima de tudo, é *sentir*. Matar dá uma onda, mas é só temporária. Ela é boa nisso, faz com facilidade, e a cada vez a empolgação diminui. Ela precisa reforçar a emoção. Precisa saber que sua astúcia, sua perícia e o absoluto horror do que está fazendo são reconhecidos. É por isso que ela está me atraindo. É por isso que usou o perfume para me dizer seu nome. Ela gosta de me mandar essas charadinhas perversas. É algo ao mesmo tempo íntimo, sensual e hiperagressivo.

— Digamos que tudo isso seja verdade: por que você?
— Porque sou eu que estou atrás dela. Sou a causa do maior perigo que ela corre, e isso a empolga. Daí as provocações. Toda essa insinuação erótica.
— Bom, nitidamente está funcionando.
— E o que exatamente você quer dizer com isso?
— Que é ela que está no comando da situação.
— Isso eu reconheço. Admito que ela tem me deixado de cabelo em pé. Minha sugestão é a gente tomar a iniciativa no jogo. Me deixe ir à Rússia. Concordo que é possível que não haja qualquer relação entre Villanelle e Orlov, que a vida deles não tenha nenhum ponto de contato, mas vamos só dar uma olhada e ver o que encontramos. Por favor. Confie em mim.

Richard está impassível. Ele fica uns trinta segundos olhando pela janela, vendo a rua movimentada lá embaixo.

— Fazemos aniversário no mesmo dia. Quer dizer, fazíamos.
— Você e Konstantin Orlov?
— É.
— Vocês tinham a mesma idade?
— Não, ele era alguns anos mais velho. Foi recrutado no alistamento obrigatório e combateu na Guerra do Afeganistão. Serviu sob o comando de Vostrotin e foi ferido gravemente em Khost. Ganhou uma medalha, das boas, o que deve ter atraído a atenção de alguém com certa influência, porque alguns anos depois ele apareceu na Academia Andropov. É a escola de formação de espiões nos arredores de Moscou. Antigamente, era administrada pela KGB, mas quando Orlov saiu já era o SVR.
— E isso tudo foi... quando?
— Khost foi em 1988, e Orlov se formou na Academia em 1992, eu acho. Ao que consta, era um dos melhores de Yevgeny Primakov. Foi enviado para Karachi e depois para Cabul, que foi onde eu o conheci. Muito esperto, muito carismático, e acho que completamente implacável.
— Ele era oficial?

— Era, tinha um disfarce de diplomático. Então fazia parte do circuito. Mas tudo nele gritava astro do SVR. E ele também sabia exatamente quem eu era.

Uma funcionária, com uma plaqueta com o nome "Agniezka", aparece na mesa deles.

— Poder levar? — pergunta ela, indicando com a cabeça a torta abandonada de Richard.

— Sim, obrigado.
— Não gostar?
— Não. Sim. Só... sem fome.
— Quer folha sugestões?
— Não, obrigado.
— Eu vai dar mesmo assim. De nada.
— Por que, em um mundo livre, alguém decide enfiar um piercing na língua? — pergunta Richard depois que Agniezka vai embora.
— Não faço a menor ideia.
— Tem a ver com sexo?
— Não sei mesmo. Vou perguntar para Billy. Continue falando de Orlov.

— Vou contar uma história sobre ele. Nós nos conhecemos em uma festa na embaixada da Rússia em Cabul, e, depois de me indicar a melhor vodca da casa, ele me apresentou a uma colega que chamou de secretária, embora nós dois soubéssemos que era mentira. Enfim, ela era bonita, e nitidamente esperta, e riu das minhas piadas apesar do meu russo nada perfeito. E quando ela se afastou, foi com uma olhada para trás que durou um segundo a mais que o necessário. Foi tudo extremamente delicado, e quando falei para Konstantin que adoraria vê-la de novo, mas que não aguentaria a papelada, ele deu risada e me deu outro copo de Admiralskaya.

"Enfim, eu reportei a conversa, como sempre, e no dia seguinte recebi um mensageiro com um bilhete de Konstantin. Ele lembrou que eu tinha falado que gostava de observar pássaros e queria saber se eu o acompanharia a um passeio curto fora da cidade. Então registrei o contato e, alguns dias depois, encontrei Konstantin na rua Dal-al-Aman, na frente da embaixada dele, onde apareceram dois carros com motoristas afegãos e meia dúzia de sujeitos com cara de bravos e armados com AKS. Saímos da cidade pela estrada de Bagram, passamos do aeroporto e, meia hora depois, saímos da pista no meio do nada, contornamos um morro baixo e demos com um monte de veículos estacionados, e barracas, e fumaça de fogueiras. Tinha umas trinta ou quarenta pessoas lá. Árabes, afegãos, nativos, e um grupo de guarda-costas armados até os dentes. Então perguntei a Konstantin, com certo nervosismo, o que era aquele lugar. E ele falou que não era para eu me preocupar, que estava tudo bem, que era para eu prestar atenção.

"E foi aí que vi umas fileiras de poleiros e, em cima deles, umas aves de rapina incríveis. Sacres, bornis, peregrinos. Era um acampamento de falcoaria. Entrei com Konstantin em uma das barracas e vi, encapuzados e prontos para voar, meia dúzia de gerifaltes, as aves de caça mais bonitas e caras do mundo. Tinha também um homem de barba branca, com um aspecto extremamente sério, que Konstantin disse ser chefe de uma aldeia da região. Ele nos apresentou, alguém nos serviu almoço, Coca-Cola e alguma carne no espeto, e depois pegamos os carros e avançamos mais pelo deserto, onde os falcoeiros lançaram suas aves para pegar abetardas e cortiçóis. Foi espetacular."

— Eu nunca pensei que você fosse ornitófilo.

— Antes de entrar para o serviço, eu não era. Mas aí descobri que vários dos principais nomes na Rússia eram ornitófilos, e que não bastava entender de Pushkin e Akhmatova, que eu tinha que saber diferenciar tagarelas e alvéloas. Então comecei a estudar e fui conquistado.

— Então você aproveitou o dia com Orlov?

— Foi um dia extraordinário, e realmente não me importei de passá-lo provavelmente com traficantes de armas e ópio e o alto comando do Talibã. Eu nem teria ficado surpreso se desse de cara com Osama bin Laden, que depois fiquei sabendo que tinha vários gerifaltes.

— E Orlov não tentou nenhuma abordagem?

— Nossa, não. Ele era esperto demais para isso. A gente conversou muito pouco, só sobre as aves e sobre como era uma ocasião peculiar e estranha. E, ainda que obviamente ele tivesse seus motivos profissionais para se aproximar de mim, senti que o fato de eu ter apreciado o dia proporcionou um prazer genuíno a ele. Gostei muito dele e pensei em retribuir o convite de alguma forma. Eu achava que seria importante não ficar em dívida com ele. Mas nunca tive a oportunidade. Ele foi convocado de volta a Moscou pouco depois, e mais tarde descobrimos que ele tinha sido nomeado chefe do Diretorado S.

— Vocês se reencontraram alguma vez?

— Uma, muito brevemente. Foi em Moscou, em uma festa para Yuri Modin, que durante cinquenta anos tinha sido o controlador da KGB por trás de Philby, Burgess, Maclean e Blunt, os espiões de Cambridge. Modin, que já estava bem velho, tinha acabado de escrever um livro sobre a história toda, e Konstantin era uma espécie de discípulo dele. Imagino que os dois tenham se conhecido na Academia Andropov, onde Modin era professor-convidado. Ele lecionava uma disciplina chamada "Medidas Ativas", que incluíam subversão, desinformação e assassinatos, e, pelo modo como Konstantin comandava o diretorado, era nítido que ele tinha abraçado bastante a filosofia de Modin.

— Aí, em 2008, Konstantin sai de vez do SVR. Saiu ou foi expulso?

— Digamos assim: quando a pessoa comanda um Diretorado do SVR, o caminho é para cima ou para fora. E ele não foi promovido.

— E é possível que tenha ficado ressentido com os antigos patrões?

— Eu não o conhecia bem, mas acho que Konstantin não teria pensado assim. Ele era um fatalista russo à moda antiga. Teria encarado tudo com um espírito filosófico, feito as malas e seguido a vida.

— E a gente sabe o que ele fez depois?

— Não. Desde aquele momento até agora, quando ele apareceu morto em Odessa, não sabemos absolutamente nada de seus paradeiros e atividades. Ele desapareceu.

— Você não acha isso estranho?

— Acho, e é. Mas não serve de ligação com nossa assassina.

— Então o que você acha que ele ficou fazendo nos últimos dez anos?

— Cuidando do jardim da *datcha* dele? Administrando uma casa noturna? Pescando salmão em Kamchatka? Quem sabe?

— E se ele ficou oferecendo aos Doze a experiência de uma vida inteira com operações clandestinas?

— Eve, não existe nenhum motivo lógico que sugira isso. Nenhum.

— Richard, você não me contratou pela minha habilidade com a lógica. Você me contratou porque eu era capaz de dar os saltos de imaginação que essa investigação exige. Villanelle pode estar brincando com a ideia de nos provocar, de *me* provocar, mas nos aspectos mais importantes ela cobre seus rastros como uma profissional. Como uma profissional que foi treinada pelo melhor. Por um homem como Konstantin Orlov.

Ele franze o cenho, junta as pontas dos dedos e abre a boca para falar.

— Sério, Richard, não temos mais nenhuma pista. Concordo que temos que investigar o dinheiro e a ligação com Tony Kent, mas quanto tempo a gente vai levar para desenrolar isso? Meses? Anos? Com certeza nós três na Goodge Street não temos a estrutura necessária. Nem a experiência.

— Eve...

— Não, escute. Eu sei que é possível que não exista nenhuma relação entre Orlov e os Doze. Mas, se houver uma chance, ainda que pequena, então é claro que a gente precisa investigar. Não é claro?

— Eve, não. Pode investigar Orlov à vontade daqui, mas não vou mandá-la para a Rússia.

— Richard, por favor.

— Das duas uma: ou você está enganada, e não há qualquer ligação, então seria uma perda de tempo para você e um desperdício de recursos para mim. Ou está certa, e nesse caso eu estaria incentivando você, da forma mais irresponsável possível, a se colocar em perigo. Se você aparecer na Rússia e começar a perguntar sobre assassinatos políticos e a carreira de homens como Orlov... não quero nem pensar nas consequências. Nem no que eu falaria para seu marido, se algo acontecesse a você. Estamos falando de um país tão traumatizado, tão maltratado por seus líderes e tão sistematicamente roubado pelo empresariado local, que mal funciona. Se você começar a fazer inimigos em Moscou, um adolescente pode dar um tiro na sua cara em troca de um iPhone. Não existem mais regras. Não existe pena. É só caos.

— Até pode ser, e vou fingir que não ouvi o que você falou do meu marido, mas é lá que estão as respostas.

— Talvez. Mas você mesma já disse. Em quem nós confiamos? Se formos acreditar em Cradle, e depois dos acontecimentos essa é nossa única opção, os Doze estão comprando justamente o tipo de gente que nós precisamos que nos ajude.

— Era isso que eu queria perguntar. Você deve conhecer alguém lá que esteja limpo. Algum homem, alguma mulher de princípios que não se venda.

— Você não desiste, né?

— Não. E, se eu fosse homem, você me mandaria para lá, e você sabe.

Ele balança a cabeça.

— Eve, por favor. A gente pode conversar mais, se você quiser, mas tem um casal ali olhando para cá, e acho que eles querem esta mesa. Além do mais, preciso voltar para o escritório.

Petra Voss boceja e se espreguiça.
— É, foi gostoso. Que bom que eu chamei você.
— Foi um prazer ajudar. — Villanelle retira a coxa nua de entre as pernas de Petra. — Só não esqueça quem é que manda aqui de verdade.
— Já esqueci.
— De novo?
— Minha memória é péssima. — Petra pega na mão de Villanelle e a coloca entre as coxas.
— Fala sobre Max Linder — diz Villanelle.
— Sério?
— Curiosidade.
Petra faz pressão na mão de Villanelle.
— Ele é esquisito.
— Em que sentido?
— Ele tem uma... — Ela arfa e pressiona os dedos de Villanelle mais para dentro.
— Ele tem uma o quê?
— Uma fixação por... Hmm, isso. Aí.
— Uma fixação por?
— Eva Braun, aparentemente. Por favor, não pare.
— Eva Braun? — Villanelle se apoia no cotovelo. — Do Hitler?
— Óbvio, qual outra seria? *Scheisse!*
— Como assim uma fixação?
— Ele se acha a reencarnação dela. E aí, vai me comer de novo ou não?
— Eu adoraria — diz Villanelle, recolhendo a mão. — Mas é melhor eu voltar ao trabalho.

— Sério?
— É. Só vou usar seu chuveiro antes.
— Então você tem tempo para tomar banho, é?
— Se eu não tiver, vou acabar me ferrando com Birgit. E disso eu não preciso.
— Quem é Birgit?
— A escrota da gerente maluca de Max. Ela nos cheira para conferir se estamos limpas. E, se ela me encontrar fedendo a boceta, vou ser demitida.
— Bom, isso a gente não quer, né? Talvez eu vá te fazer companhia no chuveiro.
— Fique à vontade.
— Já estou.

Nos aposentos dos funcionários, a temperatura, como sempre, é alguns graus mais baixa que no resto do hotel. Villanelle chega ao quarto que divide com Maria e a encontra sentada na cama, enrolada em um cobertor, lendo um livro polonês.
— Você perdeu o almoço — diz Maria. — Onde estava?
Villanelle puxa a mochila de cima da cômoda e, de costas para Maria, para não a deixar ver, tira um molho de chaves de dentro.
— Uma hóspede queria que eu arrumasse o quarto dela de novo.
— Que merda. Quem?
— Aquela cantora. Petra Voss.
— Que injusto, logo no seu horário de almoço. Guardei um pouco de comida para você.
Ela dá para Villanelle uma maçã, um pedaço de queijo emmental e um pires com uma fatia de *sachertorte*.
— O bolo não era para nós, mas peguei na geladeira do serviço de quarto.

— Obrigada, Maria. Muita gentileza sua.
— As pessoas não sabem como é difícil toda a merda que a gente tem que fazer.
— Não — murmura Villanelle, com a boca cheia de *sachertorte*. — Não sabem mesmo.

— Então a gente não vai para Moscou, no fim das coisas — diz Lance. — Que pena. Eu ia gostar bastante.
— Richard achou que seria perigoso demais me mandar. Por ser mulher e tal.
— Verdade seja dita, você não foi treinada como agente de campo. E tem uma tendência a sair um pouco do roteiro.
— Sério?
— Aquela última noite em Veneza, por exemplo. Você devia ter me falado onde era aquela festa do designer de joias.
— Como você sabia que a festa era para um designer de joias?
— Porque eu também estava lá.
— Para de sacanagem. Eu não te vi lá.
— Bom, não era para ver mesmo.
Ela o encara.
— Você me seguiu? É sério mesmo que você me *seguiu*?
Ele dá de ombros.
— É.
— Eu... não sei nem o que dizer.
— Eu estava fazendo minha obrigação. Me certificando de que você estava bem.
— Não preciso de babá, Lance. Sou uma mulher adulta. O que parece ser um problema aqui.
— Você não tem treinamento para atuar em campo, Eve. O problema é esse, e é por isso que estou aqui. — Lance a encara.
— Escuta, você é boa, está bem? Esperta. Nenhum de nós estaria aqui, se você não fosse. Mas, em termos de táticas e protocolos,

você... bom, você precisa confiar em mim. Nada de sair por aí sozinha. A gente cuida um do outro.

Depois de calçar um par de luvas de borracha, Villanelle usa o cartão-chave para entrar no quarto de Linder, que Maria limpou mais cedo. Ela trabalha rápido. Os armários do banheiro não revelam nada muito mais interessante que um apreço por cremes de rejuvenescimento facial. As roupas no armário são de boa qualidade, mas não extravagantes ou caras demais, para não desagradar seus apoiadores das classes populares ou para compor a farsa de seu estilo de vida supostamente espartano.

No chão do armário, ela vê uma maleta de alumínio com fechadura. O chaveiro de Villanelle tem algumas chaves convencionais — o suficiente para formar uma imagem normal em um raio X de aeroporto —, mas também um conjunto de mixas profissionais. Com uma torção delicada de uma das mixas menores, a tranca se abre. A maleta revela um notebook da Apple, alguns DVDs sem identificação dentro de caixas sem capa, um chicote de couro trançado, um relógio Audemars Piguet Royal Oak, uma caixa com um par de abotoaduras Carrera y Carrera em forma de cabeça de onça, uma adaga cerimonial da Waffen SS, um anel Totenkopf, um estojo com um vibrador pesado de aço ("O Obergruppenführer") e milhares de euros em notas novas.

Villanelle deixa a maleta aberta e dá uma conferida rápida no resto do quarto. Na mesa de cabeceira há um miniprojetor, um iPad, um exemplar de capa dura de *Cavalcare la Tigre*, de Julius Evola, e uma caneta-tinteiro da Mont Blanc. Embaixo disso, no chão, há uma valise pequena com um segredo de cinco dígitos. Villanelle dá uma olhada rápida e decide não tentar abrir a valise, mas a ergue cuidadosamente e dá uma sacudida. O conteúdo, seja o que for, é leve; um som fraco sugere que é alguma roupa. Ela põe a valise de volta no lugar e abre a mala grande de couro bege que está apoiada na parede. Vazia.

Villanelle se senta na cama e fecha os olhos. Meia dúzia de segundos depois, ela sorri. Já sabe exatamente como vai matar Max Linder.

Billy gira na cadeira e tira os fones.

— Chegou um arquivo de vídeo de Armando Trevisan. Assunto: ATENÇÃO NOEL EDMONDS. Será que é alguém tirando com a nossa cara?

Eve tira os olhos do site do Grupo Sverdlovsk-Futura.

— Não, pode rodar. Na melhor qualidade possível.

— Só um segundo.

Um vídeo de uma calçada cheia, gravado de uma altura de mais ou menos um metro acima do nível das cabeças. Cerca de uma dúzia de pedestres entra e sai de enquadramento, e uns dois param um tempo na frente da vitrine de uma loja de roupas. O vídeo é em preto e branco, de baixa resolução. Roda por sete segundos e meio e acaba.

— Tem alguma mensagem? — pergunta Lance.

Billy balança a cabeça.

— Só o vídeo.

— Essa é a butique da Van Diest de Veneza — diz Eve. — Roda de novo, em meia velocidade. Deixa rodar até eu mandar parar.

Billy roda o vídeo duas vezes, até que Eve manda parar.

— Certo, diminui mais a velocidade. Fiquem de olho nas mulheres de chapéu.

As mulheres parecem estar juntas quando entram na imagem. A mais próxima está com um vestido estampado elegante e um chapéu de aba larga que esconde seu rosto. A outra é mais alta e larga; está vestida com jeans, camiseta e o que parece ser um chapéu de caubói de palha. Um homem grande surge entre elas e a câmera.

— Sai da frente, gorducho — murmura Lance.

O homem fica uns cinco segundos na frente delas e então se vira na direção da câmera, e nesse momento parece que o chapéu de caubói desliza para trás na cabeça da segunda mulher, deixando o rosto dela exposto por um instante.

— A namorada russa? — pergunta Lance.

— Pode ser, se a hora bater com a ida delas à loja. E imagino que seja por isso que Trevisan mandou o vídeo. Vamos rodar um frame de cada vez, para ver se dá para olhar bem para ela.

O momento se repete, a uma velocidade infinitamente lenta.

— É o máximo que dá — diz Billy, enfim, indo e voltando nos frames. — Ou aparece o perfil completo borrado, ou um parcial com a mão na frente.

— Vamos imprimir os dois — responde Eve. — E os frames de antes e depois.

— Está bem... Opa, chegou mais um e-mail de Veneza.

— Lê para a gente.

— "Cara sra. Polastri, espero que esse arquivo de vídeo da Calle Vallaresso seja útil. Corresponde ao horário da visita das duas mulheres à loja da Van Diest conforme você descreveu, e que depois a gerente Giovanna Bianchi me confirmou. Associado a isto, duas mulheres de língua russa, registradas como Yulia e Alyona Pinchuk, se hospedaram no Hotel Excelsior, em Lido, por uma noite, dois dias após a data na imagem da câmera. Funcionários do hotel confirmaram que as Pinchuk, descritas como irmãs, eram parecidas com as mulheres que aparecem no vídeo. Abraços, Armando Trevisan."

— Faz uma busca nesses nomes, Billy. Yulia e sei lá o quê Pinchuk. — Eve pega a primeira das imagens impressas assim que a impressora geme e termina de cuspir a folha. — Com certeza essa de vestido é Villanelle. Olhem como ela inclina o chapéu de um jeito que esconde completamente o rosto da câmera.

— Pode ser só coincidência.

— Acho que não. Ela é totalmente ligada em vigilância. E aposto que essa é a namorada também. Lembra o que Giovanna falou na joalheria? Mesma idade, mas um pouco mais alta. Cabelo louro curto. Corpo de nadadora ou jogadora de tênis.

Lance faz um gesto afirmativo com a cabeça.

— Ela combina com essa descrição. Ombros largos, sem dúvida. Não dá para ver se é loura, mas o cabelo definitivamente é bem curto. É uma pena que o rosto esteja tão borrado.

Eve olha a imagem impressa. Os traços da mulher de cabelo louro curto estão pixelados e indistintos, mas a essência está ali.

— Vou te reconhecer quando te vir, vaqueira — murmura ela, com um tom voraz. — Pode ter certeza.

— Certo. Yulia e Alyona Pinchuk — diz Billy. — Parece que são coproprietárias de um site de namoro e serviço de acompanhantes chamado MySugarBaby.com, registrado em Kiev, na Ucrânia. O endereço de contato é uma caixa postal no bairro Oblonskiy.

— Você consegue ir um pouco mais fundo? Ver se acha fotos ou alguma informação biográfica? Com certeza são só identidades falsas, mas é bom confirmar.

Billy faz que sim. Ele parece tonto de cansaço, e Eve sente uma pontada de culpa.

— Deixa para amanhã — diz ela. — Vai para casa.

— Tem certeza? — pergunta ele.

— Absoluta. Você já fez coisa demais para um dia só. Lance, quais são seus planos para a noite?

— Vou encontrar uma pessoa. O cara da Unidade de Policiamento Rodoviário de Hampshire que perdeu a moto para a sua, hm...

— Ela não é nada minha, Lance. Pode chamar de Villanelle.

— Certo. Para Villanelle.

— Esse cara está vindo para Londres?

— Não, vou pegar um trem de Waterloo para Whitchurch, que é onde fica a base da unidade dele. Parece que servem uma cerveja boa no Bell.
— Vai ser tranquilo para voltar?
— É, sem problema. O último trem sai por volta das onze.
Eve franze o cenho.
— Obrigada, vocês dois. Sério.

Uma hora antes do turno do jantar, Villanelle bate na porta de Johanna. Ao contrário das outras temporárias, Johanna tem um quarto só para si. E ela também é a única das doze que não precisa trabalhar no jantar. Puxar o saco de Birgit compensa.
A porta se abre devagar. Johanna está com calça de moletom e um suéter amarrotado. Parece que ainda está dormindo.
— *Ja*. O que você quer?
— Quero que você me substitua no jantar hoje.
Johanna pisca e esfrega os olhos.
— Sinto muito, não trabalho no turno da noite, só para preparar os quartos no corredor de cima. Pergunte para Birgit.
Villanelle mostra uma sacola plástica transparente com a calcinha suja que ela tirou da cama de Roger Baggot.
— Escute aqui, *schatz*. Se você não pegar meu lugar no turno hoje, vou ter que dizer para Birgit onde foi que achei isto. Acho que ela não vai ficar feliz de descobrir que você anda trepando com os hóspedes.
— Eu vou negar. Você não tem como provar que isso é meu.
— Então está bem, vamos lá falar com Birgit agora mesmo. Vamos ver em quem ela acredita.
Por um instante, Villanelle acha que ela vai pagar para ver. Mas, lentamente, Johanna assente.
— Tudo bem. Eu te substituo — diz ela. — Mas por que isso é tão importante?
Villanelle dá de ombros.

— Já estou por aqui com os convidados de Linder. Não aguento mais uma noite daquelas conversas idiotas.
— E o que eu falo para Birgit? Ela vai achar estranho eu trabalhar em um turno que não é meu.
— Pode falar o que quiser. Que estou no meu quarto, vomitando. Que estou com caganeira. Tanto faz.
Johanna assente, com um ar contrariado.
— Pode me devolver minha *tanga*?
— Depois.
— *Scheisse*, Violette. Achei que você fosse uma pessoa legal. Mas você é uma escrota. Uma puta de uma escrota.
— Com todo prazer. Só não vá furar o jantar, ouviu?
Villanelle volta para seu quarto e escuta o som fraco do chuveiro. Quando Maria sai do banheiro, tremendo e enrolada em uma toalha pequena, Villanelle avisa que está se sentindo mal e que Johanna vai substituí-la no jantar. Se Maria se surpreende com a novidade, ao menos não fala nada.

Depois de se trancar no banheiro, Villanelle aplica uma camada fina de base clara e pincela com maisena. Mais um toque de sombra embaixo de cada olho, e ela parece perfeitamente enferma. Cobrindo a boca com a mão para conter uma ânsia de vômito, ela passa por Maria e vai atrás de Birgit.

Ela a encontra na cozinha, atacando um dos *sous-chefs*. Gaguejante, Villanelle explica para Birgit sobre sua dor de barriga e o acordo com Johanna. Birgit fica furiosa ao saber que Villanelle não servirá no restaurante e diz que ela não é nem um pouco confiável, que é uma falta de respeito e que o salário dela será descontado.

Quando Villanelle volta para o quarto, Maria já está com o uniforme de trabalho e prestes a sair para o restaurante.
— Você não parece bem mesmo — diz ela. — Trate de se aquecer bem. Pode pegar o cobertor da minha cama, se quiser.

Depois que ela vai embora, Villanelle espera mais dez minutos. A essa altura, todo mundo já deve estar se reunindo na área principal do hotel para os drinques de antes do jantar. Ela abre a porta para o corredor dos empregados e dá uma olhada cuidadosa, mas não escuta nada. Está sozinha.

Ela volta para dentro do quarto, tira da cômoda o celular e uma caneta esferográfica de aço e se tranca no banheiro. De joelhos no piso de azulejo, ela solta a capa de trás do celular, tira a bateria e remove um envelope de alumínio minúsculo que contém um microdetonador de cobre. Depois, pega na nécessaire um sabonete ovalado pequeno com aroma de violeta e, com força calculada, bate com ele na base de porcelana da pia, rachando a carcaça. De dentro, ela tira um disco de 25 gramas de explosivo Fox-7 embalado em plástico, depois guarda o sabonete de volta na nécessaire. Junto vão o microdetonador, a caneta esferográfica e o cortador de unha, a espátula de cutícula e a tesoura do kit de manicure dela.

Villanelle não gosta de Anton, mas precisa admitir que ele forneceu tudo que ela pediu. O detonador e o explosivo Fox-7 são de primeira qualidade, os artigos de manicure são de aço de uso laboratorial, capazes de servir como ferramentas de artesanato profissional, e a caneta, com um ligeiro ajuste, se converte em miniferro de solda de cento e dez volts.

Agora ela só precisa de mais uma coisa.

A estação de metrô de Goodge Street está lotada. É sempre assim durante a hora do rush no fim do dia, e um dos motivos por que Eve gosta de pegar o ônibus. Ela não é exatamente claustrofóbica, mas fica profundamente ansiosa com a ideia de correr por um túnel subterrâneo espremida por outros corpos, com a possibilidade de a qualquer momento as luzes piscarem e se apagarem, ou o trem parar sem explicação, como se os sistemas sofressem uma súbita falha catastrófica. São paralelos demais com a morte.

O primeiro trem que chega, um da linha Norte com destino a Edgware, já está totalmente lotado, e, enquanto as ondas de

passageiros na plataforma empurram e tentam entrar de qualquer jeito, Eve se afasta para um banco.
— Loucura, hein? — diz uma voz inexpressiva a seu lado. O homem tem trinta e muitos anos, talvez quarenta. Pele que não vê o sol há meses. Ela continua olhando firme para a frente.
— Tenho algo para você. — Ele entrega um envelope de papel pardo para ela. — Leia, por favor.
É um bilhete manuscrito.

*Você venceu. Este é Oleg. Faça o que ele mandar. R.*

Franzindo a testa com força para disfarçar a alegria, Eve guarda o envelope e o bilhete na bolsa.
— Certo, Oleg. Diga.
— Certo. Amanhã cedo, muito importante, você me encontra aqui na plataforma da estação, oito horas, e me dá passaporte. Amanhã noite, seis horas, você encontra aqui de novo, eu devolvo. Quarta-feira, você pega avião de Heathrow para Sheremetyevo de Moscou e hospeda no Hotel Cosmos. Você fala russo, ahn? Pouquinho?
— Não muito. Aprendi na escola. Preparatório para a faculdade.
— Russo de preparatório. *Eto khorosho.* Já foi lá?
— Uma vez. Há uns dez anos.
— Certo, sem problema. — Ele abre uma valise e tira duas folhas soltas impressas com a grafia borrada e pequena comum em formulários de solicitação de visto no mundo todo. — Assina, por favor. Não preocupe, eu preencho depois.
Ela devolve os formulários.
— E Moscou faz muito frio agora. Chove gelo. Leva casaco pesado e chapéu. Botas.
— Eu vou sozinha?
— Não, seu *kollega* também, Lens.

Ela leva um instante para entender que ele quis dizer Lance.
— Obrigada, Oleg, *do zavtra*.
— *Do zavtra*.
Só então ela começa a pensar no que é que vai dizer para Niko.

Villanelle leva cinquenta e cinco minutos, trabalhando com calma e frieza, para preparar o aparato explosivo com que pretende matar Linder. Quando termina, ela veste o uniforme da Bund Deutscher Mädel, guarda o aparato e o cartão-chave no bolso e sai do quarto. Ao chegar na área de hóspedes, ela para. O corredor está em silêncio; os hóspedes ainda estão no restaurante. Caminhando sem pressa até o quarto de Roger Baggot, ela bate de leve na porta, ninguém responde, então entra. Depois de calçar as luvas de borracha, Villanelle tira um envelope do bolso. Dentro dele estão uma tesoura de cortar unha e a película de plástico em que o explosivo Fox-7 estava embrulhado. No banheiro, ela pega a nécessaire de Baggot, usa a tesoura para fazer um corte pequeno no forro e enfia a película de plástico. O envelope vai para a pequena lixeira com pedal que fica ao lado da pia. A tesoura, para dentro do armário do banheiro.

Ela sai do quarto de Baggot e vai até o quarto de Linder. De novo bate de leve na porta, mas não ouve nenhum ruído do lado de dentro. Ela entra, respirando com tranquilidade, e posiciona cuidadosamente o aparato explosivo. Para um instante no meio do quarto, estimando vetores de explosão e onda de choque. De repente, seu corpo fica em alerta, e ela percebe que está ouvindo um som abafado de alguém subindo a escada. Talvez não seja Linder, mas talvez seja.

Mantendo a calma, Villanelle pondera se deve sair do quarto como se tivesse acabado de preparar a cama para a noite. Mas a cama não está preparada, e não dá tempo de fazer isso agora. Além do mais, pode ser que alguém a veja sair e se lembre.

Então, exatamente como em seus ensaios imaginados, ela vai rapidamente até a mala bege e abre os zíperes. Após pisar dentro da mala, ela se ajoelha, contrai o corpo, encolhe os ombros e encaixa a cabeça. Por fim, levanta as mãos e puxa os zíperes de volta, deixando um espaço de dez centímetros para respirar e enxergar. É um espaço brutalmente apertado, impossível para qualquer pessoa que não pratique exercícios e alongamento regularmente, mas Villanelle ignora a dor nos tendões das costas e das pernas e se concentra em estabilizar a respiração. A mala tem cheiro de couro mofado. Ela escuta os batimentos firmes do próprio coração.

A porta do quarto se abre e Max Linder entra. Ele pendura a placa de Não Perturbe na maçaneta do lado de fora e fecha o ferrolho de dentro da porta. Depois, contorna a cama e se abaixa para pegar a valise, colocando-a em cima da cama e abrindo-a com o código. De dentro, ele tira uma espécie de roupa bege--clara e a estende em cima das cobertas.

Ele atravessa o quarto. Villanelle não vê o armário, porque a cama está no caminho, mas escuta o som das portas duplas se abrindo e o clique da tranca da maleta de Linder. Pressionando o olho na abertura estreita entre os zíperes, ela sente suor frio escorrendo das axilas para as costelas. Pouco depois, Linder ressurge com o notebook e um CD, que põe do lado do miniprojetor na mesa de cabeceira. Ele leva um instante para conectar tudo, e então aparece uma imagem fraca na parede do quarto, rodando por uns segundos até parar. Villanelle só consegue ver a imagem por um ângulo torto, mas parece a contagem regressiva de um filme preto e branco antigo.

Linder aperta o interruptor na parede para apagar a luz do teto, de modo que a única iluminação venha do abajur na mesa de cabeceira e do feixe do projetor. Em seguida, sem pressa, ele se despe, pega a roupa estendida na cama e se veste com ela. É um *dirndl*, um vestido tradicional dos Alpes com corpete rendado, blusa branca com mangas bufantes e avental com pregas.

Meias sete-oitavos brancas completam o figurino. Villanelle não consegue ver Linder direito, mas enxerga o suficiente para saber que o conjunto não cai bem. Ele se abaixa, pega uma peruca feminina de dentro da valise e ajeita na cabeça. A peruca tem um penteado armado e ondulado bem cuidadoso, em um estilo sóbrio de meados do século XX.

Sentindo as costas e as panturrilhas queimando, Villanelle continua a olhar pela fresta minúscula e se lembra do que Petra Voss disse.

*Ele está se fantasiando da porra da Eva Braun.*

Linder guarda a maleta de volta no armário e volta com a caixa retangular que abriga o vibrador Obergruppenführer. É um mau sinal, considerando que, uma hora atrás, Villanelle equipou o Obergruppenführer com um detonador militar e uma quantidade letal de explosivo Fox-7. Ela pondera brevemente se deve sair da mala, matar Linder com as próprias mãos e jogá-lo pela janela, para a neve e as trevas do lado de fora, mas logo descarta a ideia. Ela fatalmente seria descoberta, ainda que não de imediato. E, por mais estranho e ilógico que pareça, ela se sente segura encolhida dentro da mala. Gosta de ficar ali.

Linder liga o projetor e, quando as imagens em preto e branco começam a dançar na parede, insere um par de fones nos ouvidos e se deita na cama. Apesar do ângulo torto, Villanelle vê que é um filme de Hitler, fazendo um discurso histérico e melodramático para uma vasta multidão, talvez em Nuremberg. Do discurso, ela só escuta um murmúrio fraco dos fones de ouvido, mas o avental rendado do *dirndl* logo se agita feito uma barraca debaixo de uma ventania.

— Oh, *mein sexy Wolf* — sussurra Linder, apalpando-se.

— Ah, *mein Führer*. Me come com esse seu *schwanz* enorme de lobo. Preciso de *anschluss*.

Villanelle fecha os olhos, aperta a testa nos joelhos, cobre as orelhas com as mãos e abre a boca. Seu pescoço e os músculos dos ombros já começaram a tremer, e o coração está pulando.

— Vem me invadir, *mein Führer*!

O ar se rasga feito um tecido, e um estrondo ribomba de parede a parede, envolvendo Villanelle com tanta força que é impossível respirar, e ela se sente erguida no ar, capotando. Por um longo momento, é como se flutuasse, e então, após um impacto forte, a mala se abre abruptamente. Arfante e tonta com o choque, ela tomba para um silêncio gelado e estridente. O quarto está meio escuro, e não existe mais janela de vidro temperado, apenas um espaço preto vazio. O ar está cheio de penas, que rodopiam feito flocos de neve ao vento da montanha. Algumas, manchadas de vermelho, caem lentamente ao chão. Uma pousa com delicadeza no rosto de Villanelle.

Fazendo muito esforço, ela apoia o corpo no cotovelo. Max Linder está espalhado por todos os cantos. Sua cabeça e o torso, ainda vestido com o corpete rendado do *dirndl*, foram jogados contra a cabeceira. As pernas, quase decepadas, se penduram ao pé da cama. Entre as duas extremidades, no edredom explodido, há uma massa brilhosa de sangue, vísceras e vidro quebrado do lustre destruído do teto. Algo acima de Villanelle se desgruda do teto e cai na cabeça dela. Ela passa a mão, distraída, para tirar o que quer que seja; parece o fígado. As paredes e o teto estão cobertos de sangue e salpicados de fezes e pedaços de intestino. A mão direita de Linder está caída, com a palma virada para baixo, no cesto de frutas de cortesia.

Aos poucos, Villanelle se levanta e dá uns passos vacilantes. Com a vaga noção de que está com fome, ela pega uma banana, mas a casca está melada de sangue, então a larga no carpete. Seus olhos ardem de cansaço, e ela está morrendo de frio. Então se deita de novo, encolhendo-se feito uma criança ao pé da cama, enquanto os fluidos corporais do homem que ela matou gotejam e se coagulam à sua volta. Ela não escuta o barulho da porta se quebrando, nem a gritaria que vem logo depois. Sonha que está deitada com a cabeça no colo de Anna Leonova. Que está protegida, e em paz, e que Anna acaricia seu cabelo.

# 7

O granizo bate na janela no Airbus conforme ele se encaminha à pista de decolagem. Uma aeromoça com cabelo platinado está apresentando as instruções de segurança sem o menor entusiasmo. Uma música gravada aumenta e abaixa de volume.

— Eu conheço o hotel — diz Lance. — Fica na Prospekt Mira e é absurdamente grande. Deve ser o maior da Rússia.

— E você acha que vão servir bebida no voo?

— Eve, é a Aeroflot. Relaxa.

— Desculpa, Lance, esses últimos dias foram uma merda. Acho até que Niko vai se separar de mim.

— Foram tão ruins assim?

— Foram. Veneza já foi complicado; agora, não posso nem falar para onde estou indo. Ele surtaria de vez se soubesse. E mesmo sabendo que você e eu definitivamente, tipo...

— Não estamos transando?

— É, mesmo sabendo disso, ainda assim estou indo para algum lugar desconhecido com outro cara.

— Você falou que eu ia?

— Eu sei que não devia. Mas era melhor do que não falar nada, ou mentir, e depois ele descobrir.

Lance dá uma olhada no passageiro à sua esquerda, um sujeito careca de cabeça comprida com um casaco volumoso nas cores preto e vermelho do Spartak Moscou, e dá de ombros.

— Não tem jeito. Minha ex-esposa odiava o fato de eu nunca falar do meu trabalho, mas o que vou fazer? Ela gostava de fofocar com as amigas, e depois de alguns copos ficava bastante faladeira. Alguns casais sabem lidar com essas situações melhor que outros, mas não vai muito além disso.

Eve assente e logo se arrepende. Está de ressaca, insone e emocionalmente vulnerável. Ela e Niko ficaram acordados até quase três da madrugada, bebendo um vinho que nenhum dos dois estava com vontade de beber, e falando coisas que não poderiam desdizer depois. Por fim, ela anunciou que pretendia ir para a cama, e Niko insistiu, com uma determinação ofendida, que dormiria no sofá.

— Não se surpreenda se eu não estiver aqui quando você voltar de onde quer que esteja indo — disse ele, apoiando-se com um ar ameaçador nas muletas.

— Para onde você vai?

— Por quê? Que diferença faz?

— Só estou perguntando.

— Não pergunte. Se não tenho o direito de saber aonde você vai, você não tem o direito de saber aonde eu vou, entendeu?

— Entendi.

Ela pegou cobertores para ele. Sentado no sofá, de cabeça baixa e com as muletas ao lado do corpo, Niko parecia perdido, uma pessoa fora de lugar na própria casa. Eve ficou angustiada de vê-lo assim, tão magoado, mas uma parte fria e racional dela sabia que aquela batalha precisava ser travada e vencida. Ela nem chegou a considerar a hipótese de recuar.

— O voo dura quanto tempo? — pergunta ela a Lance.

— Umas três horas e meia.

— Vodca ajuda com ressaca, não é?

— Eficácia comprovada.

— Assim que decolarmos, chame a aeromoça.

O hotel, como Lance descreveu, é imenso. O saguão é do tamanho de uma estação ferroviária, e a vastidão de colunas junto à grandeza funcional rescendem ao auge do sovietismo. Com seus móveis desgastados, os quartos no vigésimo segundo andar são sem graça, mas a vista é espetacular. Da janela de Eve dá para ver, do outro lado da Prospekt Mira, o complexo ornamentado de pavilhões, passarelas, jardins e chafarizes do antigo Centro Panrusso de Exposições. De longe, ele ainda tem um resquício de glamour, especialmente sob o azul esmaltado do céu de outubro.

— E aí, qual é o plano? — pergunta Lance, enquanto eles tomam uma segunda xícara de café no restaurante Kalinka do hotel.

Eve pensa. Ela está se sentindo renovada após a noite de sono, e com um otimismo inesperado. A briga com Niko, e as problemáticas que a envolvem, se tornaram um murmúrio de fundo, um vislumbre distante. Ela está pronta para tudo que o dia e a cidade trouxerem.

— Quero dar uma caminhada. Respirar um pouco de ar da Rússia. Podemos ir para aquele parque do outro lado; eu adoraria dar uma olhada mais de perto naquela escultura de foguete.

— Oleg falou que alguém entraria em contato conosco no hotel às onze horas.

— Então temos duas horas e meia. Não me incomodo de ir sozinha.

— Se você for, eu vou junto.

— Você acha mesmo que estou correndo perigo? Ou nós?

— Aqui é Moscou. Estamos usando nossos nomes verdadeiros, e pode ter certeza de que esses nomes estão em alguma lista de agentes de serviços estrangeiros de inteligência. Acredite, nossa chegada não passou despercebida. E, claro, nosso contato sabe que estamos aqui.

— Quem é essa pessoa? Alguma ideia?

— Nenhum nome. Só que é alguém que Richard conhece da época que viveu aqui. Eu chutaria que é um oficial do FSB. Provavelmente alguém bem importante.

— Richard foi chefe de seção aqui, né?
— É.
— E isso é comum? Oficiais de cargo alto que mantêm canais de comunicação com o outro lado?
— Não muito. Mas ele sempre teve talento para se dar bem com as pessoas, mesmo quando a situação ficava complicada na esfera diplomática.
— Lembro que Jin Qiang falou mais ou menos a mesma coisa em Xangai.
— Acho que Richard considerava esses relacionamentos uma espécie de garantia. Caso um líder deles, ou nosso, surtasse completamente...
— Mentes mais sábias poderiam intervir.
— Por aí.

Quinze minutos depois, eles estão parados diante do Monumento aos Conquistadores do Espaço. É uma representação deslumbrante de titânio, com cem metros de altura, de um foguete subindo e deixando uma nuvem de fumaça. Atrás deles, um vendedor de kebabs está preparando a barraca.

— Sempre tive muita pena da Laika, a cachorra que eles mandaram para o espaço — diz Eve, enfiando bem as mãos nos bolsos de sua parca. — Li sobre ela quando era criança e sonhava com ela sozinha na cápsula, lá no espaço, sem saber que nunca voltaria para a Terra. Sei que teve gente que morreu no programa espacial, mas foi com a Laika que eu mais me comovi. Você não concorda?

— Eu sempre quis ter um cachorro. Meu tio Dave administrava um aterro sanitário nos arredores de Redditch e de vez em quando ele convidava a criançada para ir lá, e a gente mandava os terriers dele irem atrás dos ratos. Eles matavam uns cem a cada vez. Era um caos sangrento, e o cheiro era terrível.

— Que linda lembrança de infância.

— Pois é. Meu pai sempre disse que Dave ganhou uma fortuna com aquele lugar. Principalmente fazendo vista grossa

quando uns caras apareciam à noite com volumes embrulhados em tapetes.
— Sério?
— Digamos assim: ele se aposentou com quarenta anos, se mudou para o Chipre e nunca mais fez nada além de jogar golfe. — Ele se encolhe dentro do casaco. — É melhor a gente continuar andando.
— Algum motivo especial?
— Se alguém estiver de olho em nós, e essa hipótese está em algum ponto entre o possível e o provável, não vamos saber se continuarmos parados.
— Tudo bem. Vamos caminhar.
O parque, construído em meados do século xx para celebrar as realizações econômicas do Estado soviético, é imenso e melancólico. Arcos do triunfo cobrem espaços vazios sobre colunas descascadas e desgastadas pelo clima. Pavilhões em estilo neoclássico estão trancados com cadeados, desertos. Visitantes se encolhem em bancos, com o olhar perdido, como se tivessem se dado por derrotados em seus esforços para entender a história recente de seu país. E, acima de tudo, aquele céu de um azul quase artificial com suas nuvens brancas aceleradas.
— Então, Lance, quando você veio aqui antes...
— Diga.
— O que você fazia, exatamente?
Ele dá de ombros. Uma pessoa solitária passa patinando por eles.
— Coisa bem básica. Ficava de olho em gente que precisava ser olhada. Via quem chegava, quem saía.
— Supervisão de agentes?
— Eu estava mais para caçador de talentos. Se eu achava que alguém do lado deles tinha potencial, e que não era uma isca, eu comunicava para o nosso pessoal, e eles preparavam uma abordagem. Com os voluntários, eu ajudava a cortar os obviamente malucos.

Eles estão contornando um lago ornamental, cuja superfície tremula ao vento.

— Não olhe agora — diz Lance. — Cem metros atrás de nós. Um cara sozinho de sobretudo cinza, chapéu-coco, olhando um mapa.

— Seguindo a gente?

— Definitivamente está de olho.

— Há quanto tempo você percebeu?

— Ele veio atrás de nós quando saímos da estátua do foguete.

— O que você sugere?

— Que a gente faça o que já ia fazer. Vamos dar uma olhada na estação do metrô, como bons turistas, e depois voltamos ao hotel. Se possível, resistindo à tentação de nos virar e olhar nosso camarada do FSB.

— Lance, não sou tão ingênua.

— Eu sei. Só estou falando.

O acesso à estação do metrô é por um átrio circular com colunas. O interior é movimentado, mas espaçoso, e depois de comprarem passagem os dois descem de escada rolante até o colossal salão subterrâneo. Ao vê-lo, Eve para de repente, fazendo uma mulher atropelá-la por trás com um carrinho de compras e depois se afastar bruscamente. Eve está fascinada. O saguão central é imenso, iluminado por candelabros rebuscados. As paredes e o teto abobadado são de mármore branco; arcos decorados com mosaico verde conduzem às plataformas. Passageiros chegam e saem às pressas nos trens, em uma correnteza turbulenta; um rapaz com um violão surrado toca uma música que Eve reconhece vagamente; um mendigo com medalhas de serviço militar no peito está ajoelhado com a cabeça baixa e as mãos estendidas.

Lance e Eve se deixam ser levados pela multidão no salão.

— Que música é essa? — pergunta ela. — Sei que já ouvi.

— Todo mundo acha que já ouviu. É a música mais irritante já composta. O nome é "Posledniy Raz". É a "Macarena" da Rússia.

— Sério, Lance, você sabe cada coisa... — Ela para. — Minha nossa senhora. Olha.

Um homem idoso está sentado em um banco de pedra. Aos seus pés, há uma caixa de papelão cheia de filhotinhos de gato. Ele abre um sorriso desdentado para Eve. Seus olhos são de um azul-claro aquoso.

Quando Eve se abaixa, querendo tocar a cabeça absurdamente fofa de um dos filhotes, um vento ligeiro sopra em seu cabelo, seguido de um estalo. O rosto do homem no banco parece se dobrar para dentro, ainda sorrindo, quando o crânio dele implode e espalha sangue na parede de mármore.

Eve fica paralisada, de olhos arregalados. Ela escuta o miado fraco dos gatinhos e, de algum lugar distante, gritos. E então alguém a obriga a se levantar, e é Lance, puxando-a para a saída. Todo mundo teve a mesma ideia e, conforme a multidão os empurra, batendo ombros e cotovelos, os pés de Eve saem do chão. Ela se sente perdendo um sapato e tenta se abaixar para pegar, mas é arrastada para a frente, com a pressão dos corpos tão implacável em suas costelas que é difícil respirar. A pressão aumenta, pontos de luz brotam em seus olhos, uma voz grita em seu ouvido — *"Seryozha, Seryozha"* —, e a última coisa que ela escuta antes de suas pernas cederem e a escuridão a envolver é aquela música insinuante e enlouquecedora ecoando de algum lugar.

Lance a segura e levanta de modo a apoiar a cabeça de Eve em seu ombro, e então a leva até a escada rolante, que também está lotada de passageiros. Enfim os dois chegam ao átrio, e ele a faz se sentar com as costas apoiadas em uma coluna. Ao abrir os olhos, Eve pisca, respira fundo, sente as ondas da tontura subindo e descendo.

— Você consegue andar? — Lance passa os olhos pela área, com urgência. — Porque a gente precisa muito sair daqui.

Com os pulmões se enchendo de ar, Eve sacode o pé para tirar o outro sapato enquanto Lance a ajuda a ficar de pé. Ela oscila por um instante, sentindo o chão frio nos pés descalços, e tenta organizar os pensamentos. Alguém acabou de tentar dar um tiro em sua nuca. O cérebro do velho com os gatinhos explodiu. A pessoa que atirou pode alcançá-los a qualquer momento. Eve sabe que precisa agir com rapidez, mas está tão enjoada e tonta que não consegue se mexer. *Choque*, diz uma voz dentro de sua cabeça. Mas a consciência do estado de choque não desfaz o estalo carnudo da bala, o rosto implodido, os miolos jorrando do crânio feito recheio de torta. *Posledniy Raz. Os gatinhos*, pensa ela, vagamente. *Quem vai cuidar dos gatinhos?* Ela então se curva para a frente e vomita ruidosamente nos próprios pés.

Na frente da estação de metrô, quatro homens de porte robusto estão esperando. Atrás deles, uma van preta com a logo do FSB está parada na rua. Um quinto homem, com chapéu-coco, está um pouco afastado dos outros, sem tentar disfarçar o fato de que está observando cuidadosamente a saída dos passageiros.

O vômito de Eve, e as esquivas de todo mundo que passa por ela, chama a atenção. Quando ela se endireita, trêmula e de olhos marejados, eles já estão se aproximando a passos decididos.

— Venham — diz um deles, em inglês, pegando-a pelo braço.

O homem está com uma boina de couro e casaco acolchoado e não parece amigável nem hostil. Como os três colegas, está com uma pistola grande em um coldre no cinto.

— *Kogo-to zastrelili* — diz Lance para ele, apontando para a estação. — Alguém levou um tiro.

O homem da boina de couro ignora o que ele falou.

— Por favor — insiste ele, indicando a van preta. — Entrem.

Eve olha para ele com uma expressão sofrida. Seus pés estão gelados.

— Acho que não temos muita opção — diz Lance, enquanto outros passageiros continuam passando. — Provavelmente ali é mais seguro do que qualquer outro lugar.

A viagem é feita em silêncio e a alta velocidade, conforme a van passa de faixa em faixa agressivamente. Enquanto o carro se afasta rapidamente da Prospekt Mira no sentido sul, Eve tenta concentrar os pensamentos, mas o balanço da van e o cheiro forte de gasolina, suor, perfume e seu próprio vômito a deixam enjoada, e só com muito esforço ela não vomita de novo. Olhando fixamente a rua pelo para-brisa, ela passa a mão no cabelo. A testa está pegajosa.

— Como você está? — pergunta Lance.

— Péssima — responde ela, sem se virar.

— Não se preocupe.

— Não se *preocupe*? — Sua voz sai fraca. — Lance, alguém acabou de tentar me matar, caralho. Tem pedaços de vômito entre os dedos dos meus pés. E nós fomos sequestrados.

— Eu sei, não é o melhor dos mundos. Mas acho que é mais seguro com esses caras do que na rua.

— Tomara. Tomara mesmo, porra.

Eles viram em uma praça ampla, dominada por um enorme e insosso edifício de tijolos ocre.

— O Lubyanka — diz Lance. — Era a sede da KGB antigamente.

— Que ótimo.

— Agora é ocupado pelo FSB, que basicamente é uma versão renovada da KGB.

O motorista entra em uma rua que dá na lateral do prédio, faz uma curva e estaciona. Os fundos do Lubyanka formam um cenário devastado de canteiros de obras e entulho. Grades de metal cobrem janelas que estão impenetráveis de tão imundas. O homem da boina de couro desce do banco do carona e abre a porta da van.

— Venha — diz ele para Eve.

Ela se vira para Lance, tensa e de olhos arregalados. Ele tenta se levantar, mas é empurrado de volta com firmeza.

— Ela vem, você fica.

Ela se sente ser impelida para a porta. O Boina de Couro espera do lado de fora, impassível.

— Pode ser para isso que viemos — diz Lance. — Boa sorte.

Eve se sente vazia, não há nem medo.

— Obrigada — murmura ela, saindo para um chão coberto de detritos frios de obra.

Ela é conduzida às pressas por uma entrada coberta por um telhado de ferro corrugado até uma porta baixa sob uma decoração de foice e martelo esculpidos em pedra. Boina de Couro aperta um botão, e a porta emite um clique fraco e desfalecido. Ele empurra a porta para abrir. Do lado de dentro, Eve só enxerga escuridão.

Oxana Vorontsova está andando por uma rua em uma cidade que ao mesmo tempo é e não é Perm. É noite, e está nevando. A rua é cercada de prédios altos de fachada reta, e entre eles se vê o vulto escuro de um rio e blocos de gelo cobertos de neve. Conforme Oxana caminha, a paisagem à sua frente se transforma, como se ela estivesse em um jogo de computador dos anos 1990. Paredes se erguem, a rua se desdobra. Tudo é feito de pontos graduados de preto, branco e cinza, como os pigmentos das asas de uma mariposa.

A consciência de que está dentro de uma simulação a tranquiliza: significa, como ela sempre desconfiou, que nada é real, que suas ações não terão qualquer consequência, e que ela pode fazer o que quiser. Mas isso não responde a todas as suas perguntas. Por que será que ela é obrigada a fazer essa busca constante, essa caminhada interminável pela rua escura? O que existe por trás da superfície dos prédios que se erguem dos dois lados feito cenário de teatro? Por que parece que nada tem profundidade ou som? Por que ela está sentindo essa tristeza tão terrível e devastadora?

À sua frente, bem distante, uma silhueta indistinta a aguarda. Oxana caminha até ela, com passos decididos. A mulher está olhando para a frente, fitando uma infinidade turva de neve. Parece não perceber a aproximação de Oxana, mas no último segundo ela se vira, e seu olhar é como uma lança de gelo.

Villanelle acorda de repente, de olhos arregalados e coração acelerado. Tudo está branco, banhado pelo sol. Ela está deitada em uma cama de solteiro, com a cabeça apoiada em travesseiros. Boa parte do rosto está coberta de curativos e bandagens. À sua frente ela vê luz entrando por cortinas transparentes, um aquecedor de ferro fundido, uma cadeira e uma mesa de cabeceira com uma garrafa de água mineral e uma caixa de analgésicos. Quando acordou pela primeira vez, há quarenta e oito horas, estava se sentindo completamente acabada. A dor nos ouvidos era uma tortura, bílis subia pela garganta sempre que ela engolia, e qualquer mínimo movimento provocava uma onda de dor no pescoço e nos ombros. Agora, fora um ligeiro zumbido residual nos ouvidos, ela só se sente esgotada.

Anton aparece em seu campo de visão. Sem contar um jovem que lhe trazia comida e quase não falava, ele é a primeira pessoa que ela vê desde que chegou nesse lugar. Está vestido com um casaco acolchoado e segura uma mala pequena.

— Então, Villanelle. Como está?

— Cansada.

Ele assente.

— Você sofreu uma concussão primária por onda de choque e síndrome do chicote. Tem tomado sedativos potentes.

— Onde estamos?

— Uma clínica particular em Reichenau, perto de Innsbruck. — Ele vai até a janela, puxa as cortinas e olha para fora.

— Você se lembra do que aconteceu?

— Uma parte.

— Max Linder? O Hotel Felsnadel?
— Sim. Lembro.
— Então me diga. Que foi que houve lá? Como é que você foi pega na explosão?
Ela franze o cenho.
— Eu... eu fui para o quarto de Linder e preparei o dispositivo. E aí ele entrou. Acho que me escondi. Não me lembro do que aconteceu depois.
— Nada?
— Não.
— Fale do dispositivo.
— Eu tinha pensado em várias ideias. Telefone, rádio-relógio digital, notebook...
— Fale mais alto. Você está embolando as palavras.
— Pensei em diversos métodos. Não fiquei satisfeita com nenhum. Mas aí achei o vibrador de Linder.
— E você armou nele o microdetonador e o Fox-7?
— Foi, depois de plantar provas no quarto de um dos outros hóspedes.
— Qual hóspede? Que prova?
— O inglês, Baggot. Escondi o embrulho de plástico do explosivo no forro da nécessaire dele.
— Ótimo. Ele é um idiota. Prossiga.
Villanelle hesita.
— Como foi que eu saí? — pergunta ela. — Quer dizer, depois da explosão.
— Maria me mandou uma mensagem. Disse que Linder estava morto e que você foi encontrada inconsciente no local e precisava de extração urgente.
— Maria? — Villanelle levanta a cabeça do travesseiro. — Maria trabalha para você? Caralho, por que você não...
— Porque você não precisava saber. Por acaso, naquela noite houve uma nevasca de altitude elevada, então não foi possível subir com nenhum helicóptero de emergência. Os convidados

183

tiveram que passar a noite da explosão no hotel, o que aparentemente provocou uma dose de pânico e agitação. Pelo menos o corpo de Linder foi devidamente refrigerado. Depois que você destruiu a janela de vidro temperado, a temperatura no quarto deve ter caído para vinte graus negativos.

— E eu?

— Maria ficou de olho em você durante a noite. Assim que amanheceu, fretei um helicóptero e mandei buscarem você antes que a polícia chegasse.

— Ninguém achou estranho?

— Os hóspedes estavam dormindo. Os funcionários do hotel presumiram que fosse algo oficial e, considerando seu estado, provavelmente ficaram felizes de vê-la ir embora. A última coisa que eles queriam era ter que lidar com mais um cadáver.

— Não me lembro de nada disso.

— Não teria como lembrar.

— E agora, o que acontece?

— No Felsnadel? Você não precisa se preocupar. Sua participação está encerrada.

— Não, o que acontece comigo? A polícia vai aparecer?

— Não. Eu te trouxe para cá e a internei pessoalmente. No que diz respeito à clínica, você é uma turista francesa em recuperação após um acidente de trânsito. Eles são muito discretos aqui, e têm que ser mesmo, considerando o preço. Pelo visto, eles fazem o pós-operatório de muitos pacientes de cirurgias plásticas. Tem um tratamento em que embrulham seu rosto em um monte de neve.

Villanelle toca os curativos do rosto. Os cortes em cicatrização estão começando a coçar.

— Linder morreu, como você pediu. Eu valho cada centavo que você me paga, e mais.

Anton se senta na cadeira ao lado da cama e inclina o corpo para a frente.

— Ele morreu, como você disse, e somos gratos. Mas agora é hora de você botar ordem na casa, e logo. Porque, graças às suas gracinhas em Veneza com Lara Farmanyants, e seus assassinatos dignos de revistas de fofoca, estamos com um problema grande pra cacete. Eve Polastri está agora em Moscou, falando de Konstantin Orlov com o FSB.

— Entendi.

— Entendeu? É só isso que você tem a dizer? Porra, Villanelle. Se você é boa, genial, então por que precisa se comportar desse jeito infantil e narcisista? Parece até que você quer que Polastri te pegue e te mate.

— Certo.

Ela estende a mão para pegar os analgésicos, e Anton os tira do alcance dela.

— Já tomou demais. Se estiver sentindo dor, quero que entenda que a culpa é toda sua. Desse drama todo que você cria. Lanchas, títulos aristocráticos inventados, vibradores explosivos... Porra, Villanelle, você não está numa série de TV.

— Sério? Achei que estivesse.

Ele joga a mala em cima da cama.

— Roupas novas, passaporte, documentos. Quero você em Londres e pronta para trabalhar ainda esta semana.

— E o que vou fazer lá?

— Botar um fim nessa palhaçada de uma vez por todas.

— Em que sentido?

— Você vai matar Eve.

Acompanhada pelos homens que estavam na van do FSB, Eve entra no edifício. O interior não é tão escuro quanto parecia por fora. De um lado, atrás de uma escrivaninha de aço maltratada, está sentado um oficial fardado que come um sanduíche de almôndegas à luz de uma luminária. Quando entram, o homem levanta os olhos e larga o sanduíche.

— *Angliskiy spion* — diz o homem da boina de couro, botando um documento amassado na mesa.

O oficial olha para Eve, pega calmamente um carimbo, umedece em uma almofada de tinta violeta de um estojo de metal e aplica a impressão no documento.

— *Tak* — diz ele. — *Dobro pozhalovat' na Lubyanku.*

— Ele disse: "Bem-vinda a Lubyanka" — avisa Boina de Couro.

— Diga que eu sempre quis conhecer esse lugar.

Nenhum dos dois sorri. O oficial tira do gancho um telefone de mesa antigo e disca um ramal de três dígitos. Um minuto depois, dois homens corpulentos com calças de estilo militar e camiseta chegam, olham para Eve de cima a baixo e fazem um gesto para que ela os acompanhe.

— Estou sem sapato — diz ela a Boina de Couro, apontando para os pés sujos e descalços, e ele dá de ombros. O oficial sentado já voltou a comer o sanduíche.

Ela acompanha os dois sujeitos por um corredor comprido e de cheiro forte, passa por uma porta dupla e sai para um pátio cheio de bitucas de cigarro. Prédios altos, alguns de tijolo amarelado, outros com fachada de cimento manchado pelas intempéries, cercam o pátio por todos os lados. Funcionários de uniforme e à paisana apoiados nas paredes, fumando, olham para Eve com expressões vazias quando ela passa. Os dois homens a conduzem até uma porta baixa.

Essa porta dá para um salão com piso de azulejos e uma mesa comprida onde dois oficiais estão recostados, usando quepes enormes inclinados sobre as cabeças raspadas. Um levanta o olhar rapidamente quando eles entram e logo volta a olhar uma revista de fisiculturismo. O outro se levanta sem pressa e, indo em direção a Eve, indica que ela precisa colocar todos os seus pertences em uma bandeja de plástico que está na mesa. Ela obedece, desfazendo-se do relógio, do celular, do passaporte, da chave do hotel e da carteira. Depois, ela é obrigada a tirar o casaco, e passam um detector de metais portátil. Ela pede o casaco de volta, mas não o recebe, e acaba tremendo de frio com o suéter fino, o colete e a calça jeans.

Do salão de entrada, ela é levada por um lance de escadas que sobe para um patamar pequeno. A partir dali, um corredor escuro com paredes de concreto conduz ao interior do edifício. Os homens andam a passo rápido, determinado, e em silêncio. Eles têm pescoço largo, e o cabelo é raspado na nuca. *Homens-porcos*, pensa Eve. Uma dor crescente no calcanhar direito indica que ela pisou em algo afiado. Os homens-porcos percebem que ela está mancando, mas não diminuem o ritmo.

— *Pozhalusta* — diz ela. — Por favor.

Eles a ignoram, e a esperança de Eve de que a situação toda seja um teatro, feito para levá-la até o contato de Richard, começa a fraquejar. O corredor dobra algumas vezes em ângulos retos, e cada mudança de direção oferece uma vista idêntica de lâmpadas expostas e paredes de concreto. Por fim, chegam a um átrio e um elevador de serviço grande. O ar fede a lixo e decomposição; Eve engasga com o cheiro. Tudo isso parece um péssimo sinal. Será que ela está sendo presa? Será que acham mesmo que ela é uma *spion*, uma espiã?

*Você é uma espiã*, murmura uma voz interior. *É o que você sempre quis. Você está aqui porque decidiu vir. Porque, apesar de recomendações mais sensatas, insistiu. Você quis.*

— Por favor — repete ela, com um russo trôpego, suplicante. — Aonde estamos indo?

Os homens-porcos de novo a ignoram. Seu calcanhar está doendo muito, e a dor sobe pela perna feito uma faca. Mas isso não é nada em comparação com o medo. Um dos homens chama o elevador, e se ouve um barulho mecânico distante. Eve está tremendo. A possibilidade de estabelecer alguma autoridade sobre a situação evaporou. Ela se sente completa e silenciosamente vulnerável.

As portas do elevador de serviço se abrem com um rangido metálico e Eve é conduzida para dentro. As portas se fecham, o elevador começa a descer, vagarosa e arduamente, e os homens-porcos se recostam nas paredes amassadas com braços cruzados e rostos inexpressivos. De algum ponto no edifício, Eve capta uma pulsação mecânica. Começa fraca, mas vai ficando mais alta à medida que o elevador desce. O barulho vira um rugido, que faz o elevador tremer. Ela crava as unhas na mão. *Estamos no século XXI*, diz para si mesma. *Sou uma inglesa casada, com crediário na Debenhams e um quilo de tagliatelle fresco no congelador. Vai ficar tudo bem.*

*Não*, sussurra a voz. *Porra nenhuma. Você é uma espiã ridiculamente amadora, que deu um passo absurdamente maior que as pernas, e agora vai pagar o preço das suas fantasias. Esse pesadelo é real. Está acontecendo mesmo.*

As portas finalmente se abrem. Eles saem para um átrio idêntico ao que deixaram há alguns minutos. A luz é de um tom sulfuroso de mostarda, e o barulho, implacável e pavoroso, vem de todos os lados. Os homens-porcos conduzem Eve para mais um corredor, e ela os acompanha como pode. Se o trajeto é tenebroso, ela tem certeza de que a chegada vai ser pior.

Dez minutos depois, está completamente desorientada. Tem a sensação de que estão no subterrâneo, mas nada além disso. O estrondo mecânico ficou mais baixo, mas ainda audível, e o lugar parece ter outros ocupantes. Ela escuta portas batendo e rangendo, e um som fraco que parece de gritos. Eles viram em uma curva. Ali, o piso é de azulejos e as paredes descascadas são coloridas por aquela luz horrível cor de mostarda. No fim do corredor há uma porta aberta, e os guardas param por tempo suficiente para que Eve olhe do lado de dentro. À primeira vista, o interior parece um vestiário com chuveiros, um piso torto de concreto, um ralo e uma mangueira enrolada. Mas três das paredes são acolchoadas, e a quarta é feita de pau a pique.

Antes que Eve tenha tempo de imaginar o que esse cômodo insinua, ela é levada para uma fileira de celas com portas reforçadas e portinholas de observação. Os homens-porcos param na frente da primeira dessas celas e abrem a porta. Do lado de dentro há uma pia de pedra, um balde e um banco baixo junto à parede. No banco há um colchão de palha imundo. A iluminação vem de uma lâmpada de baixa potência protegida por uma grade de metal. Boquiaberta e incrédula, Eve se deixa ser empurrada para dentro. Atrás dela, a porta se fecha.

Depois de trancar a porta atrás de si e passar o ferrolho no apartamento de Paris, Villanelle larga a mochila e se encolhe feito uma gata em uma poltrona de metal cromado e couro cinza. Com os olhos parcialmente fechados, ela observa seu entorno. Acabou ficando muito apegada ao verde-água calmante das paredes, aos quadros velhos anônimos e à mobília que já foi cara. Para além da janela de vidro temperado, cercada por cortinas pesadas de seda, jaz a cidade, silenciosa à luz do crepúsculo. Ela contempla por um instante o brilho sutil das luzes da Torre Eiffel e enfia a mão na mochila para pegar o celular. A mensagem de texto continua ali, claro. O código de eliminação de uso único que só precisava de uma tecla para ser enviado.

Elas estavam juntas na cama em Veneza quando Lara mostrou o celular para Villanelle.

— Se você receber essa mensagem algum dia, é porque fui capturada e acabou.

— Isso não vai acontecer — respondeu Villanelle.

Mas aconteceu, e ali está a mensagem de texto. "Eu te amo."

Villanelle sabe que Lara a amava mesmo. E ainda ama, caso esteja viva. E, por um instante, ela inveja essa capacidade. Essa habilidade de compartilhar da felicidade de outra pessoa, sofrer com as dores, voar nas asas de emoções verdadeiras em vez de passar a vida fingindo. Mas que perigo, que falta de controle e, em última análise, que trivial. É muito melhor ocupar a cidadela pura e glacial da individualidade.

Mas é ruim que Lara tenha sido capturada. Muito ruim. Villanelle se levanta da poltrona de couro cinza, vai até a cozinha e pega uma garrafa de champanhe rosé Mercier e uma tulipa resfriada na geladeira. Dali a trinta e seis horas, ela viaja para Londres. Há planos a fazer, e são planos complexos.

Na cela de Eve, a luz pisca e se apaga. Ela não faz ideia da hora, nem se é noite. Nenhum guarda apareceu com comida, e, embora sua barriga doa de fome, ela também está desesperada para evitar a vergonha de evacuar dentro do balde. A sede a obrigou a beber uns goles na bica da pia. A água é turva e tem gosto de ferrugem, mas Eve já nem se importa mais.

Parece que passou horas deitada no banco duro, com a mente ora saindo por tangentes frenéticas, ora mergulhando em um miasma de desesperança. De vez em quando, ela é tomada por acessos de tremedeira, provocados não pelo frio, embora esteja frio e seu suéter seja terrivelmente fino, mas pelo embaralhamento constante das lembranças do que aconteceu no metrô. Nada na vida a preparou para o sopro de uma bala raspando em seu cabelo. Para a imagem de um rosto implodido e miolos espalhados. Quem era aquele homem, aquele idoso de olhos claros, cujo último ato em vida foi sorrir para uma desconhecida? Quem era o homem que ela matou? *Porque eu de fato o matei*, diz Eve para si mesma. *Ele foi morto pela minha autoconfiança imbecil e indevida, como se eu mesma tivesse apertado o gatilho.*

Ela se levanta no escuro, sofre mais um surto de tremedeira e manca pela cela, tentando não pensar na provável infecção do calcanhar. Não consegue dormir. A barriga está se contorcendo de fome, o banco é duro, e o colchão fede a vômito e merda. Ela vai até a porta. A gritaria aleatória que antes parecia distante agora está mais próxima. Uma expressão, não muito inteligível, é repetida continuamente por uma voz masculina. Outras respondem com raiva. Começa um gemido baixo, que é interrompido de repente.

Esgotada, Eve levanta o painel pequeno de madeira na porta — com largura suficiente para deslizar uma tigela de comida — e olha para fora. No final do corredor, na direção de onde foi trazida, piscam umas luzes fracas. A gritaria recomeça, a mesma expressão ininteligível dita com um ronco furioso e desesperado. Recebe as mesmas respostas, e o mesmo gemido interrompido bruscamente. Eve fica com a impressão de que está ouvindo uma gravação, um áudio em *loop*. Mas, se for isso, por quê? De que adiantaria? É para intimidá-la? Não tem muita necessidade disso.

De repente ela vê um vulto aparecer em seu campo de visão periférica e começar a descer o corredor em sua direção. Ao vê-lo, Eve começa a tremer de novo. Um homem de uns quarenta anos, com cabelo castanho ralo, de macacão, avental grande de couro e botas de borracha.

Quando ele passa por sua porta, Eve abaixa a portinhola até deixar só uma fresta aberta. Ela não consegue parar de olhar, e não consegue parar de tremer. Andando com o jeito calmo de um médico fazendo a ronda no hospital, o homem entra na sala com a mangueira, o ralo e o piso torto. Depois de mais ou menos um minuto, os dois homens-porcos aparecem na outra extremidade do corredor e destrancam a porta de uma cela. Eles entram, saem carregando um sujeito magro de olhar perdido, vestido com terno e camisa, passam com ele pela porta de Eve e vão para a mesma sala.

Pouco depois, eles saem sem o sujeito, e Eve se encolhe no chão da cela, fechando os olhos com todas as forças e cobrindo as orelhas com as mãos. Mesmo assim, ela escuta os tiros. Dois, separados por um intervalo de segundos. E ela fica tão apavorada que não consegue mais pensar, nem respirar, nem controlar nenhuma parte de si, e só lhe resta ficar deitada ali, tremendo na escuridão.

De alguma forma, provavelmente por absoluta exaustão, ela adormece, até ser despertada por batidas na porta de sua cela. As luzes estão acesas de novo, e ela sente um cheiro sutil de carne cozida. Nessa hora, sua única certeza é a fome. Ela vai mancando até a portinhola de comunicação, com a boca seca e a barriga se retorcendo.

— *Da?*
— *Zavtrak!* — grunhe uma voz. — Café da manhã.

E então a portinhola se abre e uma caixa vermelha é empurrada para dentro por uma mão grande e peluda. É um McLanche Feliz do McDonald's, e parece que ainda está quente. A caixa é seguida de uma lata de energético da marca Russian Power. Eve olha para esses luxos com incredulidade antes de abrir desesperadamente a caixa do McDonald's e, com dedos trêmulos, devorar o conteúdo. Na caixa do hambúrguer e batata frita há um brinquedo embrulhado em papel celofane. Uma chaleirinha de plástico com o rosto da Hello Kitty.

Eve esfrega os dedos sujos de sal e gordura na calça jeans, abre a lata de Russian Power e engole o máximo possível antes de se recostar, arfante, no banco. Nada mais faz sentido. Ela arrasta o balde até a porta para que ninguém a veja pela portinhola, urina, e em seguida despeja o líquido na pia e lava as mãos e o balde com a água marrom fraca da bica. Suas entranhas produzem um grunhido de alerta, mas fazer cocô no balde é uma indignidade para a qual ela ainda não está preparada, embora já tenha se conformado com o fato de que esse momento é inevitável. Ela vira o pacote de batatas fritas do avesso para lamber os resquícios de sal e bebe um gole pequeno de Russian Power. Será que isso foi uma última refeição antes de ela ser arrastada para a sala com o piso de concreto, a mangueira e o ralo? *Me desculpa, Niko, meu amor. Me desculpa mesmo.*

A porta se abre de repente. São os dois homens-porcos. Eles indicam que ela deve se aproximar, e ela vai mancando, com a mão bem fechada em volta da chaleirinha no bolso. Quando passam direto pela sala do abatedouro, o coração de Eve está batendo com tanta força que chega a doer. Mas, em vez de seguirem pelo corredor, os dois abrem a porta de uma cela, e do outro lado há um elevador. Não a jaula de serviço imunda em que ela desceu, mas um elevador social típico de hotel, com interior de aço escovado. Ele sobe em silêncio e sem solavancos até um meio-andar, e um lance curto de escadas leva até o átrio com piso de azulejos, onde os mesmos oficiais de quepes grandes estão sentados atrás da mesa comprida. Em cima da mesa, a parca e a bandeja com os pertences de Eve a aguardam.

Olhando nervosa para os oficiais, que mal atentam para sua presença, ela veste o casaco, feliz pelo calor e pela chance de cobrir o suéter sujo. Em seguida, se apressa a enfiar nos bolsos o passaporte, o relógio, o celular, as chaves e o dinheiro.

— *Obuv* — diz um dos homens-porcos, apontando com o pé um par de botas de inverno de cano curto com pele de coelho.

Agradecida, Eve calça os sapatos. Que cabem perfeitamente.

— Ok — diz o outro homem-porco, voltando na direção da escada e do elevador. — Vem.

Eles sobem alguns andares e saem para um piso de taco e tapetes desgastados da cor de fígado cru. No final do corredor, uma porta de madeira está entreaberta. Do outro lado, a sala está imersa em sombras. As janelas altas são cercadas por cortinas neutras. Atrás de uma escrivaninha de mogno, um homem grisalho de ombros largos está encurvado sobre um notebook.

— Dá para acreditar na Kim Kardashian? — diz ele, fazendo um gesto com a mão para dispensar os homens-porcos. — Não é possível que uma pessoa tenha um corpo naquele formato.

Eve o observa. Ele provavelmente tem cinquenta e poucos anos, com cabelo curto e um sorriso elegante e mordaz. O terno parece feito sob medida.

Ele fecha o notebook.

— Sente-se, sra. Polastri. Meu nome é Vadim Tikhomirov. Deixe-me pedir um café para você.

Eve se deixa cair na cadeira oferecida, murmurando um agradecimento confuso.

— Café com leite? Americano?

— É, tanto faz.

Ele aperta um botão de intercomunicação no telefone.

— *Masha, dva kofe s molokom...* Você gosta de rosas, sra. Polastri? — Ele se levanta, atravessa a sala até uma mesa lateral com um vaso de rosas vermelhas, pega uma e entrega para ela.

— Elas se chamam *Ussurochka*. São cultivadas em Vladivostok. Vocês têm flores de corte no seu escritório da Goodge Street?

Eve inspira a fragrância intensa e oleosa da rosa.

— Talvez fosse bom ter. Vou sugerir.

— Você devia insistir. Com certeza Richard Edwards aprovaria o custo. Mas permita-me perguntar: o que você achou de ontem à noite?

— O que eu... *achei*?

— É um projeto de imersão *in loco* que estou desenvolvendo. A Experiência Lubyanka. Passar uma noite como prisioneiro político condenado durante o Grande Expurgo de Stálin. — Ao perceber que Eve o encara calada, ele ergue as mãos. — Talvez tivesse sido melhor se alguém explicasse antes o conceito, mas achei que seria uma oportunidade para recebermos um feedback valioso, então... o que você achou?

— Foi, francamente, a noite mais pavorosa da minha vida.

— Em um sentido ruim?

— No sentido de que achei que eu estava ficando louca. Ou prestes a ser executada.

— É, você recebeu o pacote completo Execução NKVD. Então você acha que precisa de ajustes finos? Assustador demais?

— Um pouco, talvez.

Ele assente.

— É complicado, porque, ao mesmo tempo que este é um espaço de polícia secreta em plena atividade, também dispomos de recursos históricos excepcionais. São tantas celas subterrâneas de tortura e execução que seria uma loucura não tirar proveito disso. E temos ótimos atores, com certeza. Nesta organização nunca faltou pessoas que gostam de se fantasiar de farda e assustar gente.

— Imagino.

— Pelo menos você sobreviveu à noite. — Ele dá uma risadinha. — Nos tempos de antigamente, suas cinzas teriam virado adubo.

Eve apalpa o caule da rosa com os dedos.

— Bom, fiquei apavorada de verdade, ainda mais depois que alguém de fato tentou me matar ontem, como você já deve saber.

Ele faz que sim.

— Estou ciente e já vou entrar nessa questão. Diga, como vai Richard?

— Ele está bem. E manda lembranças.

— Excelente. Espero que estejamos dando trabalho para ele na seção da Rússia.

— Bastante. Ele explicou o motivo por que eu queria vir aqui?

— Explicou. Você quer me perguntar, entre outras coisas, sobre Konstantin Orlov.

— Isso. Especificamente, o final da carreira dele.

— Bom, vou fazer o possível.

Tikhomirov se levanta e vai até a janela. Ele está de costas para ela, envolto pelos raios oblíquos de luz clara. Alguém bate à porta e um rapaz de calças de estilo militar e camiseta justa entra trazendo uma bandeja e colocando-a em uma mesa lateral.

— *Spasiba, Dima* — diz Tikhomirov.

O café é raivosamente forte e, ao se espalhar pelo corpo de Eve, produz uma ligeira trepidação de otimismo. A névoa de impotência e vergonha em que esteve imersa nas últimas vinte e quatro horas se dissipa.

— Diga — pede ela.

Ele assente, percebendo sua mudança de humor. Já de volta à escrivaninha, Tikhomirov assume uma postura lânguida, mas de olhar atento.

— Você ouviu falar de *Dvenadtsat*. Os Doze.

— Ouvi, sim. Mas nada muito além do nome.

— Acreditamos que eles tenham nascido como uma das sociedades secretas que surgiram durante o governo de Leonid Brezhnev, no final da era soviética. Uma cabala de agentes dos bastidores que previram o fim do comunismo e queriam construir uma nova Rússia, livre das velhas ideologias corruptas. Na opinião deles.

— Parece razoável.

Tikhomirov dá de ombros.

— Talvez. Mas a história, como tantas vezes acontece, tinha outros planos. As políticas de Bóris Iéltsin no começo dos anos 1990 enriqueceram um punhado de oligarcas, fizeram o país diminuir e empobrecer. Foi ali que, pelo que parece, os Doze entraram para a clandestinidade e começaram a se transformar em uma organização bastante diferente. Uma que fazia as próprias regras, aplicava a própria justiça e buscava seus próprios interesses.

— Que eram?

— Você sabe alguma coisa de teoria das organizações?

Eve balança a cabeça.

— Existe uma escola de pensamento que defende que, mais cedo ou mais tarde, independentemente dos princípios fundadores, a maior preocupação de qualquer organização passa a ser a garantia da própria sobrevivência. Com isso em vista, ela adota uma atitude agressiva e expansionista, que acaba por defini-la.

Eve sorri.

— Como...

— Isso, como a própria Rússia. Como qualquer corporação ou Estado que se percebe cercado por inimigos. E foi nesse momento, acredito eu, que Konstantin Orlov foi recrutado pelos Doze. O que é perfeitamente lógico, porque a essa altura os Doze tinham seu próprio Diretorado S, ou um equivalente, e precisavam de alguém como Orlov, com as perícias altamente especializadas necessárias para chefiá-lo.

— Então você está querendo dizer que os Doze são uma espécie de Estado russo secreto?

— Não exatamente. Acredito que seja uma forma nova de cripto-Estado sem fronteiras, com economia, estratégia e política próprias.

— E existe para que propósito?

Tikhomirov dá de ombros.

— Proteger e promover seus interesses.

— E como alguém entra? Como alguém se torna parte dessa organização?

— Pagando, com o que tiver a oferecer. Dinheiro, influência, posição...

— Que ideia mais esquisita.

— Estamos vivendo tempos esquisitos, sra. Polastri. Como ficou confirmado quando vi Orlov este ano.

— Você o viu? Onde?

— Em Fontanka, perto de Odessa. O SVR, nossa agência de inteligência doméstica, executou a operação contra ele que acabou, lamentavelmente, com sua morte.

— Na casa de Rinat Yevtukh?

— Isso mesmo. O FSB forneceu informações e pessoal para aquela operação e, em troca, fui convidado a interrogar Orlov. Ele não me contou nada, claro, e eu não esperava que contasse. Ele era antiquado. Preferia morrer a trair seus patrões, ou os

assassinos que havia treinado para eles. O irônico, claro, é que eles o mataram.
— Tem certeza disso?
— Bastante. Os Doze devem ter percebido bem rápido que Orlov não tinha sido capturado só para render um resgate para uns gângsteres locais. Devem ter visto pistas do SVR na história toda. E devem ter liquidado Orlov para o caso de ele falar.
— Então por que Yevtukh foi morto?
— Se foi, talvez tenha sido pela colaboração, voluntária ou não, com o SVR.
— Então você tem algum interesse pelo caso de Yevtukh? Em saber quem exatamente o matou?
— Estamos acompanhando as informações, sim.
— Richard chegou a comentar que temos uma ideia de quem foi a pessoa responsável?
— Não, ele não me falou. — Tikhomirov parece pensativo.
— Deixe-me fazer uma pergunta, sra. Polastri. Você conhece a expressão "canário na mina de carvão"?
— Vagamente.
— Antigamente, aqui na Rússia, os trabalhadores nas minas de carvão levavam um canário em uma gaiola sempre que iam cavar um veio novo. Canários são bastante sensíveis aos gases metano e dióxido de carbono, então os trabalhadores sabiam que, enquanto o canário estivesse cantando, o lugar era seguro. Mas, se o canário se calasse, sabiam que precisavam evacuar a mina.
— É uma história fascinante, sr. Tikhomirov, mas por que é que você está me contando isso?
— A senhora já se perguntou por que o MI6 a designou para investigar uma grande conspiração internacional? Peço que me perdoe, mas a senhora não tem lá muita experiência nessa área.
— Pediram que eu investigasse uma certa assassina. Uma mulher. E tenho algumas linhas que podem levar à identificação dela. Fui a pessoa que chegou mais perto de conseguir.

— Daí o atentado contra a sua vida ontem.
— Talvez.
— Não tem nada de "talvez" nisso, sra. Polastri. Felizmente, tínhamos gente de olho em você.
— É, eu vi.
— Você viu os que nós queríamos que você visse. Mas tínhamos outros, e eles interceptaram e capturaram a mulher que tentou matá-la.
— Quer dizer que vocês a pegaram?
— Sim, ela está em nosso poder.
— Aqui? No Lubyanka?
— Não, em Butyrka, a alguns quilômetros daqui.
— Meu Deus. Posso vê-la? Posso interrogá-la?
— Lamento, mas não será possível. Duvido que ela sequer tenha sido fichada ainda. — Tikhomirov pega um abridor de cartas prateado em forma de adaga e o gira nos dedos. — Além do mais, o fato de ela ter sido capturada não significa que a senhora esteja fora de perigo. E foi por esse motivo que insisti que você fosse trazida para cá ontem, para passar a noite como nossa convidada.
— Vocês têm o nome dessa mulher?
Ele abre uma pasta na escrivaninha.
— O nome dela é Larissa Farmanyants. É o que chamamos de torpedo, uma atiradora profissional. Devem ter tirado fotografias novas durante o processamento dela em Butyrka, mas ainda não mandaram, então imprimi uma foto antiga de jornal para a senhora.
Três mulheres jovens em cima de um pódio cerimonial, em um estádio esportivo ao ar livre. Elas estão vestidas com agasalho fechado até o pescoço, segurando buquês de flores, e com medalhas e fitas penduradas no pescoço. A legenda da agência de notícias Tass as identifica como medalhistas de um evento de tiro esportivo nos Jogos Universitários, seis anos atrás. Larissa Farmanyants, representando a Academia Militar Kazan, levou

o bronze. Loura, de rosto largo e anguloso, ela está com o olhar fixo em um ponto a uma distância média.

Eve a observa, abalada. Essa pessoa, uma jovem que ela nunca viu na vida, tentou matá-la. Tentou meter uma bala na sua cabeça.

— Por quê? — murmura ela. — Por que aqui? Por que agora? Por que *eu*?

Tikhomirov olha para ela com uma expressão neutra.

— Você ultrapassou os limites. Fez o que ninguém imaginou que conseguiria, ou tentaria. Você chegou perto demais dos Doze.

Eve pega a foto impressa da Tass.

— Essa Larissa pode ser uma das duas que mataram Yevtukh em Veneza. Temos imagens de uma câmera de segurança.

Em resposta, Tikhomirov tira outra folha de papel da pasta e entrega para Eve. É uma reprodução idêntica da que Billy imprimiu em Goodge Street.

— Já vimos essas imagens — diz ele. — E concordamos.

— E a outra mulher?

— Não sabemos, mas gostaríamos muito de saber.

— Queria poder ajudá-los.

— Sra. Polastri, você nos ajudou muito mais do que imagina. E somos gratos.

— E agora, o que acontece?

— Na primeira oportunidade, vamos colocá-la em um avião para casa, usando um nome falso, como fizemos com seu colega ontem. — Ele entrega a pasta para Eve. — Isto é para você. Leia durante o voo. Entregue para o comissário de bordo antes de sair do avião.

Ela pega a foto da agência Tass e está prestes a enfiá-la na pasta quando algo a interrompe. Durante quase quinze segundos, ela fica olhando incrédula para a imagem das medalhistas.

— A que ganhou o ouro — diz ela, lendo a legenda. — Oxana Vorontsova, aluna da Universidade de Perm. O que vocês sabem dela?

Tikhomirov franze o cenho e abre o notebook. Seus dedos batem no teclado.
— Está morta — responde ele.
— Tem certeza? — pergunta Eve, de repente sem fôlego.
— Tem cem por cento de certeza absoluta?

Tikhomirov cumpre o que disse. Ele deixa Eve almoçar no refeitório do Lubyanka e depois a leva a um Mercedes com película nas janelas que está esperando na entrada do complexo do FSB na rua Furkasovsky. No banco traseiro, ela vê sua mala, que foi recolhida no hotel. Em uma hora, ela chega ao aeroporto Ostafyevo e passa na fila prioritária pelos procedimentos de alfândega e segurança com a ajuda do motorista do Mercedes, um rapaz de terno que os funcionários do aeroporto imediatamente tratam de forma respeitosa. Ele conduz Eve até uma área de espera da primeira classe e faz companhia a ela com discrição, mas vigilante, até anunciarem seu voo. Quando Eve sai, junto de uma dúzia de executivos da Gazprom, ele lhe entrega um envelope.
— Do sr. Tikhomirov — diz ele.

O interior do jatinho Dassault Falcon é de um luxo chocante, e Eve relaxa satisfeita no assento. O voo atrasa, e o sol já se pôs quando a aeronave finalmente decola, vira para a esquerda acima das luzes de Moscou e segue rumo a Londres. Exausta, Eve dorme durante uma hora e acorda com um sobressalto ao ver um comissário de bordo ao seu lado, servindo copos resfriados de vodca Black Sable.

Ela toma um gole demorado, sente o líquido gelado se espalhar por suas veias e inclina a cabeça para a janela e para a escuridão do exterior. *Faz só quarenta e oito horas que eu estava voando no sentido contrário,* pensa ela. *Eu era uma pessoa diferente. Alguém que não tinha escutado o suspiro de uma bala disparada com silenciador. Alguém que não tinha visto o rosto de um homem implodir.*

*Não dá para continuar. Preciso recuperar minha vida. Preciso recuperar meu marido. Preciso de rotina, de coisas e lugares familiares, de uma mão para me apoiar em calçadas congeladas, de um corpo quente para ficar ao meu lado à noite. Vou compensar, Niko. Prometo. Por todas as noites que passei cochichando no celular e olhando a tela do notebook. Por todos os segredos que guardei, por todas as mentiras que contei, por todo o amor que não dei.*

Ela enfia a mão na bolsa em busca do celular, decidida a escrever uma mensagem para Niko, mas seus dedos encontram o envelope de Vadim Tikhomirov, que ela se esqueceu de abrir. Dentro dele há só uma folha de papel. Nenhuma mensagem, só um desenho simples em caneta preta de um canário em uma gaiola.

O que Tikhomirov quis dizer? O que ele não está dizendo, e por quê? Quem, ou o que, é o canário?

E aquela mulher da fotografia. Não Larissa Farmanyants, mas Oxana Vorontsova, a medalhista de ouro da Universidade de Perm. Morta, segundo as informações do FSB, mas uma sósia da mulher que ela viu em Xangai na noite em que Simon Mortimer foi morto. Ou será que sua imaginação está fazendo uma associação que simplesmente não existe? Afinal, ela só viu a mulher por um instante. Eve faz uma careta de frustração. Nada faz muito sentido. Se antes o problema era uma escassez de informações, agora ela tem informações demais.

Pelo menos isso não tem mais importância. Pelo menos ela vai marcar uma reunião com Richard Edwards na segunda-feira de manhã e admitir para ele o que finalmente admitiu para si mesma, que deu um passo maior que as pernas. Que decidiu sair de Goodge Street, do MI6, de toda essa confusão tóxica e assustadora, e retomar sua vida.

No aeroporto London City, ela envia uma mensagem criptografada para Richard avisando que está de volta e pega o metrô para ir para casa. A bateria do celular está acabando, e ela está morta de fome e precisa desesperadamente que Niko esteja em casa, de preferência cozinhando e com uma garrafa de vinho aberta. Na estação de Finchley Road, ela puxa a mala escada acima até a saída. Na rua, as calçadas estão brilhosas pela chuva, e ela abaixa a cabeça e anda meio correndo pela noite iluminada. Ao entrar na rua de sua casa, ouvindo as rodinhas da mala girando e derrapando atrás de si, ela vê a van à paisana estacionada um pouco depois de sua porta e, pela primeira vez, sente verdadeira gratidão pela presença de seus vigias. E então, ao ver que seu apartamento está com as luzes apagadas, ela diminui o passo. Dentro de casa, o ar está parado e frio, como se há muito não fosse perturbado. Na mesa da cozinha, uma carta está presa embaixo de um vaso de rosas brancas mortas, e as pétalas caídas cobrem as palavras.

*Tomara que sua viagem tenha sido boa, embora eu não tenha expectativa de saber dos detalhes. Peguei o carro e as cabras e fui ficar com Zbig e Leila. Não sei por quanto tempo. Espero que o suficiente para você decidir se quer que a gente continue casado.*

*Eve, não dá para continuar assim. Nós dois sabemos quais são os problemas. Ou você decide viver no meu mundo, onde as pessoas têm trabalhos normais e os casais dormem juntos, comem juntos e saem juntos com amigos, o que, sim, pode ser que às vezes seja meio sem graça, mas pelo menos ninguém é degolado, ou você decide continuar do seu jeito, sem me contar nada, trabalhando noite e dia para perseguir sei lá o quê ou quem, e, se for assim, lamento, mas estou fora. Simples assim. Você escolhe. N.*

Eve olha a carta por alguns instantes e em seguida volta para a porta de casa, tranca e passa o ferrolho. Uma rápida exploração pela cozinha rende uma lata de sopa de tomate, três chamuças murchas dentro de um saco orduroso, e um iogurte vencido de mirtilo. Ela engole as chamuças e o iogurte enquanto a sopa esquenta no fogão. Como se fosse uma crítica ao seu jeito bagunceiro habitual, Niko deixou a casa em perfeita ordem. No quarto, a cama está feita e as persianas, baixadas. Ela pensa em encher a banheira, mas desiste; está cansada demais para pensar, que dirá para se enxugar. Depois de colocar o telefone para carregar, ela tira a Glock automática da gaveta na mesa de cabeceira e enfia embaixo do travesseiro. Em seguida, tira a roupa, larga tudo amontoado no chão, sobe na cama e adormece imediatamente.

Eve acorda por volta das nove e meia com o barulho do fax que Richard insistiu que ela instalasse, com o argumento de que supostamente é mais seguro do que e-mails codificados. É um convite rabiscado às pressas para uma exibição particular em uma galeria de arte de Chiswick, no oeste de Londres, onde, a partir de meio-dia, a esposa de Richard — Amanda — vai exibir seus quadros e desenhos. "Venha se estiver livre, que podemos conversar", conclui Richard.

 Chiswick fica a pelo menos uma hora de distância, e Eve não está com muita vontade de fazer a viagem, mas vai ser uma oportunidade para informar Richard de sua decisão em um ambiente neutro. "Até mais tarde", responde ela por fax, para então se arrastar de volta para a cama e se enfiar debaixo do lençol por mais uma hora. O medo, pelo que ela está aprendendo, não é uma constante. Ele vai e vem, chega com tudo em momentos aleatórios com uma brutalidade paralisante, e depois recua, como uma maré, ao ponto de ela mal perceber sua existência. Na cama, ele assume a forma de um nervosismo irrequieto, insistente o bastante só para não a deixar dormir.

 O desejo de tomar café da manhã finalmente acaba vencendo, e ela veste um conjunto de moletom, coloca a Glock dentro da bolsa e sai para o Café Torino, na Finchley Road. Os vigias de Richard devem saber o que estão fazendo, certo? E, se não

souberem, se ela for derrubada por um torpedo, vai ser com um cappuccino grande e um *cornetto alla Nutella* na barriga.
Saciado o apetite, ela liga para o número de Niko. Quando ninguém atende, ela fica ao mesmo tempo frustrada e aliviada. Quer dizer para ele que vão resolver as coisas, mas não está preparada para enfrentar a intensidade da conversa. Eve sai da cafeteria e vai andando sem pressa até a estação de metrô. É um dia de sábado perfeito, limpo e frio, e ela imagina seus observadores invisíveis vindo logo atrás. Dentro do trem meio vazio, ela folheia um exemplar descartado do *Guardian*, lendo resenhas de livros que nunca vai comprar.
A galeria em Chiswick é difícil de achar, identificada apenas por uma placa prateada pequena na porta. É situada no térreo de uma casa georgiana, com uma fachada ensolarada de tijolos e janela de assento larga com vista para o Tâmisa. Assim que entra, Eve se sente deslocada. Os amigos de Richard têm aquele ar de privilégio casual que rechaça forasteiros de forma discreta, mas inconfundível. Durante uns bons minutos, ninguém vai falar com ela, então Eve faz cara de profundo interesse nas obras de arte exibidas. As aquarelas e os desenhos são competentes e inofensivos. Paisagens de Cotswolds, barcos ancorados em Aldeburgh, uma menina com chapéu de palha passando férias na França. Há um retrato em desenho, muito bem-feito, de Richard. Eve está admirando este quando uma mulher de porte delicado e olhos claros como vidro marinho aparece ao seu lado.
— E aí, o que você acha? — pergunta ela.
— É muito parecido com ele. — diz Eve. — Bondoso, mas difícil de interpretar. Você deve ser Amanda.
— Isso. E você, imagino, é Eve. A respeito de quem não se pode conversar.
— Como assim?
— Richard fala bastante de você. Acho que ele não tem muita noção da frequência. E, óbvio, sendo questão de sigilo oficial, não pergunto nada. Mas sempre tive certa curiosidade.

— Acredite, não sou nada misteriosa.

Amanda oferece um sorriso fraco.

— Vou pegar algo para você beber.

Ela chama Richard, que está circulando com uma garrafa de *prosecco* enrolada em um guardanapo. Considerando o estilo discreto que ele usa no trabalho, é desconcertante vê-lo com um conjunto extravagante de camisa de linho rosa desabotoada e calça de sarja.

— Ah — diz ele. — Vocês já se conheceram. Excelente. Vou buscar uma taça para Eve.

Richard se afasta, e Amanda faz menção de endireitar um quadro. Ela mal encosta na moldura, mas o gesto chama a atenção de Eve para a aliança de platina com um diamante baguete reluzente.

— Não estou dormindo com seu marido — diz Eve. — Caso você queira saber.

Amanda ergue uma sobrancelha.

— Fico feliz. Você está longe de fazer o tipo dele, mas a gente sabe como os homens são preguiçosos. Aceitam qualquer coisa que estiver mais perto.

Eve sorri.

— Parece que os quadros estão vendendo bem — diz ela.

— Vários adesivos vermelhos.

— É mais pelos desenhos, que são mais baratos. Minha esperança é que Richard continue despejando vinho goela abaixo das pessoas. Para ver se isso ajuda a despachar alguns dos quadros.

— Você não vai sentir falta? Tantas lembranças.

— Quadros são como filhos. É bom ter pela casa, mas não necessariamente para sempre.

Richard volta com uma taça recém-lavada, que enche e entrega para Eve.

— Podemos ter uma conversa rápida? Daqui a cinco minutos?

Eve assente. Ela se vira parcialmente, mas Amanda já se afastou.

— Vou te apresentar nossa filha — diz Richard.

Chloe Edwards tem cílios longos e o físico delicado da mãe.

— Você trabalha com meu pai, não é? — pergunta ela, quando Richard se afasta. — Que legal. Minha mãe e eu nunca temos a chance de conhecer os colegas espiões dele, então me desculpe se eu tietar um pouco. Aposto que tem uma arma dentro da sua bolsa.

— Claro. — Eve sorri.

— Na verdade, pensando bem, já conheci um antes. Quer dizer, outro espião.

— Alguém que eu conheça?

— Seria muita sorte sua se conhecesse. A gente estava na nossa casa em Saint-Rémy-de-Provence, mamãe estava desenhando ou fazendo compras ou sei lá, e ele veio almoçar com a gente. Um cara mais velho, russo, com um jeitão bruto arrasador. Nossa, era um gato.

— Quantos anos você tinha?

— Ah, devia ter uns quinze. Não lembro o nome dele. Mas provavelmente era falso, né?

— Não necessariamente. É você no quadro? Com o chapéu de palha?

— Pior que é. Queria que alguém comprasse e levasse embora.

— Sério?

— É tão, tipo, garota branca de férias.

— Mas deve ser incrível ter uma casa em Provence.

— Acho que sim. O calor e o cheiro dos pés de lavanda e tal. Mas não sou muito a fim de parisienses ricos com shorts da Vilebrequin.

— Prefere um russo bruto?

— Nossa, sim, sempre.

— Você devia entrar para o Serviço, que nem seu pai. Vai conhecer vários.

— Ele diz que eu sou extravagante demais para ser espiã. Que a pessoa tem que ter, tipo, uma aparência bem comum. Do tipo que os outros passam direto na rua.

Eve sorri.

— Como eu?

— Não, não, não. *Não*. Não quis dizer...

— Não se preocupe, só estou brincando. Mas seu pai tem razão. Você é linda e devia aproveitar.

Chloe abre um sorriso.

— Você é legal. A gente pode manter contato? O papai vive falando de conhecer as pessoas certas. — Ela dá um cartão para Eve. Tem seu nome, um número de telefone e um relevo de caveira e ossos cruzados.

— Bom, não sei se sou uma das pessoas certas, mas obrigada. Você está fazendo faculdade?

— Quero estudar teatro. Vou fazer umas audições no Ano-Novo.

— Então boa sorte.

Richard passa entre os convidados, vindo na direção delas, e dá um tapinha no traseiro da filha.

— Vamos, querida, preciso conversar com Eve por uns minutos.

Chloe revira os olhos, e Eve o acompanha para fora da galeria.

A Whitlock & Jones, fornecedora de materiais farmacêuticos e médicos, é um dos estabelecimentos mais antigos na Welbeck Street, no centro de Londres. A equipe de vendedores usa jaleco branco e é conhecida pelo tato com que atende às solicitações, muitas vezes íntimas, de sua clientela. Para o vendedor Colin Dye, o dia está lento. A loja atende a vários dos especialistas cujas clínicas particulares bem equipadas ocupam a Harley Street e a Wimpole Street, ali perto, e em seus dois anos desde que começou a trabalhar na loja Dye já passou a reconhecer muitos enfermeiros que aparecem para repor o estoque de suprimentos médicos de seus chefes. Com meia dúzia ele tem intimidade até para brincar. Seu sobrenome, que em inglês soa como *die*, "morrer", sempre ajuda a quebrar o gelo.

Então, embora não conheça a moça que está vindo ao balcão, fitando os manequins de fibra de vidro equipados com cintas ortopédicas e faixas lombares, ele conhece o tipo. Maquiagem conservadora, sapatos confortáveis, uma beleza inofensiva e um ar geral de objetividade e competência.

— Como posso ajudar? — pergunta ele.

Em resposta, a mulher coloca uma lista no balcão. Kit para coleta de sangue, pinça hemostática, uma caixa para descarte de perfurocortantes e um pacote de camisinhas grandes.

— Vai dar uma festa?

— Como é?

Ela o encara. É ligeiramente estrábica, e os óculos grandes não ajudam, mas, fora isso, Dye reconhece que não é nada mal.

— Bom, é que nem aquela música... — Ele aponta para o próprio crachá. — *Live and let... Dye*.

— Você tem tudo dessa lista?

— Só um minuto.

Quando ele volta, a mulher não se mexeu.

— Lamento, mas as camisinhas só vêm em tamanho médio. Tem problema?

— Elas esticam?

Ele dá um sorriso.

— Pela minha experiência, sim.

Ela o observa com um dos olhos, enquanto o outro, de um jeito desconcertante, fita um ponto acima do ombro dele, e paga em dinheiro pelos produtos.

Ele enfia a nota fiscal na sacola da Whitlock & Jones.
— Até a próxima, quem sabe? É que nem a música... *Dye another day?*
— Não tem graça. Babaca.

Eve acompanha Richard até a rua, atravessa para o calçadão na margem do rio e desce uma rampa até um píer flutuante, onde estão atracados botes e outros barcos pequenos. A maré está baixa, e o píer balança levemente aos pés deles. O ar tem um cheiro sutil de lodo e alga, e há um tinido vagaroso das correntes dos barcos se mexendo com as ondulações do rio. Faz frio, mas parece que Richard não sente.
— É uma moça e tanto a sua filha.
— Não é? Que bom que você gostou dela.
— Gostei. — Uma brisa perturba o fino reflexo do rio. — Uma atiradora profissional tentou me matar no metrô de Moscou. Talvez eu estivesse morta, se não fosse o FSB.
— Lance me contou. Disse que vocês foram levados para o Lubyanka.
— Isso.
— Sinto muito, a situação toda deve ter sido assustadora.
— Foi. Mas claramente a culpa foi minha, por ter insistido em ir para Moscou.

Richard desvia o olhar.
— Isso agora não importa. Só me conte exatamente o que aconteceu.

Eve conta. O metrô, o Lubyanka, a conversa com Tikhomirov. Tudo.

Quando ela termina, Richard não fala nada. Ele fica quase um minuto com o olhar perdido em um barco passando lentamente perto do píer.
— Então eles prenderam essa tal Farmanyants — diz ele, enfim.

— Sim, em Butyrka. O que, imagino, não é para qualquer um.

— Não. Parece uma masmorra medieval.

— Acho seriamente que ela é uma das mulheres que mataram Yevtukh em Veneza. Tikhomirov concorda.

— Concorda, é?

— Richard, você me recrutou para descobrir quem matou Viktor Kedrin. Acredito que tenha sido uma jovem chamada Oxana Vorontsova, codinome Villanelle. Ex-estudante de linguística e campeã de tiro esportivo de Perm, condenada por triplo homicídio aos vinte e três anos. Foi recrutada e treinada por Konstantin Orlov, ex-chefe do Diretorado S do SVR, para atuar como assassina para os Doze. Ele a tirou da cadeia, forjou sua morte e criou uma série de identidades novas, até ele próprio ser morto, talvez por Villanelle. Vou enviar meu relatório completo pelo fax nas próximas quarenta e oito horas, isso se eu continuar viva até lá.

— Você acha mesmo...

— Veja pela perspectiva de Villanelle. O que eu descobri sobre ela a compromete perigosamente, e sua namorada está em Butyrka, principalmente por minha causa. Então quem você acha que é o próximo alvo?

— As pessoas que botei para vigiar você são as melhores, Eve. Prometo. Você não vai ver ninguém, mas eles estão lá.

— Espero que sim, Richard, espero mesmo, porque ela é uma máquina de matar. Estou tentando parecer calma, e estou mais ou menos mantendo o controle, na maior parte do tempo. Mas também estou morrendo de medo. Quer dizer, estou com um medo do caralho. O pavor é tanto que nem consigo pensar no perigo que estou correndo, nem em tomar as precauções necessárias, porque tenho medo de que, se eu encarar bem a situação, ou se começar a pensar nos detalhes, eu desmorone de vez. Então é isso.

Ele a observa com um ar calado de preocupação analítica.

— Não vou voltar para Goodge Street — acrescenta ela.
— Nunca mais.
— Tudo bem.
— Estou fora, Richard. É sério.
— Entendi. Mas posso fazer uma pergunta?
— Quantas você quiser.
— Onde você quer estar daqui a dez anos?
— Já fico feliz de estar viva. Se ainda estiver casada, vai ser lucro.
— Eve, não existe nenhuma garantia nessa vida, mas é mais seguro, em todos os sentidos, dentro do quartel do que fora dele. Deixe que a gente segure a tensão. Você nasceu para a vida secreta. Você vive para o trabalho de espionagem. As recompensas poderiam ser... muito boas.
— Não dá, Richard. Não aguento mais. E agora vou para casa.
Ele assente.
— Compreendo.
— Acho que não compreende, não, Richard. Mas tanto faz.
— Ela estende a mão. — Obrigada por me convidar hoje, e mande lembranças à Amanda.
De cenho franzido, ele a observa ir embora.

Com os produtos médicos da Whitlock & Jones guardados na mochila, Villanelle encontra Anton na catraca do metrô de Finchley Road. Ele parece tenso e irritadiço, e os dois mal trocaram algumas palavras quando ele se vira e a leva até uma cafeteria italiana pequena fora da estação.
Depois de pedir café para os dois, ele a conduz até uma mesa de canto.
— O melhor seria que fosse feito hoje à noite — diz ele. — O marido está fora de casa, foi se hospedar com uns amigos, e acabei de receber confirmação de que ele continua lá. A arma,

a munição e os documentos que você solicitou estão na sacola embaixo da mesa. Você também pediu um veículo, imagino que para se livrar do corpo, certo?

— É.

— Você vai encontrar uma van Citroën branca estacionada bem na frente da casa de Polastri. A chave está na sacola, junto com a arma. Avise do jeito de sempre quando o serviço estiver feito, e nos vemos em Paris.

— Ok. *Nyet problem.*

Ele a olha com irritação.

— Chega de russo. E por que você está com esses óculos ridículos? Parece uma maluca.

— Eu sou maluca. Já viu a escala de psicopatia de Hare? Sou louca de pedra.

— Só não vá estragar o serviço.

— Até parece.

— Villanelle, estou falando sério. O motivo por que ainda preciso que você termine este trabalho é porque Farmanyants estragou tudo em Moscou.

Villanelle permanece impassível.

— O que foi que deu errado?

— Não importa. O que importa é que agora dê certo.

# 8

No metrô, voltando para casa, Eve olha discretamente à sua volta. Quais desses outros passageiros são seus seguranças? Provavelmente deve ter dois, ambos armados. O casal gótico com o staffordshire bull terrier? Os sujeitos de jeito sério com camisa do Arsenal? As moças que estão cochichando sem parar no telefone?

Ela podia pedir para ir a um abrigo, mas isso só adiaria o problema. A verdade não dita, que tanto ela quanto Richard sabem, é que ela precisa forçar qualquer pretendente a assassina a se expor, e a forma mais fácil de fazer isso é continuar morando na própria casa. Enquanto isso, o edifício e as ruas vizinhas permanecerão cercadas por uma equipe protetora invisível. Se Villanelle chegar perto, a equipe vai avançar para detê-la e, se ela resistir, incapacitá-la ou matá-la imediatamente. Seja como for, Eve sabe que nunca esteve tão segura desde que começou a trabalhar para Richard.

Ela pega as chaves na bolsa, destranca a porta e entra no pequeno corredor de entrada. Após abrir a porta do apartamento térreo, ela fica imóvel por um instante, sentindo o silêncio e o ligeiro zumbido do *prosecco* nos ouvidos. E então saca a Glock e, ignorando os pulos do coração, fecha a porta atrás de si e realiza uma busca rigorosa e profissional pela residência.

Nada. Ela desaba no sofá e liga a TV, que Niko deixou sintonizada no History Channel. Está passando um documentário sobre a Guerra Fria, e um comentarista descreve a execução de treze poetas em Moscou em 1952. Eve começa a assistir, mas não consegue manter os olhos abertos, e o documentário se torna uma montagem trepidante de imagens granuladas em preto e branco e russo semi-inteligível. Minutos depois, embora mais pareça uma hora, os créditos sobem, seguidos por uma gravação antiga e chiada do hino nacional soviético. Sonolenta, Eve acompanha a melodia:

*Soyuz nerushimy respublik svobodnykh:*
*Splotila naveki velikaya Rus'!*

Letra horrível, um monte de bobagem sobre a união inquebrantável de repúblicas, mas a melodia é comovente.
— *Da zdravstvuyet sozdanny voley narodov.*
A vontade do povo. Sim, claro... Bocejando, Eve pega o controle remoto e desliga a TV.
— *Yediny, moguchy Sovetsky Soyuz!*
Ela para no meio do bocejo. Que porra é essa? Será que foi uma voz dentro de sua cabeça? Ou saiu dali do apartamento mesmo?
— *Slav'sya, Otechestvo nashe svobodnoye...*
A respiração de Eve fica paralisada de pânico. É real. É ali. É ela.

A cantoria continua, nítida e despreocupada, e Eve tenta se levantar, mas suas articulações estão travadas pelo medo, e ela perde a coordenação e cai de novo no sofá. De alguma forma, a Glock continua em sua mão. O canto para.
— Eve, pode vir aqui?

Pelo eco sutil, mas inconfundível, ela está no banheiro, e Eve é devorada por uma curiosidade que, por um instante, abafa seu terror. Impulsionando-se pela sala de estar nos fundos do apartamento, de arma na mão, ela abre a porta e é recebida pelo sopro morno e perfumado do vapor. Villanelle está deitada na banheira, vestindo apenas um par de luvas de látex. Seus olhos estão semicerrados, o cabelo é uma massa molhada e espetada, e a pele está rosada com o calor da água ensaboada. Acima dos pés dela, repousando entre as torneiras, está uma pistola Sig Sauer.

— Pode me ajudar a lavar o cabelo? Não estou conseguindo com estas luvas.

Eve a encara, boquiaberta, sentindo os joelhos trêmulos. Identifica os traços felinos e os olhos cinzentos vazios, os cortes parcialmente cicatrizados no rosto, a pequena torção estranha na boca.

— Villanelle — murmura ela.
— Eve.
— O que... por que você está aqui?
— Eu queria te ver. Já faz semanas.

Eve não se mexe. Só fica ali, sentindo o peso da Glock na mão.

— Por favor. — Villanelle pega um frasco do xampu de gardênias de Eve. — Fique calma. Ponha sua arma ali junto da minha.

— Por que você está com essas luvas?
— Perícia forense.
— Então você veio aqui me matar?
— É isso que você quer?
— Não, Villanelle. Por favor...
— Então pronto. — Ela olha para Eve. — Você não tem nenhum plano para agora à noite, ou tem?
— Não, eu... Meu marido está...

Eve olha à sua volta, freneticamente. A janela embaçada, a pia, a arma em suas mãos. Ela sabe que devia assumir o controle da situação, mas a presença física de Villanelle tem algo que a paralisa. O cabelo molhado, os cortes e hematomas manchados, o corpo pálido dentro da água fumegante, o esmalte descascando nas unhas dos pés. É tudo intenso demais.

— Já li a carta de Niko. — Villanelle balança a cabeça. — Que loucura que vocês têm cabras.

— São pequenas. Eu... não acredito que você está aqui. Na minha casa.

— Você estava dormindo na frente da TV quando eu cheguei. Roncando, até. Não quis te acordar.

— Aquela porta tem uma fechadura de segurança com oito barras.

— Percebi. É muito boa. Mas adorei sua casa. É tão... você. Tudo é exatamente como eu imaginei.

— Você invadiu minha casa. Trouxe uma arma. Então acho que, na verdade, você pretende me matar.

— Eve, por favor, não estrague tudo. — Villanelle inclina a cabeça de um jeito charmoso e a apoia na borda da banheira.

— Sou que nem você imaginou?

Eve desvia o olhar.

— Não imaginei nada. Jamais conseguiria imaginar alguém que fez tudo o que você já fez.

— Sério?

— Você faz alguma ideia de quantas pessoas já matou? Oxana?

Ela dá risada.

— Ei, Polastri. Você andou pesquisando mesmo, não foi? Honra ao mérito. Mas não vamos ficar falando de mim. Falemos de você.

— Só me responda a essa pergunta simples. Você veio aqui para me matar?

— Querida, você insiste nisso. E é você que está armada.

— Quero saber.

— Está bem. Se eu prometer não te matar, você lava meu cabelo?

— Sério?

— Aham.

— Você é louca.

— É o que dizem. Combinado?

Eve franze o cenho. Depois, faz que sim, abaixa a Glock, arregaça as mangas, guarda o relógio no bolso e pega o xampu. É estranho tocar nela. E passar as mãos pelas mechas lisas e molhadas é mais estranho ainda. Eve lava o cabelo de Villanelle como se estivesse lavando o próprio, acariciando o couro cabeludo com movimentos circulares distraídos, tateando e apertando e inspirando o aroma adocicado de gardênias. E tem também a nudez de Villanelle. Os seios pequenos e claros, a musculatura esguia, o volume escuro de pelos púbicos.

Eve sente a temperatura da água com o dorso da mão e pega o chuveirinho para enxaguar o cabelo dela. *Se você sabe que está sendo manipulada*, pensa ela consigo mesma, *então não está*. Algo mudou dentro dela. Algo tirou seu mundo dos eixos.

Quando termina, ela enrola uma toalha na cabeça de Villanelle, gira para formar um turbante e pega a Glock.

— Então o que você quer de mim, afinal? — pergunta ela, pressionando a ponta do cano na base do crânio de Villanelle.

— Coloquei um champanhe na geladeira. Pode abrir para a gente? — Villanelle dá um bocejo, expondo os dentes. — Eu descarreguei isso aí, aliás. E a Sig.

Eve confere as duas armas. É verdade.

Villanelle se levanta de repente e se espreguiça, revelando axilas não depiladas. Ela então estende o braço para o armário de remédios, pega uma tesoura, tira as luvas e começa a cortar as unhas na água turva da banheira.

— Você não estava preocupada com perícia forense?

— Depois eu resolvo. E, falando nisso, uma roupa limpa cairia muito bem.

— Calcinha?

— É.

— Você não podia ter trazido?

— Esqueci. Desculpa.

— Caramba, Villanelle.

Quando Eve volta, Villanelle está enrolada em uma toalha e se olhando no espelho. Eve joga a calcinha para ela, mas Villanelle, absorta admirando o próprio reflexo, não percebe, e a peça cai em seu cabelo molhado. Ela franze a testa e pega a calcinha.
— Eve, essa não é muito bonita.
— Paciência. É o que tem.
— Você só tem uma?
— Não, tenho várias, mas são todas iguais.
Por um instante, parece que Villanelle está tentando assimilar esse conceito, e então ela assente.
— Então, quer abrir o champanhe agora?
— Só se você me disser por que está aqui, de verdade.
Aquele olhar invernal encontra o dela.
— Porque você precisa de mim, Eve. Porque tudo mudou.

Recostada na parede da sala, com uma taça de champanhe rosé Taittinger na mão, Villanelle parece elegante, eficiente e feminina. Seu cabelo louro-escuro liso está bem penteado para trás, e sua roupa — um suéter preto de caxemira, calça jeans e tênis — é chique, mas esquecível. Ela poderia se passar por qualquer jovem profissional bem-vestida. Mas Eve também sente o aspecto feral. O potencial de selvageria que pulsa sob a superfície sofisticada. É um murmúrio praticamente imperceptível, no momento, mas existe.
— Você tem alguma sobremesa boa na geladeira? — pergunta Villanelle. — Algo que combine com esse champanhe?
— Tem bolo de sorvete no congelador.
— Você pode pegar?
— Pega você, porra.
— Eve, *kotik*, eu sou visita. — Ela tira a Sig Sauer da cintura da calça. — E agora a arma está carregada.
Sem falar nada, Eve obedece e, ao se virar da geladeira, vê Villanelle erguer a pistola e apontar para ela. Sua mente se

esvazia, e Eve cai de joelhos e fecha os olhos com força. Um silêncio demorado urra em seus ouvidos. Lentamente, ela abre os olhos e dá com o rosto de Villanelle a centímetros do seu. Eve sente o cheiro da pele, o vinho no hálito, o perfume do xampu. Com as mãos trêmulas, ela dá o bolo congelado para Villanelle.

— Eve, preste atenção. Preciso que você confie em mim, está bem?

— *Confiar* em você?

Eve se levanta devagar. Villanelle pôs a pistola automática na mesa de jantar. Está bem fácil de pegar. Só um bom impulso e... mal dá tempo de formular o pensamento quando Villanelle acerta seu rosto com um tapa doloroso com o dorso da mão. O choque a deixa sem fôlego, e ela cambaleia até o sofá e se senta.

— Falei que preciso. Que você. Confie em mim.

— Vai se foder — murmura Eve, sentindo o rosto latejar de dor.

— Não, vai se foder você, *suka*.

Elas ficam paradas, cara a cara, e então Villanelle estende a mão e toca a bochecha de Eve.

— Desculpa. Não quis te machucar.

Passando a língua pelos dentes, sentindo o gosto de sangue, Eve dá de ombros.

Villanelle pega as taças e a garrafa de champanhe e se acomoda ao lado dela no sofá.

— Vamos conversar. Em primeiro lugar, que tal a pulseira? Você gostou?

— É linda.

— Então... o que me diz?

Eve olha para ela. Repara que Villanelle imita sua posição de se sentar, sua posição com a cabeça e o pescoço, a posição da taça nos dedos. Se ela pisca, Villanelle pisca. Se ela mexe uma das mãos ou encosta no rosto, Villanelle repete. É como se ela estivesse aprendendo seus movimentos. Como se estivesse ocupando seu corpo, um centímetro furtivo de cada vez, esgueirando-se para dentro de sua consciência feito uma serpente.

— Você matou Simon Mortimer — diz Eve. — Quase arrancou a cabeça dele.

— Simon... Era aquele de Xangai?

— Você não *lembra*?

Villanelle dá de ombros.

— Fazer o quê? Devo ter achado que era uma boa ideia na hora.

— Você é louca.

— Não, Eve, não sou. Sou só uma versão de você, só que sem culpa. Bolo?

Elas permanecem sentadas em silêncio por alguns minutos, enfiando sorvete, lascas de chocolate e cerejas congeladas na boca.

— Estava uma delícia — murmura Villanelle, colocando a tigela no chão. — Agora preciso que você me escute com muita atenção. E, antes que eu esqueça... — Ela tira uma dúzia de balas de nove milímetros do bolso da calça e entrega para Eve.

— Estas são suas.

Eve recarrega a Glock e, sem saber o que fazer com a arma, enfia na cintura de suas calças, nas costas, onde ela se aloja de um jeito desconfortável.

— Isso provavelmente não é uma boa ideia — diz Villanelle. — Mas tanto faz. — Ela tira o celular do bolso, abre uma imagem e mostra para Eve. — Você já viu este homem?

Eve olha a foto. O homem tem cerca de trinta anos, é magro e bronzeado, com camiseta cáqui e boina cor de areia do Serviço Aéreo Especial. A pessoa tirou a foto na hora em que ele estava se virando, com uma expressão de incômodo nos olhos, e a mão erguida, talvez para cobrir o rosto. Atrás dele se veem os contornos borrados de veículos militares.

— Não. Quem é?

— Eu o conheço como Anton. Ele era o comandante do Esquadrão E, que realiza operações clandestinas para o MI6, e agora é meu controlador. Na quinta-feira, ele me deu ordem para matar você.

— Por quê?

— Porque você chegou perto demais de nós, e com isso eu me refiro aos *Dvenadtsat*, os Doze. Quando Anton me deu a ordem, eu estava em um hospital particular na Áustria. Ele veio me ver no meu quarto e, quando saiu do hospital, foi embora com este homem. Anton é o da esquerda.

A imagem está torta e mal enquadrada, mas é suficientemente nítida. Foi tirada de dentro de um prédio, do alto, e mostra um estacionamento coberto de neve. Dois homens estão ao lado da porta do carona de um BMW cinza-prateado. O sujeito à esquerda, com um casaco preto volumoso, está de costas para a câmera. Na frente dele, bem reconhecível de sobretudo e cachecol, está Richard Edwards.

Eve fica um bom tempo olhando a imagem, sem falar nada. Por dentro, ela sente todas as suas certezas ruírem, como um iceberg se dissolvendo no mar. Esse homem, que há apenas algumas horas estava lhe servindo *prosecco*, com uma camisa de linho rosa, e dizendo que ela "nasceu para a vida secreta", aceitou, e talvez até exigiu, sua morte.

Tikhomirov adivinhou. Naquele momento em que ela perguntou se Richard tinha comentado suas suspeitas em relação ao desaparecimento de Yevtukh. Só por um segundo, o homem do FSB arregalou os olhos, como se de repente tivesse compreendido algo que por muitos anos não fizera sentido. Foi aí que ele perguntou sobre o canário. Ela imagina o pássaro, cantando na gaiola, nas profundezas do subterrâneo. O gás mortífero e inodoro que escapa pelo veio, e o canário enfim calado, um bolinho rígido de penas.

— Preciso fazer um telefonema — diz Eve a Villanelle.

Vasculhando a bagunça de sua bolsa em busca do cartão de Chloe Edwards, ela liga para o número. O telefone toca por quase dez segundos, até que Chloe atende. Pelo som, ela estava dormindo.

— Chloe, é Eve. Eu queria fazer uma pergunta sobre nossa conversa de hoje à tarde. É confidencial.
— Ah, oi, Eve. É, hm...
— Aquele russo de quem você estava falando.
— Aham.
— O nome dele por acaso era Konstantin?
— Ahn... é! Acho que era. Uau. Quem é ele?
— Um velho amigo. Um dia desses apresento vocês dois.
— Seria demais.
— Só não fale para o seu pai que eu liguei, tudo bem?
— Tá.

Eve desliga e coloca o celular delicadamente na mesa.
— Meu Deus — diz ela. — Ai, meu Deus.
— Sinto muito, Eve.

Ela encara Villanelle.

— Achei que eu estivesse caçando você para o MI6, mas na verdade foi uma armação de Richard para eu testar as defesas dos Doze. Eu era o canário da mina deles.

Villanelle não fala nada.

— Toda descoberta eu comunicava a Richard, ele encaminhava para os Doze, e eles consertavam a vulnerabilidade. Tudo que eu venho fazendo, há semanas e meses, é deixá-los mais fortes. Meu Deus. Você sabia?

— Não. Eles não me contam esse tipo de coisa. É claro que eu sabia que você trabalhava para Edwards, mas foi só quando o vi com Anton na Áustria que entendi a armação que tinham feito para você.

Eve faz que sim, tomada por um sentimento frio de fúria de si mesma. Ela caiu em uma clássica operação de falsa bandeira, estruturada, como todas as melhores mentiras, em torno de sua

223

própria vaidade. Ela achou que estava sendo muito inteligente, com todos aqueles arroubos de intuição e palpites inusitados, mas na verdade era só uma trouxa habilmente manipulada. *Como é que fui tão tapada? Como é que não vi o que estava acontecendo debaixo da porra do meu nariz?*
— Mas você gostou, não foi? — diz Villanelle. — Brincar de agente secreta, na sua sala secreta da Goodge Street, com seus códigos secretos, que de secretos não tinham nada.
— Richard me elogiou, e deu certo. Eu queria ter moral, não ficar trancada no escritório carimbando papel.
— Você tem moral, querida. Quando eu ficava entediada, sempre entrava no computador e lia seu e-mail. Adoro que você tenha passado tanto tempo pensando em mim.
Olhando o vinho ainda na taça, Eve sente um enorme esgotamento.
— E agora, o que acontece? Eu sei que parece esquisito, mas por que você não me deu um tiro ou sei lá o quê, como Anton mandou?
— Dois motivos. Quando ele deu a ordem para matar você, percebi que era porque você tinha descoberto muita coisa de mim. E isso significava que eu seria a próxima a morrer.
— Porque você ficou comprometida?
— Exatamente. Os Doze não se arriscam. Vi isso com Konstantin, de quem é claro que você já está sabendo. Ele era meu supervisor antes de Anton. Acharam que ele tinha falado com o FSB, o que era um absurdo, e... mandaram matá-lo.
— Em Fontanka.
— É, em Fontanka. — Ela parece pensativa. — E agora uma das minhas foi presa em Moscou.
— Larissa Farmanyants. Sua namorada.
— Lara, é, mas não era bem minha namorada, no sentido de andar de mãos dadas e trocar beijos. Com a gente, estava mais para sexo e assassinato.
— Bom, o FSB está com Lara agora. Ela está em Butyrka.

— *Putain*. Isso é ruim. Com certeza ela vai ser interrogada, então, para Anton, estou duplamente exposta.
— O que isso significa?
— Significa que ele vai mandar me matarem assim que possível. Imagino que o plano dele é esperar eu acabar com você e cuidar de mim depois.
— Tem certeza?
— Tenho, e o motivo é o seguinte. Sei que Lara foi presa, porque ela conseguiu me mandar uma mensagem de emergência. E, quando vi Anton hoje, ele me falou de Lara, mas não disse nenhuma palavra sobre a prisão dela. Ele sabia que eu ia ligar os pontos.
— Você falou que não me matou por dois motivos. Qual é o segundo?
Villanelle a encara.
— Sério? Você ainda não entendeu?
Eve balança a cabeça.
— Porque é você, Eve.
Eve a encara e de repente se dá conta da complexidade, estranheza e absoluta imensidade da situação.
— E agora, o que acontece? Quer dizer, o que...
— O que a gente faz? Como a gente sai dessa com vida?
— É.
Villanelle começa a andar pela sala, com os movimentos deliberados de uma gata. De vez em quando, ela lança um olhar para um livro ou uma foto. Ao vislumbrar seu reflexo no espelho em cima da lareira, ela para abruptamente.
— Você precisa entender duas coisas. A primeira é que a única maneira de sobreviver é se você e eu trabalharmos juntas. Você precisa colocar a sua vida nas minhas mãos e fazer exatamente, *exatamente*, o que eu disser. Porque, caso contrário, os Doze vão te matar, e vão me matar também. É impossível se esconder, e você não pode confiar na proteção de ninguém, só em mim. Você precisa aceitar que o que estou falando é verdade.

— E a segunda?
— Você precisa aceitar que sua vida aqui acabou. Nada mais de casamento, de apartamento, de trabalho. Basicamente, nada mais de Eve Polastri.
— Então...
— Ela morre. E você deixa isso tudo para trás. Vem comigo para o meu mundo.

Eve encara Villanelle. Ela se sente em queda livre, sem peso. Villanelle arregaça as mangas do suéter. Suas mãos são fortes e hábeis. Seus olhos, agora sérios, fitam os de Eve.

— A primeira coisa que precisamos fazer é convencer Anton de que eu te matei. Quando ele achar que você está morta, vamos ter uma margem de manobra bem apertada antes de ele vir atrás de mim. Temos que enganá-lo, assim como a pessoa que ele mandar. E depois a gente desaparece.

Eve fecha os olhos.

— Olha — diz ela, desesperada. — Deixa eu entrar em contato com um conhecido meu na polícia. Inspetor-chefe Gary Hurst. Ele estava envolvido na investigação de Kedrin. É um cara legal, completamente honesto. Ele nos colocaria em proteção total, e com certeza você poderia conseguir algum acordo, depor contra os Doze em troca de imunidade. Prefiro muito seguir por esse caminho.

— Eve, você ainda não entendeu. Eles têm gente em todo canto. Não existe cela de delegacia, prisão ou abrigo que eles não alcancem. Se quisermos viver mais de vinte e quatro horas, temos que sumir.

— Para onde?
— Como eu disse, para outro mundo. O meu.
— E o que isso significa?
— É o mundo à sua volta, mas que é invisível para qualquer um que não faça parte dele. Na Rússia, chamamos de *mir teney*, o mundo das sombras.
— Mas esse é não o território dos Doze?

— Não mais. Os Doze agora são a norma. Sabe como se chama o departamento de assassinatos? Faxina.

Eve se levanta e começa a andar em pequenos círculos. Ela ainda está em queda livre, despencando por um fosso de elevador sem fundo. Sente o cano da Glock roçando no suor entre as nádegas. Ela tira a arma da calça e a segura frouxamente na mão direita. Villanelle não se mexe.

— Niko acharia que eu morri?

— Todo mundo acharia.

— E não tem alternativa?

— Não se você quiser continuar viva.

Eve assente e continua dando voltas. E então, de repente, se senta de novo.

— Me dê isso — diz Villanelle, pegando a Glock delicadamente.

Eve aperta os olhos.

— O que aconteceu aqui? — pergunta ela, estendendo a mão e encostando na cicatriz do lábio de Villanelle.

— Eu conto. Vou contar tudo. Mas agora não é o momento.

Eve assente. O tempo voa à sua volta de forma quase audível. Existe o mundo que ela conhece, o mundo de trabalho, de despertadores, de e-mails, seguros de carro e cartões de fidelidade de supermercados, e existe *mir teney*, o mundo das sombras. Existe Niko, que a ama, e que é o homem mais gentil e decente que ela já conheceu, e existe Villanelle, que mata por prazer.

Ela fita os olhos cinzentos, que a aguardam.

— Tudo bem — diz ela. — O que a gente faz?

Villanelle coloca os equipamentos médicos da Whitlock & Jones na mesa de jantar e, da mochila, tira uma lata de ração canina da Waitrose, uma xícara de porcelana branca, um cinto de plástico, uma lata de cera de modelagem, um frasco pequeno de adesivo capilar com conta-gotas, uma caneta-tinteiro, um pacote de grampos de cabelo, um estojo de pó de maquiagem e um de sombras, um pente, várias camisinhas, a Sig Sauer automática e o silenciador, e a Glock de Eve.

— Certo, a primeira coisa que preciso é de um pouco de cabelo seu. Vou arrancar. — Ela puxa uns fios, Eve faz uma careta, e Villanelle sorri. — Agora, preciso de um lençol escuro. O mais escuro que você tiver. Rápido, enquanto preparo tudo.

Eve vai ao quarto e volta com um lençol azul-escuro dobrado, que Villanelle coloca na mesa junto com os outros objetos. Ela ligou a TV, e está passando uma série policial barulhenta do Japão.

— Senta aí — diz ela para Eve, apontando para o sofá. — Levante a manga.

Com alguma apreensão, Eve obedece. Na mesa, Villanelle pega uma agulha para coleta de sangue. A agulha tem uma válvula e um tubo transparente de PVC. Villanelle insere a ponta aberta do tubo em uma camisinha e usa um grampo de cabelo para prender bem. Ela então pega o cinto de plástico e aperta em volta do bíceps de Eve até a veia no antebraço saltar e, com uma delicadeza surpreendente, insere a agulha e abre a válvula.

— Feche a mão — diz Villanelle, quando o sangue sai pelo tubo de PVC e começa a encher a camisinha.

Passados alguns minutos, depois de coletar cerca de trezentos mililitros do sangue de Eve, Villanelle fecha a válvula, solta o tubo e amarra a ponta da camisinha.

Ela pega a Sig Sauer, vai para o meio da sala e, segurando a camisinha flácida em cima do carpete, dispara um único tiro para baixo no volume escuro e inflado. Com um estalo molhado, o sangue jorra para fora. A partir do meio do carpete, um jato vermelho-vivo esguicha na direção da janela, dispersando-se em um sem-fim de gotículas finas que brilham no chão, nos móveis e nas paredes.

Villanelle contempla o trabalho com um olhar profissional e volta para Eve. Com um pedaço da cera de modelagem, ela forma uma esfera do tamanho de uma bola de gude, achata e a gruda na testa dela com o adesivo capilar. Em seguida, ela tira a tampa da caneta-tinteiro e aperta a ponta oca na massa de cera, abrindo um buraco até a pele. Com o pó, ela disfarça a linha entre a cera e a pele da testa de Eve, usa uma sombra preta para preencher o buraco e pinta em torno da área elevada com um roxo cor de hematoma.

— Você vai ter um buraco de bala muito bonito — diz Villanelle. — Mas agora preciso de mais sangue. Você vai ficar se sentindo meio estranha, tudo bem?

Ela enche duas camisinhas de sangue, quase meio litro. Eve está muito pálida.

— Acho que vou desmaiar — murmura ela.

— Fique tranquila — responde Villanelle.

Ela passa um dos braços em volta dos ombros de Eve, outro sob os joelhos dela, e a deita de lado no carpete, com a cabeça no epicentro do sangue esguichado. Posicionando os membros dela cuidadosamente de um jeito estirado, ela coloca a Glock em sua mão direita.

— Não se mexa. Tenho que ser rápida, antes que o sangue coagule.

Eve responde tremulando as pálpebras. Ela agora está quase perdendo a consciência. A sala está escura e parece imaterial, e a voz de Villanelle parece abafada, como se viesse de muito longe.

Villanelle coloca a xícara de porcelana na sacola da Waitrose e bate na mesa de jantar para quebrá-la. Em seguida, ela abre a lata de ração, despeja todo o conteúdo no cabelo de Eve, atrás da cabeça dela, e espalha cuidadosamente meia dúzia dos pedaços maiores de porcelana esmigalhada na pasta gelatinosa. Satisfeita com a composição, ela derrama a primeira camisinha de sangue em cima de tudo, usando o dedo indicador para pintar de vermelho o buraco cosmético. O conteúdo da segunda camisinha forma um lago escuro atrás da cabeça de Eve.

— Certo. Agora se finja de morta.

Para isso, Eve não precisa se esforçar nem um pouco. Villanelle pega o celular e tira fotos de vários ângulos e distâncias, conferindo as imagens até se dar por satisfeita.

— Pronto — diz ela, enfim, e faz uma dancinha de alegria.

— Está *incrível*. A consistência gelatinosa da ração é perfeita. Agora vou limpar você. Não se mexa.

Ela passa o pente no cabelo de Eve, tirando o sangue e a sujeira já ressecados. Depois de colocar a sacola da Waitrose na cabeça de Eve e ajudá-la a se recostar no sofá, Villanelle usa uma colher da cozinha para recolher os fragmentos de porcelana e o resto da ração no carpete e colocar dentro da lata, e enfia a lata no saco de lixo. Para o lixo vão também a seringa e o tubo, os restos das camisinhas, o pente, a sombra e o pó de arroz, o adesivo e a cera, o cinto, a caneta e os grampos.

Villanelle pega os cabelos que arrancou da cabeça de Eve, joga em cima do sangue coagulado e esfrega a mão para espalhar pelo carpete. Ela então tira as luvas de látex, joga no saco de lixo e veste um par novo.

— Sua vez de tomar banho — anuncia ela, ajudando Eve a se levantar.

Deitada quase inconsciente na água morna da banheira, enquanto Villanelle lava seu cabelo, Eve sente uma paz imensa. É como se estivesse entre vidas. Meia hora depois, seca e vestida com roupas limpas, ela está sentada no sofá, bebendo chá doce e comendo biscoitos de chocolate ligeiramente velhos. Está sentindo um cansaço devastador, sua pele está grudenta, e o cheiro de sangue atinge suas narinas com tudo.

— Eu definitivamente nunca me senti tão esquisita — murmura ela.

— Eu sei. Tirei muito sangue seu. Mas olhe o que vou mandar para Anton.

Eve pega o celular de Villanelle. Observa, fascinada, seu próprio rosto pálido, olhos parcialmente fechados e boca aberta. Logo acima do nariz, há uma cratera arroxeada em volta de um buraco escurecido de bala de nove milímetros. E, atrás da cabeça, um caos horroroso de fragmentos de crânio, pedaços de osso branco em intenso contraste com o vermelho, e uma pasta viscosa de massa cerebral destruída.

— Merda. Eu morri mesmo, não foi?

— Já vi tiros na cabeça bem de perto — diz Villanelle, com um tom delicado. — É bem assim.

— Eu sei. Sua amiga, a Lara, explodiu os miolos de um senhor no metrô quando tentou me acertar.

— Estou chocada de verdade que ela errou. E que depois foi pega pelo FSB e enfiada em Butyrka. Que trabalho mais porco.

— Você não está chateada por ela?

— Por que a pergunta?

— Só curiosidade.

— Não seja curiosa. Recupere as forças. Vou arrumar tudo e preparar o carro.

— Você tem um carro?

— Uma van, na verdade. Dê aqui essa caneca e o pacote do biscoito.

— Posso levar alguma coisa?

— Não. Morrer é assim.

— Deve ser mesmo.

Cinco minutos depois, Villanelle passa os olhos pelo apartamento. O lugar está do jeito que ela encontrou, exceto pelo cenário sanguinolento na sala, que ficou exatamente como o planejado. Ela está particularmente satisfeita com a mancha marrom-avermelhada coagulada no carpete, sugerindo um cadáver que foi puxado pelas pernas e deixou um rastro de sangue. Quanto à narrativa que será criada em torno disso, ela não quer saber. Só precisa de tempo. Quarenta e oito horas devem bastar.

— Certo — diz ela. — Hora de ir embora. Vou enrolar você neste lençol, cobrir com um tapete dobrado e te levar para fora em cima do ombro.

— Não tem o risco de alguém ver?

— Não tem problema se virem, vão achar só que é alguém carregando peso. Depois, quando a rua se encher de viaturas da polícia, pode ser que mudem de ideia, mas aí... — Villanelle dá de ombros.

Tudo é realizado com bastante rapidez, e Eve fica maravilhada com a força de Villanelle quando ela a acomoda, aparentemente sem dificuldade, no chão da van. Embrulhada no lençol azul, com a mochila de Villanelle enfiada sob a cabeça, ela escuta as portas traseiras da van serem fechadas e trancadas.

Não é uma viagem confortável, e a primeira meia hora é pior ainda, com a série de quebra-molas, mas depois de um tempo a rua fica mais lisa e a van ganha velocidade. Para Eve, basta ficar deitada ali, sem ver nada, em um estado não exatamente desperto, mas também não exatamente adormecido. Depois do que talvez tenha sido uma hora, mas que também podiam ser duas, a van para. As portas se abrem, e Eve sente o lençol ser desenrolado de cima do seu rosto. Está escuro, com um ligeiro brilho de iluminação de rua, e Villanelle se sentou na traseira da van, com a mochila pendurada no ombro. Inclinando-se para dentro, ela solta Eve do embrulho de lençol. Faz frio do lado de fora, e o ar tem cheiro de chuva. Elas estão em um estacionamento ao lado de uma rodovia, cercadas pelos vultos indistintos de veículos de carga. Um casebre iluminado anuncia LANCHONETE 24H.

Villanelle ajuda Eve a sair da van, e elas avançam por entre as poças do chão. Dentro da lanchonete, sob o brilho opaco de lâmpadas fluorescentes, uma dúzia de homens se curva em silêncio sobre pratos de comida em mesas com tampo de plástico enquanto alto-falantes velhos nas paredes entoam "Are You Lonesome Tonight?", de Elvis. Atrás do balcão, uma mulher com um lenço no cabelo está fritando cebolas em uma chapa.

Cinco minutos depois, canecas fumegantes de chá e dois dos hambúrgueres mais gordos e gordurosos que Eve já viu na vida são postos diante delas.

— Coma — exige Villanelle. — Tudo. E toda a batata.
— Pode deixar. Estou morta de fome.

Quando elas saem, Eve está se sentindo transformada, ainda que um pouco enjoada. Ela acompanha Villanelle pelo estacionamento e depois por uma trilha escura e suspeita até um conjunto residencial mal iluminado. Em um dos prédios, Villanelle insere uma chave em uma porta revestida de aço. Elas sobem uma escadaria escura até o terceiro andar, onde Villanelle abre mais uma porta reforçada e acende a luz. Elas estão em uma quitinete sem aquecimento e mobiliada com uma austeridade lúgubre. Há uma mesa, uma única cadeira, um catre militar de lona, um saco de dormir cáqui, um armário coberto de pano com um cabideiro cheio de roupas, e uma pilha de caixas de metal. Cortinas blecaute impedem que vaze luz para fora.

— Que lugar é este? — pergunta Eve, olhando à volta.
— É meu. Toda mulher precisa ter seu próprio canto, não acha?
— Mas onde a gente está?
— Já chega de perguntas. O banheiro é ali, pegue o que precisar.

O banheiro se revela uma cela de concreto com vaso sanitário, pia e uma única torneira de água fria. Uma caixa de plástico no chão contém uma bagunça de produtos de higiene, absorventes, curativos, equipamentos de sutura e analgésicos. Quando Eve sai, o saco de dormir foi desenrolado em cima do catre, e Villanelle está desmontando e limpando a Sig Sauer na mesa.

— Durma — diz ela, sem olhar para Eve. — Você precisa recuperar as forças.
— E você?
— Estou bem. Vá para a cama.

Eve acorda em uma penumbra fria e indistinta. Villanelle continua sentada na mesma posição à mesa, mas está com roupas diferentes, olhando mapas lentamente em um notebook. Aos poucos, em devaneios, a memória de Eve recria os acontecimentos do dia anterior.

— Que horas são? — pergunta ela.
— Cinco da tarde. Você dormiu por quinze horas.
— Nossa. — Ela abre o zíper do saco de dormir. — Estou morrendo de fome.
— Ótimo. Se arrume, que a gente sai para comer. Separei roupas novas para você.

Elas saem para um crepúsculo desolado. Eve observa seu entorno. É o tipo de lugar por onde ela já passou inúmeras vezes sem nunca ver de fato. O prédio de onde saíram é um edifício residencial condenado. Placas de metal cobrem portas e janelas, notificações de segurança alertam para a presença de cães de guarda, pés de lilases silvestres cresceram nas frestas do asfalto cheio de sujeira do pátio. *Mir teney*, o mundo das sombras.

Quando saem da lanchonete, a garoa virou chuva. Na rodovia, o trânsito é constante, e os veículos passam espalhando borrifos cinzentos. Seguindo Villanelle, Eve passa do prédio onde elas pernoitaram e vai até uma fileira de garagens pichadas. A garagem do final está fechada com uma porta flexível de aço galvanizado e um cadeado pesado com segredo, que Villanelle abre. O interior é seco, limpo e incrivelmente espaçoso. Há uma bancada hidráulica para conserto de motos instalada em uma das paredes; na outra, uma estante com capacetes, jaquetas de couro com placas de proteção, calças, luvas e botas. Entre as duas, uma Ducati Multistrada 1260 cinzenta repousa no descanso, equipada com alforjes com fechadura e um baú traseiro.

— Está tudo pronto — diz Villanelle para Eve. — Hora de se vestir.

Cinco minutos depois, ela empurra a Ducati para fora da garagem e espera Eve abaixar e trancar a porta flexível. Parou de chover, e por um instante as mulheres ficam paradas, se encarando.

— Está pronta? — pergunta Villanelle, fechando o zíper da jaqueta.

Eve faz que sim.

Elas põem o capacete e montam na Ducati. O sussurro do motor Testastretta se torna um murmúrio, e o farol lança um jato de luz na escuridão. Villanelle sobe lentamente pelo acesso da rodovia, para deixar que Eve se equilibre e se acomode com firmeza às suas costas. Ela espera um espaço se abrir no trânsito, o murmúrio aumenta até se tornar um ronco, e elas se vão.

# Agradecimentos

Para Patrick Walsh, da Pew Literary, minha eterna gratidão. Também para Mark Richards, da John Murray, e Josh Kendall, da Mulholland; eu jamais poderia sonhar em ter editores mais competentes ou compreensivos. A experiência cirúrgica de Tim Davidson foi inestimável, a psicóloga forense Tarmala Caple me ofereceu noções cruciais sobre psicopatia, e agradeço a Olga Messerer e Daria Novikova por corrigirem meu russo.

ESTA OBRA FOI COMPOSTA PELA ABREU'S SYSTEM EM CAPITOLINA REGULAR
E IMPRESSA EM OFSETE PELA GRÁFICA SANTA MARTA SOBRE PAPEL PÓLEN SOFT
DA SUZANO S.A. PARA A EDITORA SCHWARCZ EM MAIO DE 2021

A marca FSC® é a garantia de que a madeira utilizada na fabricação do papel deste livro provém de florestas que foram gerenciadas de maneira ambientalmente correta, socialmente justa e economicamente viável, além de outras fontes de origem controlada.